문없는
문으로
들어간
사람들

# 문없는 문으로 들어간 사람들

허관 장편소설

현대문학

**※ 1466년 임금의 행차 경로(조선왕조 세조실록)**

한양을 출발하다(3월 30일) → 금강산에 머물다(4월 4일~4월 7일) → 고성 온천에 머물다(4월 8일~4월 24일) → 동해안을 따라 남쪽으로 내려가다(4월 25일~4월 27일) → 강릉에 머물다(4월 28일~4월 30일) → 오대산 상원사에 도착하다(5월 1일). 영의정, 상당군上黨君 등이 수가(隨駕: 임금을 모시고 따라다님)하였다.

# 1

살그머니 닫집 지붕 위 어둠 속에서 연분홍 진달래 꽃잎이 나타났다가 사라졌다. 아침나절 동쪽 처마 밑 통풍창으로 들어온 햇살이 엷은 쌀뜨물처럼 대웅전 서쪽 벽 탱화 아래까지 스며들었고, 빛살에 갇힌 먼지 알갱이들이 빛살보다 더 하얗게 꼬물거렸다. 반면에, 새벽 범종 소리의 긴 꼬리를 놓쳐 중천을 건너지 못한 어둠이 햇빛을 피해 대웅전 구석구석에 숨었다. 석가모니불의 검은 그림자도 대웅전 북서쪽에 숨어 있는 어둠 속으로 길게 사라졌다. 지그시 내려다보는 석가모니불의 사각지대인 불단 위에서 다람쥐 한 마리가 치켜든 꼬리에 닿은 밝은 빛살이 신경 쓰이는 듯 불전에 올린 살구를 한 번 베어 물고 뒤를 한 번씩 보면서 작고 검은 눈으로 경계를 늦추지 않았다. 윤회의 틀에서 영원히 벗어날 수 없는 큰 죄를 지은 듯이 뒤돌아보는 다람쥐의 작

고 검은 눈빛이 흔들렸다. 닫집은 집 안에 또 집이 있는 꼴이다. 대웅
전 안 허공에 기둥을 세워 지붕을 얹었지만, 날아다니는 용과 봉황이
기둥을 받들고 있어 불안한 마음도 상상 속으로 사라질 만도 한데, 볼
때마다 가슴이 쫄밋거리는 닫집이 석가모니불 위에 있다. 흩어지는 빛
살에 언뜻 비친 진달래 꽃잎. 어두운 닫집 지붕 위에 낮게 웅크린 검은
고양이가 다람쥐를 내려다보며 연분홍 혀로 코를 훔친 것이다.


"아니 되옵니다!"

상당군은 말의 머리와 꼬리를 뚝뚝 잘라내고, 말의 몸뚱이만 임금
에게 획 던졌다. 임금 앞에서의 말본새가 아니었다. 하지만, 그의 단
말마 같은 간절한 외침에도, 임금은 그를 외면한 채, 몇 번 목을 큼큼
거리더니 타구唾具에 가래를 탁 뱉어냈다. 밤새 잘 삭은 걸쭉한 가래
가 타구의 입구에 붙었다. 상당군은 긴 턱을 침전 바닥과 수직으로 세
워 자신을 외면한 임금의 얼굴을 한동안 쳐다보다가 다시 턱을 접으
며 다리아랫소리로, 달래듯이, 차분히 말을 이었다.

"전하! 태백산맥 동쪽은 산이 높고 골이 깊어 행차가 위험합니다.
또한, 그곳은 예부터 나라의 대역 죄인들의 유배지로 그 자손들이 거
친 산과 바다를 벗 삼아 생을 근근이 유지하는 곳입니다. 당연히 그곳
백성은 지형에 맞게 삶이 거칠고 정신이 다듬어지지 않아 나라를 섬
기는 마음이 멉니다. 행차 계획을 거두어주십시오."

임금은 법주사에 다녀온 후 곧바로 강원 영동지방 행차 준비를 지

시했다. 이른 봄이었다.

"영의정은 어떻게 생각하오?" 임금이 상당군의 간곡한 만류에 대답도 없이 영의정에게 눈길을 돌렸다. 촉촉하여 항상 흐릿한 영의정의 눈동자가 흔들렸다. 영의정의 눈빛은 지나간 과거를, 다가올 미래를 당겨왔고, 가늠했다. 현재와 미래와 과거가 뒤섞여 항상 흔들리며 촉촉한 영의정의 눈빛이다. 지나간 것이 임금의 마음을 흔들었듯이, 영의정의 마음도 지나간 것에 흔들렸을 것이다.

"상당군의 말대로 위험한 지역인 것은 사실입니다. 그러나 그곳도 조선의 영토이며 조선의 백성이 살고 있는 곳입니다. 밉든 곱든 전하의 백성입니다. 오히려 거친 자연에 억눌려 팍팍한 생을 지탱하는 그들이야말로 전하의 성은이 다른 어느 곳보다 더 절실한 곳이라 생각됩니다."

"전하! 영의정의 말대로 그곳도 조선의 영토입니다. 그러나 전하도 아시다시피 지금 조정에 시급을 요하는 대사大事들이 산적해 있습니다. 진정 백성을 위한다면……."

"행차 준비를 해라!"

임금은 상당군의 간청을 자르고, 아득한 원행遠行 준비를 단호하게 명했다.

상당군은 다시 긴 턱을 침전 바닥과 수직으로 세우고 임금을 보았다. 상당군의 눈빛은 영의정과는 다르게 항상 현실을 직시한다. 미래의 이상향도, 지나온 과거도, 모두 외면한 눈빛이다. 지난 것은 지난 그들에게 맡기고, 다가올 문제는 그때가 되면 그들이 헤쳐 나가면 된다고 여기는 눈빛이다. 과거의 그들이, 다가올 그들이 자신일지라도 그때의 자신과 지금의 자신은 같을 수 없다는 눈빛이다. 임금도 상당군의 충언이, 현실을 직시하고 있음을, 자신의 본분인 백성을 위하는 것임을 알고 있으면서도, 이번만은 상당군의 간청을 외면하고 싶었다. 지금 임금의 목을 조이는 그 무엇이 현실에 있지 않았기 때문이다. 임금은 상당군의 눈빛을 피해 다시 타구로 눈을 돌렸다. 가래는 타구 안으로 흘러내리다가 멈췄다.

다람쥐가 뒤돌아보는 것이 뜸해지자 고양이는 웅크렸던 몸을 일으켜 닫집 오른쪽 용머리 위로 건너뛰었다. 천장을 받친 대들보를 감고 머리만 닫집 쪽으로 향한 용이다. 목과 배가 흰색이고 등과 꼬리는 검은색이어서 웅크리면 온몸이 검은 고양이였다. 하얀색인가 검은색인가 근본 색을 잘라 말하기에 애매한 배색이었다. 기둥을 타고 서뿟서뿟 내려오던 고양이가 석가모니불 머리 위 광배 뒤로 건너뛰었다. 인자하게 내려다보는 석가모니불 머리 뒤에서 다람쥐를 내려다보는 고양이 눈은 인자하지 않았다. 다람쥐와는 딴판인 흔들림 없는 눈빛이다. 살생을 금하는 부처님 머리 뒤에서 다람쥐의 목숨을 노리는 고양이의 흔들림 없는 당당한 눈빛은 무지에서 싹튼 것일까. 아니면 고양이가 도통한 것일까. 그렇다면 도통과 무지는 죄가 아닌가.

어느새 광배의 받침을 타고 내려왔는지 고양이는 불상의 엉덩이 뒤에서 검은 머리를 내밀었다. 그곳에서 배를 깔고 잠시 쉬는가 싶더니, 그 자세로 몸을 낮추고, 불상 허벅지를 따라 무릎 쪽으로 기어갔다. 불단은 연꽃 좌대를 받쳤고, 연꽃 좌대 위에 석가모니불이 앉아 있었다. 당연히 머리 위에서 자신을 노리는 고양이를, 뒤만 돌아보는 다람쥐는 보지 못했다.

임금은 아팠다. 어의가 등과 목에 난 종기에 파두巴豆로 만든 고약을 붙이고자 칼로 생살을 자르고 고름을 짜냈다. 고름을 짜낸 부위에 헝겊을 쑤셔 넣어 옹기그릇 헹구듯이 닦았다. 특히, 오장에 가까운 등에 난 종기가 고약으로 아물지 않으면 어의는 서슴없이 칼로 곪은 부위를 도려냈다. 오장으로 퍼지면 생명이 위독했기 때문에 도려낼 때마다 생살도 함께 잘랐다. 종기의 구멍이 작아 고름이 속으로 퍼지면 불에 달군 침으로 살을 뚫었다. 살을 태우는 노린내가 침전에 배었다. 칼로 째고, 때론 생살을 잘라냈고, 벌겋게 달군 화침으로 찌르고 후벼댔다. 매일 있는 일이지만 고통은 새롭고 싱싱하게 그의 감각을 찔렀다. 임금은 살고 싶었다. "전하, 몸을 천천히 움직이시고, 마음을 편히 하셔야 합니다." "마음을 어떻게 해야 편해지느냐. 보이지도 만지지도 못하는 그 마음을." 어의가 칼로 생살을 도려내면서 그를 위로한답시고 항상 하는 말이었고, 그때마다 임금이 받아치는 말이기도 했다. '그 마음을'이란 말이 자신의 가슴을 도려내는 것 같은 신음이 되어 그의 입술을 빠져나왔다. 처절하지만 생에 대한 집착의 간절한 신음이었다.

고양이가 불상 무릎까지 다다랐다. 무릎 바로 아래에 다람쥐가 있다. 큰 눈이 더 커졌다. 진달래색 혀로 다시 콧등을 살짝 훔쳤다. 드디어 등의 검은 털을 세우고 고양이가 다람쥐를 덮치려는 찰나, 빛살에 일렁이던 먼지를 가르며 날아간 물체가 고양이를 때렸다. 고양이가 공중으로 뛰어올라 몸을 활처럼 비틀면서 불단 아래로 떨어졌다. 정신을 차리고 기둥으로 오르는 고양이를 다시 새총으로 쏘려는 순간, 서까래 아래 좁은 통풍창에 웅크리고 있던 무구도 바닥으로 떨어졌다. 대웅전 밖에서 누군가가 무구의 엉덩이를 올려친 것이다. 다람쥐는 이미 어디론가 사라졌다. 무구는 대웅전 바닥에 쓰러져 엉덩이를 두 손으로 감싼 채 좌우로 굴렀다. 허공에 흩어졌던 풍경 소리가 들렸다. 풍경은 계속 흔들리면서 자신의 소리를 내었건만, 지금까지 들리지 않았던 것이다. 소리는 먼 여행을 다녀온 것이 아니다. 마음이 이상하다고 생각하면서 무구는 석가모니불을 올려다봤다. 석가모니불은 엷은 미소를 지으며 내려다봤다. 고양이를 잡고자 좁은 남쪽 통풍창에 궁둥이를 걸치고 아침 공양 후 지금까지 앉아 있었던 무구의 몸은 땀으로 흠뻑 젖어 있었다. 말라서 흐릿했던 마룻바닥에 무구의 땀이 튀어 잘 여문 알밤들이 소리 없이 우두둑 떨어진 듯 이곳저곳에 흑적색 점들이 희읍스름한 빛살에 반들거렸다. 동쪽 문으로 누군가 들어왔다. 그는 빛살을 등지고 있어 검게 보였다. 너무 밝아 검었다. 얼굴은 보이지 않는다. 그러나 무구는 그가 누군지 금방 알아보았다. 석가모니불에 합장하고 고개 숙인 그는 창하다. 합장하는 오른손 새끼

손가락과 넷째 손가락이 없다. 고양이도 담집 위에서 뒤를 힐끔 보더니 어둠 속으로 사라진다. 힐끔 돌아본 눈길이 흔들렸다. 마지막 검은 꼬리가 사라지며, 부처님 눈썹 끝으로 피 한 방울이 떨어졌다. 피는 부처님의 인자한 눈초리를 따라 흐르다가 멈췄다.

"전하의 병은 기가 혈과 함께 돌지 못하여 뭉쳐서 생긴 병입니다. 전하의 마음속 그 무엇이 기를 꺾고, 혈을 막고 있습니다. 전하의 마음을 달래든지 죽이든지 버리든지 해야 합니다." 충청도 법주사까지 왔는데, 어의와 같은 말에 임금도 같은 말로 받아치려고 하다가 참았다. "그러나 사람의 마음속은 세상을 담고도 남지요. 그 큰 마음을 다스린다는 것은 어려운 일입니다. 볼 수도 만질 수도 없을 뿐만 아니라 달래려고 하면 할수록 더 완강하게 대드는 것이 마음입니다. 그래서 마음이 혼란스럽거나 괴로울 때는 그냥 내버려두면 제풀에 지쳐 다시 고요해지지요. 그러나 전하의 마음은 이미 전신에 흐르는 기에 독이 가득하여 자정自淨의 한계를 초과했습니다. 그러니 부처님의 가피加被를 받아 마음을 다스려 기 속의 독기를 풀어봄이 좋을 듯합니다." "어떻게 하면 부처님의 가피를 받아 그 크고 어지러운 마음을 다스릴 수 있을까요?" "불사를 하시지요." "불사라면, 절을 지으란 말입니까?" "절도 짓고, 불상도 모시지요. 저는 전하를 잘 알고 있습니다. 그리고 전하의 옥체를 괴롭히는 근원도 잘 알고 있지요. 병의 원인은 전하가 아시는 것처럼 그때의 사건 때문만은 아닙니다. 그 사건을 버리지 못하는 전하의 마음에 있지요.""같은 것이 아닌가요?""모르면, 아무것도 모르면, 삶과 죽음조차 분별하지 못하면 전하의 병은 완쾌될 것입니다.""나보고 바보가 되란 말이오?" 바보가 되는 것이 수치스러운 듯이 임금은 말했지만, 내심은 그렇게라도 됐으면 했다. 하지만 '너같이 속세에 찌든 사람이 어떻게 바보가 되겠다는 과욕을 부리냐'고 혼내듯이 큰스님은 임금을 노려봤다. 법주사 요사채에 잠시 침묵이 흘렀다. 침묵 속에서 임금을 노려보는 큰스님의 눈빛은 깊었다. "마침 적당한 곳이 있습니다. 부처님 진신사리가 모셔져 있으며, 조선 불교가 잉태한 곳입니다. 성지 중의 성지지요.""그곳이 어디입니까?""강원도 오대산입니다. 문수보살이 1만의 권솔眷率과 함께 사는 문수성지입니다. 문수보살은 지혜의 보살이지요. 지혜는 혼탁한 마음을 맑게 하고, 마음의 다툼을 다스리지요. 다툼이 사라지고 맑아지면 마음속 선명한 길이 보일 것입니다. 깨달음의 길이지요. 선명한 길 위로 걷는데 누가 마음을 흔들겠으며, 마음의 흔들림이 없는데 누가 신체를 범하겠습니까. 부처님의 가피로 흔들림이 없는 마음을 얻어 정신을 잡고, 그 정신으로 신체를 다스려 기와 혈을 뚫으면 전하의 병도 완쾌될 것입니다.""그럼 어떻게 해야 되지요?""절 위치로 적당한 곳을 알고 있습니다. 그리고 문수성지이므로 문수동자상*을 본존불로 하면 좋을 듯합니다. 동자의 순수하고 맑은 지혜를 얻는 것입니다.

---

* 강원도 오대산 상원사에 있는 국보 221호 목조 문수동자상은 온화한 미소와 천진한 동자의 모습을 잘 표현한 수작으로, 조선 전기 미술의 백미라고 일컬어진다.

아무것도 깃든 것이 없는 맑은 지혜." 임금은 눈을 감았다. 아무것도 깃든 것이 없는 맑은 지혜. 지금 임금에게는 그것이 필요했다. 아무것도 없는 지혜, 과거가 사라진 순수하고 맑은 동자의 지혜.

"그렇게 하지요."

임금은 오랜만에 미소를 지었다. "부처님의 충만한 가피를 받고자 불상 조상 시에 발원자의 마음속 고이 간직한 형상이 있으면 그 형상을 반영하지요. 전하의 마음속 깊이 간직한 진정이 담긴 그런 상을 모시고 싶습니다. 올가을부터 불상 조상을 시작하여 내년 봄 부처님 오신 날에 점안식을 하는 것이 좋겠습니다. 물론 점안식 때 꼭 참석하셔야 합니다." 임금은 본존불로 모실 동자상의 형상을 길게 설명했다. 밖에 바람이 불어, 장지문을 흔들었다. 큰스님은 신중히 받아 적었다. 그날로 임금은 속리산 법주사를 떠났다. 마음이 가벼웠다. 그리고 1년이 지났다. 오대산에 꼭 가야 한다.


무구는 팔각구층석탑 옆에서 머리를 숙이고 있었다. 머리는 숙였지만 귀찮다는 듯이 창하를 흘겨봤다. 숙인 머리와 눈 흘김. 눈동자는 고양이처럼 째려보지만 눈두덩 살은 다람쥐처럼 바르르 흔들렸다. 이성으로 눈동자를 잡으려 미간을 잔뜩 힘을 주어 찌그렸지만, 그의 마음은 눈동자를 잡지 못하고 흔들렸다. "왜 그랬어?" "고양이가 다람쥐를 잡아먹으려고 했어요." "고양이를 쫓아버리면 되지 법당에서 살생을 하려고 해." "그냥 놔두었어도 어차피 고양이는 다람쥐를 잡아먹었을 거여요. 생명은 고양이나 다람쥐나 인간이나 모두 소중하다고 큰스님이 말씀하셨어요. 쫓으면 다음에 또 와서 다람쥐를 잡아먹을걸요. 그래서 아예 죽여 없애버리려고 했어요." 무구의 당돌한 말을 털어내기라도 하듯이 창하는 머리를 흔들었다. 하지만, 한번 들어온 말이 흔든다고 쉽게 사라지지 않는다는 것을 알았는지 고개를 들어 하늘을 봤다. 이들을 지켜보던 진명스님도 그의 눈길을 따라 오대산 비로봉을 봤다. 오늘도 역시 오대산 비로봉에 구름이 걸려 있다. 대웅전 추녀에 달린 풍경 속 눈 뜬 붕어가 마파람에 돼지 불알 놀듯 흔들렸다. "오늘도 잡지 못했구나." 한동안 이를 지켜보던 진명스님이 대웅전 옆 무량수전 쪽에서 걸어오면서 말했다. "스님, 글쎄 이놈이 대웅전에서⋯⋯." "알고 있어요." 진명스님은 창하의 말을 막고 무구의 머리를 쓰다듬어주었다.

재작년 가을부터 불단에 제상을 올리면 항상 보는 풍경이다. 100여 호도 안 되는 절 아래 마을은 끊임없이 사람이 죽었다. 겹치지도 않고, 그렇다고 제물이 불단에서 끊이지 않게 강물처럼 죽음은 흘러가고 있었다. 태어나는 것은 각자의 집이었지만, 죽음만은 모두 절에서 맞았다. '그럼 지금 대관령을 오르고 있는 임금도 죽으러 이곳에 오는 것일까.' 진명스님은 다시 비로봉의 뭉게구름으로 시선을 돌렸다. 망측한 생각이다. 하여튼 처음 가는 하늘길 잃어버리지 않고자, 저승길 찾지 못해 이승을 떠도는 귀신이 되지 않으려고, 모든 죽음이 절을 찾아왔다. 모든 강물도 초행길이지만 잘 흘러간다. 저승으로 흐르는 샘물이 절 귀퉁이 어디엔가 있다고 믿으며 죽음은 절로 왔다. 그러기에 불단의 각종 음식도 끊이지 않았고, 굶주린 다람쥐도 끊이지 않았고, 굶주린 고양이도 끊이지 않았으며, 그런 고양이를 벌하려는 무구의 행동도 끊이지 않았다. 진명스님은 이 광경을 한두 번 본 것이 아니다.

"오늘은 이제 다람쥐는 안 올 거야. 그러면 고양이도 안 오겠지. 오늘 귀한 손님들이 오신다. 공양간 일손이 부족하구나. 상원사에 가서 할머니를 모셔 오너라." 무구는 진명스님의 뒤에 몸을 숨기고 고개만 내밀어 창하에게 혀를 늘름거렸다. 그가 내민 혀는 진달래꽃도 제비꽃도 아닌 연분홍 혀다. 진명스님이 무구의 머리를 때렸다. 창하의 꺼머무트름한 얼굴에 미소가 가득했다. 그의 회백색 눈동자가 웃는 얼굴에 가려 보이지 않았다. 평상시에도 부숭한 눈두덩이 때문에 잘 보이지 않던 눈이다. 작은 눈에서 번득이는 그의 회백색 눈동자에는 뱀이 스멀거리는 듯했다. 살殺이 어려 있다. "무구야 너무 늦지 마라. 늦으면 호랑이 나온다." "치! 큰스님이 이곳엔 호랑이 없댔어." 진명스님의 말에 무구가 숲 속으로 사라지면서 재잘거렸다. 무구가 전나무 숲으로 사라지자 창하가 뭔가 작정한 눈빛으로 그를 쳐다봤다. 밤송이에 난 가시 같은 수염이 얼굴의 반을 덮고, 머리카락도 그 수염 길이만큼 자랐다. 그의 어정쩡한 머리카락처럼 그는 속세인도 아니고 중도 아니다.

"이분은 불모佛母다." 큰스님이 흑석사에서 창하를 데리고 오자마자 그렇게 말했었다. "불모가 뭐야." "부처님 어머니." "그럼·부처는 남자가 낳았어?" 그때 무구의 질문에 진명스님이 함구한 것은 살기가 강렬하게 뿜어져 나온 그의 눈빛 때문이었다. 부처 어머니와 어울리지 않는 살기가 득실거리는 회백색 눈동자, 떡 벌어진 가슴 밑의 뱃살이 헐렁하게 걸친 적삼을 밀쳐 불룩했고, 50대의 나이에 어울리지 않게 살집이 두툼한 볼이 항상 불그레했다. "스님, 불모의 눈에 살기가 가득합니다. 제가 잘못 본 것인지요?" "나도 알고 있다." "그럼 왜 그 먼 길을 가서 그자를 데리고 왔는지요?" 임금이 발원한 불상이므로 전국의 유명한 불모들을 부르기만 하면 한걸음에 달려올 것임에도 큰스님은 노구를 이끌고 영주 흑석사까지 가서 이름도 출신도 불분명한 이자를 데리고 왔었다.

"서해를 본 적이 있느냐?" "네." "무슨 색이더냐?" "황색이었습니다." "서해 마애삼존불상을 본 적이 있느냐?" "그 또한 봤습니다." "너보고 웃더냐?" "웃지 않았습니다. 미소가 요상하다고 하여 중국에서 돌아오는 길에 에둘러 가봤지만, 벌에 쏘인 입술처럼 뾰로통한 표정만 짓고 있었습니다." "그러기에 데리고 온 것이다." "무슨 뜻인지 잘 모르겠습니다." "더는 묻지 마라. 죽기 전에 기회가 되면 다시 서해를, 그리고 마애삼존불상을 봐라. 네가 봤던 서해가 아니고, 마애삼존불상이 아닐 것이다."

서산 마애삼존불상은 지금으로부터 8백여 년 전에 새긴 것이다. 저자가 8백년 동안 살았을 리는 만무하다. 대화를 하면 할수록 서해와 동해처럼 서로 아득히 멀어지는 느낌이었다. 그래서 그때 진명스님은 큰스님 말씀대로 더 이상 묻지 않았었다.

　대각大角이 길게 울렸다. 소리는 맑은 하늘로 치솟았다가 광화문 앞 육조거리로 가라앉았다. 둑纛에 달린 붉은 수술이 봄바람에 흔들렸다. 그 뒤에서 행차의 의장인 세장이 광화문을 향해 배례拜禮했다. 허리를 숙여 예를 갖추지만 거만한 자세다. 백학기白鶴旗, 벽봉기碧鳳紀, 현무기玄武旗, 주작기朱雀旗 들의 깃발을 든 2천여 명의 군사가 육조거리를 가득 메웠다. 하얀 학이 푸른 봉 뒤에 숨고, 검은 현무가 붉은 주작을 가리고, 흰 호랑이가 구름을 타고 하늘을 날듯이 펄럭였다. 펄럭임은 학을, 봉을, 주작을, 호랑이를 서로 가리고 보이면서 숨바꼭질했다. 일렁이는 깃발 사이로 창이 보이고, 묵직한 투구가 보이고, 갑옷이 보이고, 허리의 칼이 보였다.
　북이 낮고 굵직하게 공기를 두드리자, 쇳소리가 청아한 방향方響이 북소리를 세밀하게 자르고 지나갔다. 대금 소리가 깊고 아늑하게 울리는가 싶더니, 공기를 찢는 향피리의 신명 난 소리에 곧 묻혀버렸다. 비파가 튕기고, 박이 부딪히는 소리는 아쟁이 깔아놓은 넓은 멍석 위로 가지런히 떨어졌다. 아쟁 소리가 낮고 얇게 마당에 퍼졌기 때문이다. 육조거리를 떠나는 소리와 북악과 인왕에 부딪혀 되돌아오는 소리가 섞이고, 낮고 높음이 섞이고, 울림과 찢어짐이 섞이고, 튕김과 부딪힘이 섞인 100여 개의 악기 소리를 북소리가 넓게 보듬었고, 향피리가 이끌었다. 아무도 넘보지 말라는 듯이 일사불란한 웅장한 도열의 중앙에 임금을 태운 연輦이 있다. 연은 황금으로 두른 붉은 옥개屋蓋를 둥근 기둥 네 개로 받쳤고, 사방에 붉은 난간을 달았다. 붉고 작은 집처럼.

드디어 연이 들렸다. 임금의 몸이 흔들렸다. "으으윽!" 엉덩이에 돋아난 종기가 터졌다. 어젯밤 어의의 말대로 긁어냈어야 했다. 비집고 나오는 신음을 꾹 삼켰다. 삼킨 신음이 눈으로 튀어나오려는 듯이 눈알에 핏발이 서렸다.

"왜 혼내지 않으십니까?" "저들 삶입니다. 그것을 버리면 존재할 수 없는 것이 짐승이며 인간이지요." 창하의 물음에 진명스님은 가볍게 응수했다. 살짝 올라간 오른쪽 입꼬리 틈에서 폴폴 새어 나오는 진명스님의 대답이 대웅전 지붕처럼 가벼웠다. 대웅전 팔작지붕은 발정난 제비의 검푸른 등처럼 급격히 내려친 내림마루와 다시 하늘로 삐친 추녀마루에 하늘이 가득해 가볍다. 주춧돌만 없으면 파란 아침 하늘로 금세 날아갈 자세다. 진명스님의 검보라색 눈 밑 그늘이 더 짙어졌고, 정수리까지 벗겨진 이마는 반질반질해서 스물다섯인 그는 50대 중반 같다. 부처를 찾겠다고 북대암에서 30년 공부할 분량을 3년 만에 다 해버리더니, 그렇게 찾던 부처를 그곳에 홀로 외로이 놔두고 내려와 다시 부처를 찾고 있다고 큰스님이 조실스님에게 말하는 것을 얼핏 들은 적이 있다. 그렇게 찾던 부처를 왜 북대암 깊은 골에 놔두고 왔는지는 알지 못하겠지만 진명스님의 눈 밑 그늘이 점점 짙어지면서 그의 마음도 다른 곳으로 흐르는 것은 분명했다. 그런 아이를 두둔하다니.

충의위 2백을 척후병斥候兵으로 투입했다. 행차 대열과 5백 보를 유지하며 행차 경로 좌우로 5백 보까지 이들이 먼저 훑었다. 그리고 칼을 찬 시위군 3백과 조총으로 무장한 총통위 3백을 행차의 앞뒤로 나누어 배치했다. 내금위 2백은 임금의 연 주변을 둘렀다. 그들 뒤에 호위대장 양정이 우뚝 섰다. 이들 대열을 충순위 8백이 둘러쌌고, 기마병 2백이 그 뒤를 따랐다. 2천여 명의 거대한 행차가 무악재를 넘었다.

아무것도 구하지 말라고 무구無求란 이름을 지어주었건만 무구는 나름대로 정의를 분별하여, 그것을 행동으로 옮기고 있다. 하긴 자신의 의지와 무관하게 자신이 태어났다. 분별도 의지와 무관한 인간의 본능이리라. 10여 년 전 머리도 가누지 못하던 무구가 절에 왔고, 유모 할머니가 키웠다. 아무것도 가르치지 않았다. 무구는 절에 살면서 절하는 법도 몰랐고, 스님들을 만나도 합장을 하지 않고 그냥 꾸벅 고개만 숙였다. 동자승들과 어울렸지만, 큰스님은 계율에 따른 공부는 못하게 했다. 당연히 머리도 깎지 않았다. 작년 봄에 긴 머리가 보기

흥해 할머니가 양 갈래로 머리 위에 봉곳하게 묶어주었다. 얼핏 보면 잘린 사슴뿔이 다시 돋아나는 듯했다. 맑은 날이면 대웅전에서 고양이와 숨바꼭질을 했고, 비 오는 날이면 대웅전 마당 탑에서 기어 나온 두꺼비를 잡아 장난치는 게 무구의 유일한 놀이다.

행차는 길었다. 대열도 길었다. 기간도 길었다. 행차가 금강산에 가까워지자 길은 점차 좁아졌고, 산이 높아졌다. 금강산에서 한동안 머물렀다. 임금은 금강산의 선경을 구경하면서, 빼놓지 않고 금강산 골마다 있는 사찰에 들러 부처를 향해 머리를 숙였다. "내 지은 죄가 많구나. 그래서 이리 나에게 고통을 주는구나. 부처님께 귀의하여 속죄하리라. 왕이고 뭐고 다 소용없다. 나는 중이 될 것이다. 당상내시 가위를 가지고 오라. 머리를 자를 것이다. 어서 당장!" 정신 차리라고 소맷자락을 잡는 내시를, 임금이 호위대장 양정의 칼을 뽑아 그 자리에서 베었다. 장안사가 쥐며느리의 등처럼 보이는 높은 고개였다. 계곡에서 불어온 바람은 쓰러진 내시의 저고리를 들썩거렸다. 그 사이로 언듯언듯 보이는 하얀 속적삼에 붉은 피가 스며들어 화사한 자운영 꽃 같았다. 임금은 쓰러진 내시를 보고 정신이 되돌아왔는지 눈물을 흘렸다. 보위에 오르기 전인 대군大君 시절부터 임금을 모시던 내시다. 임금 곁에서 수족처럼 있는 듯 없는 듯 그렇게 모시던 내시를 단칼에 죽여버린 것이다. 그것도 자신이 지은 죄를 씻고자 떠난 행차 길에서.

임금은 금강산에서 수륙재水陸齋를 지냈다. 육신을 버리고 홀로 떠돌아다니는 귀신들과 아귀들을 배불리 먹이는 제사다. 귀신들을 위해 쌀 3백 섬, 찹쌀 10섬, 참깨 20섬을 내었다. 이른 봄이다. 조선의 야산에 화사한 진달래가 피었고, 청보리밭 이삭이 영글기 전이었다. 마을 인근 소나무마다 껍질이 벗겨져 허연 속살이 드러났고, 그곳에서 나온 송진을 긁어먹은 백성은 똥구멍이 막혀 죽어갔다. 땅을 밟고 임금과 조정을 먹여 살리는 백성은 굶주림에 피똥을 싸며 죽어가는데, 귀鬼하고 신神해서 보이지도 잡히지도 않는 그 무엇을 위해 곡식을 하사하는 임금이 상당군은 싫었다.

무구가 사라진 5월의 오대 숲은 봉과 곡을 따라 싱싱한 진초록으로 너울거렸다. 오대산의 봉우리들은 한결같이 둥글다. 금강과 설악처럼 마음을 홀리는 기암괴석 대신 부드러운 흙이 온갖 생명을 둥글게 아울렀다. 바위가 드물고 흙이 많아 나무의 뿌리가 깊고, 그 깊은 만큼 숲 우듬지가 다른 어느 산보다 높다. 나무의 종류도 다양하다. 맑은 날 오대산 정상 비로봉에 오르면, 멀리 설악산 너머까지 보인다. 한겨울 북서풍이 내려칠 때 동해에 일렁이는 삼각파도처럼, 푸른 봉우리들이 희읍스름하게 흐려지며 일렁이며 지평선으로 사라진다. 그곳에서 보면 세상의 끝은 없다. 다만, 사라질 뿐이다. 멀리 흐리게 구름 속으로 하늘 속으로 그렇게 생명으로 가득한 세상은 사라진다.
지리와 백두의 중간에 오대산이 있다. 오대산은 반도의 심장이다.

그 중앙에 부처님 진신사리를 모신 오대 적멸보궁과 상원사가 있다. 적멸보궁을 안치한 봉우리를 5천 척가량의 드높은 다섯 봉우리가 둘렀고, 그중 두 봉우리의 산줄기가 내려오면서 안쪽으로 휘어져 새둥지처럼 다시 둥글게 감싸 아늑했다. 큰 둥지 안에 작은 둥지가 있고, 그 중앙 아담한 봉우리에 적멸보궁이 있다. 남서쪽은 호령봉이, 서쪽은 비로봉이, 북쪽은 상왕봉이, 북동쪽은 두로봉이, 동쪽은 동대봉이 적멸보궁을 보호한다. 봉이 높은 만큼 골도 깊다. 봉과 봉 사이에 형성된 호명골, 중대골, 서대골, 신선골, 동피골, 조계골에서 흘러내린 물이 만나 남쪽의 동대봉과 기린봉 사이에 계곡을 만들었다. 오대계곡이다. 상원사와 적멸보궁의 유일한 통로다. 서쪽의 탁한 하늬바람은 호령봉과 비로봉이 막고, 북쪽의 차고 날카로운 뒤바람은 상왕봉과 두로봉이 막고, 동쪽 동해의 짠 높새바람은 동대봉이 막는다. 습하고 따뜻한 남풍만 오대계곡을 따라 오대골 깊숙이 들어왔다. 들어온 습한 남풍은 상왕봉, 두로봉, 비로봉, 동대봉을 넘지 못하고 모든 습기를 계곡에 뿌렸다. 탁하고 건조하고 날카롭고 짠 바람을 막고, 남쪽의 따뜻하고 습한 바람을 끌어들인 적멸보궁과 상원사 주변의 숲은 울창하여 포근하다. 웅대한 태백산맥이 소중히 품은 곳이다. 무지렁이도 최고의 명당으로 가리킬 곳이다. 이곳에 죽은 부처와 그를 따르는 1만의 문수보살이 찾아왔다. 비워라! 비워라! 중생을 가르치던 부처가 자신은 이런 명당자리에 앉았다. 삶과 죽음이 다르지 않다고 그도 말했다. 최고의 욕심이며 채움을 손수 보여주었다. 그를 향해, 그의 분신인 사리와 금강석 같은 지혜를 가진 문수보살을 향해 중생은 절하며 빌었다.

욕심을 비워달라고, 마음을 비워달라고, 용서해달라고.

지금 그 부처를 찾아 몸이 썩어가는 임금이 대관령을 오르고 있다. '부질없다. 부처나 임금이나 별반 다를 바 없다.' 무구가 경중경중 뛰면서 사라진 숲 속을 진명스님은 오래 봤다. 백두까지, 지리까지, 끊이지 않고, 거침없이 봉우리들이 있고, 그 봉우리마다 온갖 생명으로 가득할 것이다. 진리 지옥 천국 영원한 믿음 들처럼 세상엔 이름만 있고 존재를 의심받는 것들이 많다. 그러나 오대산의 숲은 이름도 없이 존재하는 것들이 더 많다. "그럼 부모미생전본래면목父母未生前本來面目은 의심을 위한 의심뿐인가 아니면 진정 그 무엇이 존재하는가?" 진명스님은 북대암에 놓고 온 화두를 잠깐 되뇌어봤다.

## 2

　행차는 동해안을 따라 남으로 향했다. 동해는 바다와 육지의 경계가 선명했고, 그 선이 남북으로 막힘없이 이어졌다. 물이 깊어 햇빛도 삼켜버린 너울이 검은 깃발처럼 일렁였다. 접근을 거부하는 검푸른 위엄과 선명한 경계. 동해는 단절이다. 더는 갈 수도 없을 뿐만 아니라 섬이 없는 바다는 시선 둘 곳도 없이 검푸른 바다 끝이 곧 하늘에 묻혀, 동해는 좁다. 육지의 끝, 갈 수도, 머무를 시선도 없다는 것은 더 절망할 수도 없다는 것이기도 하다. 이 절망의 끝인 동해에는 희망만 득실거린다. 잡을 수도 만질 수도 없는 희망이 넘실거리는 검푸른 물결에 가득하다. 거만한 동해다.

　거만하게 맞이하는 동해의 모습에 불편함을 느낀 영의정은 눈을 감았다. 말 발걸음 따라 몸이 흔들렸다. 서해가 솔바람 소리에 멀리서 밀려왔다. 서해는 가깝다. 어디까지 바다고 어디까지 한강인지 뚜렷한 경계가 없다. 그러니 서해는 동해와는 딴판으로 만만하다. 강줄기를 따라온 것 같은데 어느 순간에 바다가 되고, 신작로를 따라 산모퉁이를 돌아가면 호수인지 바다인지 애매하게 야산에 포근히 둘러싸여 있는 곳도 있었다. 갯벌에 쓸려왔다 밀려가는 바닷물에는 삶과 죽음이 섞여 녹아들고, 바다 이곳저곳에 심심하지 않게 섬이 박혀 있으며, 섬과 섬 사이에 긴 기다림이 놓여 있다. 기다림은 길어서 노을 속으로, 해무 속으로 시야는 끝없이 펼쳐진다. 서해는 삶 속에 깊숙이 들어와 있다. 서해는 저녁놀의 아름다움처럼 곰삭은 젓갈 냄새가 구수했다. 어리굴젓, 새우젓, 밴댕이젓 들의 구수한 맛은 죽음의 맛이다. 하나의 죽음과 그 죽음 속의 미세한 인연들이 만나 녹아드는 죽음이 구수하다. 붉은 저녁놀이 죽음을 구수하게 삭여놨을 것이다.

서해와 동해는 다 같은 바다지만 느낌은 천지 차이다. 서해는 곰삭은 젓갈 냄새가 어딜 가든 스며 있는데, 동해는 싱싱한 물비린내가 풍긴다. 서해의 시야는 넓고, 동해는 좁다. 서해는 늙었고 동해는 젊었다. 서해는 포근하고 동해는 날카롭다. 영의정은 동해의 단순함이 싫었다.

파도 소리가 소나무 사이로 들려왔다. 바람이 솔잎에 스치는 소리 같다. 검은 산맥에서 바다까지 뻗어 나온 산줄기는 거칠게 울퉁불퉁 바위투성이다. 그 사이사이 낮은 지역에 들어선 어촌의 촌가는 바다보다 더 낮게 바위에 붙었다. 임금을 맞이하는 이곳 백성은 소박했다.

땔감을 지게에 진 채 언덕 위에서 멍하니 행차를 내려다본다든가, 생미역 다발을 바위에 널면서 흉측스런 엉덩이는 그대로 둔 채, 고개만 돌려 행차를 보았다. 하늘에 뜬 뭉게구름 보듯 임금의 행차를 멀리서 보았다. 저잣거리 행차시 양쪽으로 부복해 있는 한양의 백성과는 딴판이다. 저리 검푸른 동해와 우뚝한 태백산맥만 보고 자란 이들에게 임금도 소박하게 보일 수밖에 없을 것이라고 동해와 태백산맥을 번갈아 보면서 영의정은 생각했다. '이런 선명함 속에서의 삶은 얼마나 쉬울까.' 조선 땅에 살면서 마땅히 지켜야 할 분명한 도리가 없는 것은 아니다. 자식으로서의 도리, 부모로서의 도리, 신하로서의 도리, 군주로서의 도리가 명문화되어 있다. 그러나 그 도리는 동해의 절망 끝 다다를 수 없는 희망처럼 삶 속에 존재하지 않는다. 하루에도 수십 번씩 변하는 하늘 아래에 삶이 있다. 그러므로 삶은 바람이고, 구름이고, 안개다. 삶은 경계가 없이 다만 바람같이 흐를 뿐이다. 그 속에 변하지 않는 것은 없다. 명분이 바람같이 될 때, 구름같이 될 때, 안개같이 될 때에 서해의 갯벌처럼 젓갈처럼 비로소 삶에 녹아든다. 다다를 수 없는 동해의 검푸른 바닷속에만 존재하는 명분에 땅을 밟고 서 있는 육체와 그 속에 깃든 명징한 정신을 묻어버릴 수 없는 것이다. 백성의 녹으로 연명하는 관인官人으로서 잡히지 않는 명분만을 앞세운 무능한 권력체제 유지로 백성을 진구렁에 빠뜨리기보다는 능력 있는 왕족이 왕위에 올라 잘사는 세상을 만들면 오히려 후세가 반길 것으로 생각했다. 그때는 그렇게 생각했다. "어찌하여 자네가, 그런 자에게 빌붙었나. 자네가……." 10여 년이 지났건만 벗들의 마지막 목소리가 영의정의 머릿속을 다시 찔렀다. 동해와 산맥 사이의 선명한 경계 때문이리라. 동해는 넓고 산맥은 높아, 안개를 바람을 구름을 생성하고 막고 소멸시켰다. 위로 흐르는 물은 없는 줄 알았는데, 동해의 물은 구름이 되어 산맥을 오르고 있었다. 인간으로서 영원히 변하지 말아야 할 그 무엇이 과연 존재하는 것인가.

창하는 통나무 의자에 앉았다. 창틈으로 들어온 빛을 선반 위 조각칼이 하얗게 밀어냈다. 오른 손바닥을 폈다. 손바닥엔 노르스름한 누룽지 같은 굳은살이 박여 있다. 문틈 사이로 보라색 제비꽃이 비집고 들어왔다. 서해 상왕산 제비꽃보다 동해 오대산 제비꽃이 키가 큰 대신 색은 흐리다. 제비꽃. 그는 입속으로 웅얼거려본다. 서해와 동해를 잇는다. 제비꽃. 저녁노을 지기 직전의 보라색 새털구름이 아름답던 서해 상왕산 개심사, 그는 그곳에서 마음을 열고 불모가 되었다.

"나무로 등신부처를 만드는 것이 아니라 나무 속에 등신부처가 있는 것이다. 다만, 위와 아래의 기준과 나무와 부처를 분별하는 지식이 나무 속의 등신부처를 가리는 것이다. 위아래의 기준을 무너뜨리고, 나무를 분별하는 지식을 지우면 나무 속의 부처가 보일 것이다. 단단한 나무의 밑동에 머리가 있고, 그중에서도 햇빛을 많이 받고 자라 견고한 남쪽 면에 얼굴이 있다. 부처의 온화한 얼굴에선 항상 은은한 빛을 발산해야 한다. 부처의 빛은 표정이다. 살아 있는 세밀한 표정을 조각하려면 견고한 남쪽 밑면에 얼굴을 새겨야 한다. 존재는 없어지지도 사라지지도 않는다. 얼굴에서도 그 존재를 끄집어내야 한다. 5백 년 동안 빨아들인 햇빛이 5천 년 동안, 아니 몇만 년 동안 은은히 발산하게 해야 한다. 나무 속에 숨은 빛의 본질을 찾는 것은 어렵다. 그러나 분명히 나무 속에는 빛이 있다. 창조는 구름이라면 본질은 물이다. 창조는 가는 바람에도 날리는 민들레 씨앗이라면 본질은 강쇠바람에도 흔들림 없는 바위다. 아니, 창조는 아예 없다. 다만, 본질을 흐리는 이성만 있을 뿐." 처음에는 개심사 심검당에서 가물가물 들리는 솔바람 소리보다도 더 아득하게 들렸다. 스님도 그에게 인지하라고 하는 소리가 아닌 듯 뒷짐 진 채 그를 스쳐 지나가면서 소리를 허공에 흩날렸다. 허공으로 흩어진 말들의 일부만 그의 귓속으로 들어왔다. 그때가 삶과 죽음의 갈래에서 헤매다가 우연찮게 삶을 선택한 순간이다. 그의 의지와 무관한 선택이다. 그리곤 마지막에 항상 "불모가 돼야만 한다"로 끝맺었다. 조언도, 권유도 아니었다. 선택의 여지를 주지 않는 끝맺음이었다. 하늘에 흩뿌리는 소리가 아닌, 뚜렷한 목적이 있는 소리였다. 그러나 그때 그는 불모가 무엇인지도 궁금하지 않았다. 당연히 다시 산속으로 가든지 바닷가로 가든지 아니면…… 하여튼 불모가 무엇인지는 몰랐지만 그것은 그가 갈 길이 아니라고 여겼기 때문이다. 그때 스님과 그가 살아온 환경은 이승과 저승보다 더 멀기도 했지만, 이미 오고 갈 수 없는 그런 거리에 놓여 있었다. 이미 그의 손에는 되돌릴 수 없는 옳이 깊숙이 박여 있을 때였다.

　상당군은 화진포도 태백산맥도 보지 않고, 임금과 영의정만 번갈아
보았다. 임금은 육지를 범하지 못하여 아우성치는 파도 소리를 외면
한 채 화진포만 바라봤다. 잔잔한 화진포 수면에서 가끔 빛들이 튕겼
다. 무엇인가가 잔잔한 수면을 흔들었고, 그 흔들림이 어쩌다 한 번,
빛을 밀어냈다. 수면에서 튕기는 빛이 눈으로 들어와 뒷골까지 스며
들며 이명으로 변했다. 빛이 소리가 되었다. 임금은 죽은 내시가 물속
에서 다시 솟아나기를 기다리기라도 하듯이 고요한 화진포 수면만
보고, 영의정은 고개를 들어 검은 산맥을 보며 자신이 산맥이 되어 지
난 일에 대한 사리를 분별해볼 것이다. 저들은 지금 저것이 산맥이고
저것이 동해라는 것을 뻔히 알면서 또 다른 뜻을 찾듯이, 자신들의 지
식으로 그때의 일을 변명해줄 무엇인가를 찾고 있을 것이다. 지식으
로는 마음을 절대 다스릴 수 없다. 그러나 그들은 그것이 버릇이 되었
다. 아무리 높은 산맥을, 깊고 넓은 동해를 뚫어지게 마음속에 담는다
해도 산과 바다는 변하지 않는다. 상당군은 저런 모습을 볼 때마다 화
가 치민다. 백성을 위해 임금이 존재하고, 관리가 존재하는 것이다.
그러나 저들은 자신들이 존재하는 최고의 가치를 잊고 있다.
　"참 고놈 기특하네." 올봄이었다. 검은 가지에 핀 매화 위로 흰 눈
이 소복이 쌓인 모습을 보고 영의정이 상당군에게 신기한 듯, 매화가
기특한 듯 말했다. "시절이 되어 핀 것입니다." "그래도 눈 속에 이리

여리고 하얀 꽃을 피웠으니, 인간이 따를 수 없는 인고의 산물이 아닐 까요?" "꽃 피는 3월에 갑자기 내린 눈이 방정맞고 눈치 없는 것이지, 매화가 추위를 이기고 홀로 핀 것이 아닙니다. 눈이 내릴 줄 알았으면 매화는 피지 않았을 것입니다." 이른 봄 근정전 뒤 춘추관 뜰에 핀 매 화를 그윽한 눈빛으로 쳐다보던 그때 영의정의 눈빛이 먼 산맥을 보 는 지금의 눈빛과 겹쳐졌다. 끝없이 사물의 본질을 굴절시키는 저 흐 리멍덩한 눈빛. 눈 속에 핀 매화는 시절이 되어 눈 속에 핀 것이고, 곧 은 대나무는 빽빽한 숲에서 빛이 그리워 그렇게 곧게 자랄 뿐이고, 난 은 울창한 숲의 그늘에 가려 빛이 모자라 길게 자라지 못하고 겨우 땅 바닥을 비집고 나온 가련한 풀이다. 그곳에는 추운 겨울을 견딘 강인 함도, 곧은 절개도, 청초함도 있을 수 없다. 그냥 눈 속을 비집고, 동 료의 틈을 비집고, 나뭇잎 사이로 실처럼 비치는 빛을 그리며 바둥바 둥 생을 유지할 뿐이다. 엄동설한의 인고로 매화의 향을 흐려놓고, 절 개로 빛에 대한 대나무의 그리움을 흐려놓고, 청초로 난의 초라함을 덮어 본질을 흐려놓았다. 매화가 가는 길을, 대나무가 가는 길을, 난 초가 가는 길을 저들은 글로써 흐려놓는다. 이렇듯 임금이 용서해달 라고 가는 곳마다 머리 숙이는 석가의 자비도, 영의정이 지키려는 공 자의 인仁도 글 속의 길 들이다. 글 속에 길이 있다고 하나 글 속에 있 는 길은 글 속으로 이어진 길이다. 또한, 사라진 지 몇천 년이 지난 그 글 속의 길마저도 지금은 백성이 걷는 길이 아니고, 백성을 다스리는 수단이 되었다. 역사 속으로 사라진 왕 씨 왕조가 석가를 불러들여 그랬고, 현 왕조도 공맹을 불러들여 그렇게 이용하고 있다. 절대 진리처럼, 변하지 않을 듯이 읊어대지만 이렇게 변하고, 앞으로 힘 있는 자의 필요에 의해 계속 변할 것이다. 이렇듯 조정은 자신들의 뜻대로 백성을 다스리고자 몇천 년 전에 죽은 공자를, 석가를 앉혀놓고 길 없는 길로 백성을 이끄는 것이다. 그것이 다스림이다. 그들의 글 속에는 백성을 현혹할 수 있는 온갖 명분들이 있기 때문이다. 백성 속에 명분이 있는 것이 아니라, 명분 속에 백성이 있었다. 그러기에 만질 수 없는, 향기도 없는, 보이지 않아 존재하지도 않는 글 속의 명분은 굳건히 땅을 밟고 존재하는 백성을 수없이 죽였다. 존재하지 않는 것이 존재를 없앴고, 없어진 존재들은 존재하지 않는 것들의 힘을 키웠다. 그곳에 길이 없음을 뻔히 알면서도 힘 있는 무리는 필요에 의해, 보이지 않는 허망한 길을 끝없이 만들었던 것이다. 당연히 군주와 백성의 길은 다르다. 같은 길을 가면 이미 군주가 아니다. 공맹과 석가의 길은 백성의 길이다. 더 노골적으로 말하면 군주가 만들어놓은 울타리다. 백성을 가두는 울타리.

  이따금 수면에서 튕겨져 나오는 빛이 상당군의 눈 속으로 들어왔다. 그는 빛 따라 들려온 이명을 몰아냈다. 빛은 소리가 될 수 없다. 상당군은 임금의 눈을 한동안 봤다. 핏발이 자글자글한 눈동자가 흥건히 젖었다. 이명으로 가득한 눈이다. 불쌍하고 어리석은 사람들이다. 흩어졌다 모아졌다 하면서 그렇게 흐르는 것이 세상이다. 그 속에 영원한 것은 아무것도 없다. 그때 사건으로 마음을 잡지 못하고 괴로

위하는 임금과 영의정이 상당군은 답답했다. 어떻게 되돌려야 하나. 되돌릴 수 없다면 5백만 백성의 안위를 위해서라도 저자를 군주의 자리에서 내려오게 해야 한다. 그게 진정한 신하의 도리다.

등신等身 크기의 불상이다. 통나무 하나로 깎고 다듬어서 만들기에는 너무 큰 불상이었다. 신체 부분별로 접목이 필요했다. 먼저 머리와 몸통, 양쪽 팔, 다리 부분을 가늠하여 네 개의 사각 나무 기둥을 만들었다. 가지가 갈라지는 윗부분은 가부좌 튼 다리가 되었고, 뿌리와 맞닿은 단단한 밑동은 얼굴이, 가운데 토막은 목과 몸통이 되었다. 그리고 나머지로 결에 맞게 양쪽 팔을 만들어 임시 접목을 했다. 밑그림을 보면서 머릿속에 형상을 그려봤다. 머릿속에 온전한 형상이 떠오를 때까지 오래 보았다. 그리곤 세필을 들어 거친 나무 표면에 얼굴을 가슴을 손가락을 발가락을 옷 주름을 그렸다.

접목했던 것을 네 개의 나무 기둥으로 다시 분리했다. 그려진 그림대로 활톱 쥐꼬리톱 실톱 홈켜기톱으로 자르고, 선자귀로 톱이 세운 모서리를 없애고, 손자귀로 거칠어진 둥근 면을 다듬고, 원자귀로 목을 파고, 옥자귀로 속을 비웠다. 더 섬세한 파냄과 비움은 크기에 맞는 끌을 썼다. 정갈하게 비웠다. 부분별로 겉 치기를 끝내고 속을 비운 다음 다시 접목을 했다. 접목을 한 목불상은 눈, 코, 입, 귀가 흐릿해 달빛에 비친 어머니의 얼굴을 닮았다. 그는 문둥병으로 잘리고 녹아서 뭉툭해진 팔다리와, 입술과 코가 잘려 나가고 눈썹이 뽑혀 붉은 고깃덩어리 같던 어머니의 얼굴을 생각하며 조각칼을 움직였다.

　허물어진 코는 높고 곧으며 길게, 뽑힌 눈썹은 초승달같이 길고 짙푸르게, 눈은 길고 초롱초롱하게, 하얀 물렁뼈가 보이게 벗겨진 귓바퀴는 둥글고 처지게, 잘린 손가락은 길고 부드럽게, 손톱은 밝고 윤택하게 깎았다. 어미의 누런 이가 보이게 녹아든 입술은 옹골지게 다물렸고, 정수리 부분만 한 움큼 있던 머리는 함지박 가득한 푸른 구슬 뒤집어쓴 것처럼 풍성하게 얹었다. 뭉툭해진 팔다리로 항상 기우뚱했던 신체는 똑바로 듬직하게 앉히고, 세웠다. 그렇게 어머니는 미륵보살이 되었고, 아버지는 석가불이 되었고, 한티고개의 산적들은 사천왕상이 되었다. 그러나 이번 조상에서는 눈과 입을 새기지 못하고 있다. 큰스님이 건네준 밑그림을 다시 봤다. 세파에 찌든 모습이다.
"대체 이것이 무엇이란 말인가?"


　동봉은 말고삐를 당겨 대관령 정상에 멈췄다. 구름머리가 새하얀 더미구름이 강릉을 가렸다. 그 너머 멀리 보이는 동해와 하늘이 연푸른빛으로 같이 흐려지다가 섞이며 희읍스름하게 사라졌다. 하늘 속으로 바다가 사라진 것인지 바닷속으로 하늘이 녹아든 것인지 너무 멀어 분간할 수 없었다. 건듯건듯 불어오는 동풍에 밀려 더미구름이 대관령을 오르려 하지만, 몽글몽글한 더미구름은 대관령을 오르지 못하고 그 자리에서만 맴돌았다. 바다에서 생성되는 얇은 구름이 동풍을 타고 구름 속으로 스며들지만, 산맥 사면을 타고 오르는 구름은 대관령 중턱에서, 바다에서 스며든 만큼 숲 속으로 녹아들었다. 녹아 드는 구름은 하얀 면사처럼 갈라지면서 산의 깊은 호흡 속으로 빨려 들 듯이 사라졌다. 대관령 정상에서 대관령 중턱을 맴도는 더미구름 을 동봉은 오래 보았다. 생성하고 소멸하면서 바람에 날려 멀리 흘러 간 것 같지만 반 시진째 그 자리에서 맴도는 구름이다.

저자들의 악행을 막지 못함은 물론, 인륜을 따른다면 마땅히 육신 을 벗어던지고 병자년에 죽어간 그들과 같이 행했어야 함에도 죽지 못하고 동봉은 그때 살아남았다. 살아남은 자의 부끄러움을 숨기고 자 삿갓을 눌러 하늘을 가리고 산맥 줄기 따라 떠돌다가 다시 그 줄기 끝나는 곳에 으레 이어지는 강물에 몸을 싣곤 했다. 가다 보면 저잣거 리에 접어들고, 그곳에서 한잔의 탁주를 핑계 삼아 진창 속으로 빠진 세상에 대한 살풀이를 한바탕 풀어내 만단 시름이 한풀 꺾이면, 다시 산 옆구리를 파고드는 길로 발길을 옮겼다. 그렇게 섧을 달래며 10여 년 동안 떠돈 것 같은데, 지금 그가 서 있는 자리는 10여 년 전 수락산 에서 책을 불사르고 무작정 떠나 의식 없이 발길을 옮기다가 대관령 아래 강릉 성산을 보고 처음 살풀이를 하던 곳이다. 동봉도 지금 보니 저 더미구름처럼 그 자리에서 맴돌 뿐이었다.

너럭바위 위에서, 고개 성황당 안에서, 장승 밑에서 맘 가는 대로 휘 갈겨 쓴 글들을 때론 보퉁이에 꼬깃꼬깃 끼웠다가 뒷간에서 뒤처리에 쓰고, 때론 지방 유식자의 집 안에서 묵으며 숙식 값으로 지불하기도 했다. 그렇게 울분을 풀어낸 것이 1000여 편도 넘을 것이다. 그것은 시문이 아니고, 긴 한숨이었다. 태어날 때 이미 지식을 가지고 태어났으며, 동방의 공자라 칭송받던 그가 저잣거리에서 살풀이를 한바탕 풀어내면 세상이 말세라 혀를 차던 사람들. 돌고 도는 인륜의 틀을 지키고자 팔도에서 10여 년 동안 끊임없이 인륜을 묻어버린 조정의 역적들에게 항거했지만, 세상은 변한 게 없었다. 저 더미구름처럼.

해가 더미구름 위로 올라오자 구름머리는 더 부풀어 오르며 하얗게 부서졌다. 구름머리에 반사된 빛이 눈으로 들어와 머리를 하얗게 태웠다. 햇빛에 찔린 눈을 달래려고 눈을 감았다. 눈앞에 꺼물꺼물거리는 하얀 방울들이 점차 사라졌다. 머릿속이 다시 아득해졌다. 눈을 떴다. 구름이 면사처럼 녹아드는 숲 속에서 뻘건 둑이 솟아올랐다. 둑 앞 숲 속에 붉은 점들이 알씬거렸다. 행차의 더듬이들이다. 붉은 둑 뒤로 하얀 구름 속을 빠져나오는 행차가 꿈틀거렸다. 대관령을 오르는 임금의 행차는 능구렁이처럼 길고, 붉었다. 연초록 5월의 숲에 붉게 감실거린다. 태양은 구름머리 위로 불쑥 올라왔다. 그는 태양은 보지 않고 행차만 내려다봤다. 푸른 숲의 붉은 행차 대열은 고왔다. "이번에 반드시 그때의 죄를 심판하리라." 대관령 정상에서 임금의 행차를 내려다보면서 동봉은 다짐했다. 더미구름 속을 빠져나온 행차는 멀어서 느렸다.

"무엇을 인간이라 합니까. 몸에는 두 다리가 있고 얼굴에 터럭이 없다 하여 인간이라 합니까. 다른 동물보다 명석한 머리를 가졌다 하여 인간이라 합니까. 그것은 아닙니다. 인간은 도리를 분간할 줄 알고,

그를 근본으로 바른길을 갈 때 비로소 인간이 되는 것입니다." 그때 김 집사가 오대산문에서 허연 침을 튀기며 말했다. "인간으로서 마땅히 지켜야 할 도리가 저 검푸른 동해처럼, 굳센 태백산맥처럼 명확히 존재함에도, 그를 지키지 않으면 어찌 저 숲 속의 짐승들과 구별이 있겠습니까. 아니 저 숲 속의 짐승들도 자기 혈육을 무참히 살상하지 않음은 물론, 자신의 무리에 해가 있을라치면 서로 아우르고 살핍니다. 그러니 그자들은 저 숲 속의 날짐승보다도 더 못된 놈들입니다. 어찌 자신들의 사사로운 이익과 욕심 때문에 인간의 근본인 충의를 지킨 그들은 물론 자신의 핏줄이면서 한 나라의 군주를 그리 무참히 죽일 수 있겠습니까. 저 짐승만도 못한 것들의 다스림을 받느니 차라리 죽음으로써 치욕을 씻으려 했건만 행하지 못하고 있다가 대감의 거사 소식을 듣고 한걸음에 달려왔습니다." 그때 김 집사는 초가지붕 굼벵이도 알고 있어 새삼스럽지 않은 것을, 새삼스럽다는 듯이 목소리를 높였다. 그가 외치는 내용은 너무나 당연하여 행망적게 들렸다. 그런데 1년 동안 큰일을 준비하면서 그때 김 집사가 한 말들이 새삼스러워졌다. 동봉을 그동안 지배했던 공자의 인과 맹자의 왕도정치와 노자의 도로는 저 무리를 어찌할 수 없음을 알았기 때문이다. 인과 왕도정치와 도는 인간을 위한 것이다. 저들은 인간이 아니므로 저들에겐 김 집사의 단순함이, 선명한 칼날이 더 요긴했다. 날뛰는 멧돼지에게 논어를 들려줘봤자 소용없다는 것을 그는 너무 늦게 깨달았다.

김 집사는 동봉의 먼 친척으로 강릉현의 수비대 무관이었다. 무과에 다섯 번이나 낙방하여, 모든 것을 체념하고 방탕생활을 하던 그를 동봉의 아버지가 현의 초관 자리를 마련해준 것이다. 그러다가 병자년 사건 때 파직당했다. 이유는 아무도 몰랐다. 그때 동봉이 수락산에서 책을 불태우고 스스로 속세를 떠난 기이한 행동 때문이라는 소문도 있었으나 확실치 않다. 김 집사는 동봉보다 여섯 살 위다. 무사를 모은다는 소식을 듣고 맨 먼저 오대산으로 들어온 사람이다. 김 집사는 오대산은 물론 주변 지형을 자세히 알았다. 무사를 이끌고 관리하는 것은 김 집사가 맡았다. 동봉의 손에는 칼이 없었다. 다만, 남들보다 탁월한 그의 지혜로 그들의 행동지침을 수립했다. 임금을 죽이는 행동지침. 그럴 일은 없겠지만, 그 없음의 일에도 빈틈없이 대비했다. 그는 태어날 때 이미 지식을 지니고 있었으며(生知之質), 신동 김오세라는 전설의 주인공이다. 임금은 오대골에서 죽을 수밖에 없었다. 임금을 죽이고 떳떳한 모습으로 강릉 장안의 조상을 찾을 것이다.

"어떠한 일이 있어도 살아서 내려가진 못하리라." 동봉은 다시 한 번 마음을 가다듬었다. 그는 10년 동안 전국을 방랑하면서 사귄 지인들을 통해 1년 전에 무사를 모았다. 무사를 모으는 것은 쉬웠다. 인륜을 저버린 저자들의 적은 반도에 수두룩했다. 대놓고 말 못해서 그렇지 반도의 백성 모두 임금의 적이라 해도 과언이 아니다. 그것은 당연했다. 백성은 인륜의 틀에서 행동하고 생각하며 살고 있었기 때문이다. 자발적으로 참여한 무사도 있었고, 지방의 지주가 돈을 주어 보낸 무사도 있었다. 그중에 2백 명을 선별했다. 먼저 그들에게 오대산 골이며

봉, 바위 위치들에 대한 지리를 익히게 했다. 임시로 4편제로 나누고 편제별 편대장을 두었다. 그리고 김 집사가 그들을 이끌었다.

내려갈 것이다. 해 지면 무거워진 바람은 산맥을 내려갈 것이다. 산 사면을 따라 내려가는 바람은 동해 멀리로 저 더미구름을 밀어낼 것이다. 저 길 따라 자신도 대관령 아래 성산으로 조상님들을 만날 것이다. 해만 사라지면. 그 해가 지금 대관령을 오르고 있다.

창하가 조각용 창칼을 엄지와 검지 사이로 가볍게 집고, 나머지 손으로 목불의 뒤통수를 감쌌다. 창칼을 목불의 코 옆에 대지만, 칼끝이 또 바르르 떨렸다. 창칼을 선반 위에 내려놓았다. 나무 속에 숨어 있는 눈과 입을 찾아야 한다. 어디에서 온 모습일까. 간잔지런하게 아래로 내리뜬 눈에는 금방이라도 눈물이 주르륵 흐를 듯하다. 이 모습의 근본은 어디에 있을까. 목불상의 밑그림은 작년 가을 영주 흑석사에서 오대산으로 오자마자 큰스님이 준 것이다. "많은 생각을 말아라. 그냥 깎고 다듬어서 그림대로 만들면 된다. 알겠느냐?" 임금이 발원한 본존불이다. 큰스님은 그냥 깎으라고 하지만 깎아서 될 상이 아니다. 본래의 모습을 찾아내야 한다.

작년 가을, 오대산에 도착하자 전라도 백암산 백양사의 비자나무가 먼저 와서 그를 기다리고 있었다. 비자나무는 속살이 옅은 황갈색이어서 인간의 살과 흡사하며, 생장이 다른 나무들처럼 한여름엔 불쑥불쑥 자라다가 겨울이면 멈추는 것이 아니라 계절 구분 없이 꾸준히

느리게 자라 심재心材와 변재邊材의 구분이 모호하여 조직이 치밀, 불상 제작에 제격이다. 특히 백양사 비자나무는 불모들이 성목聖木으로 여기는 귀한 나무였다. 길쭉한 타원이 급격히 좁아지면서 끝이 가시처럼 날카로운 진초록 잎의 광택이 성성한 마르지 않은 나무였다. 그는 비자나무를 다듬어 천장에 걸었다. 공기 속으로 사라질 것은 사라지고, 나뭇결 속으로 밑그림이 깃들 때까지 서두르지 않았다. 그리곤 나무 속에 형체가 온전히 깃든 이른 봄에 먹줄을 띄웠다. 물론 그 형체에 얼굴의 또렷한 윤곽은 없었다. 그러나 본질이 동자상이다. 신체를 조상하는 데는 무리가 없다. 4월 초파일까지 완성해야 한다.

# 3

동봉은 말을 멈췄다.

가지 않으면 안 되는 길. 외길이므로 갈등도 없을 것이다. 그러나 마음만은 편치 않을 것이다. 화전민이 일군 옥수수 밭이 끝나고, 150척 가량의 우람한 전나무가 빽빽한 숲 앞이다. 오대산문이다. 넓게 펼쳐진 들이 좁은 계곡으로 빨려 들어가는 형세다. 한여름 한낮 바람도 잠시 머물지 못하고 휙휙 지나다니는 협곡이다. 한날한시에 싹을 틔운 듯 가지런한 전나무 우듬지가 오대산을 구름을 하늘을 가렸다. 그 밑으로 임금이 가야 할 길이 있다. 상원사로 가는 길, 길은 숲에 가려 어둡다.

뻗은 가지들이 성글어 보여도 서로 잇달아 엇갈리어 밑에서 보면, 황소 허리보다 더 굵은 전나무 밑동이 급격하게 가늘어지면서 잎 속으로 사라졌다. "나무 속에 숨으려 하지 말고, 나무가 돼야 한다." 가지를 휘어서 또는 묶어서 가리어 각자 자신이 은폐할 장소를 3개월간 준비했다. 실존이 끝내는 본질을 가리듯이 동봉은 눈앞에 펼쳐진 거대한 숲이 100만 대군처럼 보였다. 동봉이 숲 속을 올려다보며 일부러 숨은 무사를 찾으려 해도 보이지 않는다. 모두 짙은 풀빛 옷을 입고 있어서 숲에 녹아들었기 때문이다. 나무가 되었다. 150척이 넘는 거대한 나무들이다. 대낮에도 침침한 숲 속 길가엔 이름 없는 사시랑이 잡초들만 바람에 건들거렸다. 오지 마라! 오대산은 오대산문에 150척이 넘는 거대한 전나무 병사 수천 명을 배치하고 임금에게 또렷하게 말하고 있었다. 누가 봐도 위험한 지역이다. 하지만 알면서도 임금은 이 길을 가지 않으면 안 된다.

"어떻게 확신하십니까?" "임금은 그곳에 가지 않으면 죽는다는 것을 알고 있기 때문입니다." 1년 전 큰스님은 늙은 몸을 이끌고 문경새재를 넘어 경주까지 찾아와 그에게 임금 행차 계획을 말했다. "그래서요?" "점안식에 참석하여 악귀를 물리치고, 도량을 청정하게 해주십시오." 왜 경주에서 먼 강원도 불상 점안식에 자신이 참석해야 하냐고 물으려 하다가 큰스님의 눈을 보고 의문이 풀렸다. 10여 년 동안 그는 반도 구석구석을 돌아다니며 스스로 인간이기를 거부한 임금의 악행을 짓소리로 읊조리다 지치면 때론 휘갈겨 쓰며 살풀이를 했고, 임금은 그가 풀어낸 독살에 찔려 몸이 만신창이가 되어간다는 것을 알 만한 사람은 모두 알고 있었다. 그런 동봉에게 강원도 오지 임금의 행차 소식을 알린 것은 당연히 한 가지 이유밖에 없다고 생각했다. 금오산 초막 마당에서 주고받은 대화는 짧았다. 그는 앉지도 않고 돌아갔었다.

오른쪽은 오대천이 흐르고, 왼쪽으로는 가파른 절벽이다. 아무리 많은 호위군사를 거느린다고 해도 측면 호위가 얇아져 허술해질 수밖에 없는 지형이다. 얇아진 벽을 뚫고 임금과 상당군, 양정만 죽이면 된다. 그다음은 그들 스스로 알아서 할 것이다. 동봉도 나머지 일행과 자리를 잡았다. 오대천 건너 곰바위 뒤였다. 기다리면 된다.

드디어 멀리 둑이 보였다.

붉은 피가 뚝뚝 떨어지는 잘린 머리를 긴 대나무 끝에 매단 것처럼 붉은 기旗다. 그 둑 뒤로 갈색 먼지가 일었다. 행차가 화전민이 일구어놓은 들로 들어섰다. 가늘지만 날카로운 휘파람 소리가 전나무 숲을 뚫고 지나갔다. 모두 행차를 보고 있을 것이다. 다시 한 번 휘파람이 울리면 임금의 목이 떨어질 것이다. 동봉은 빈틈없이 준비했기에 그들을 맞이하는 마음은 차분했다. 척후병들이 전나무 숲에 이르렀다. 동봉은 곰바위 뒤에서 이를 지켜봤다. 척후는 계곡 초입을 샅샅이 뒤졌다. 고개를 들어 전나무 위를 바라보는 척후의 발에 눌려 사시랑이 풀들이 꺾였다. 행차는 느려졌고, 척후는 찬찬히 수색했다. 산이 날숨을 쉬듯 한 줄기 바람이 또 산에서 내려왔다. 파도 소리가 났다. 시원한 바람에도 얼굴에 땀이 흘렀다. 닦지 않았다. 척후는 오대천의 바위까지 뒤졌고, 반대편 절벽을 기어올랐다. 그렇게 척후병은 천천히 동봉의 시야에서 사라졌다. 행차가 옥수수 밭 가운데에 멈췄다. 비대한 행차 대열로 계곡을 통과할 수 없어 군사를 재편성하기 위함일 것이다. 행차 외곽을 호위하던 충순위 8백과 기마병 2백을 5백씩 나누어 왼쪽 오대천과 오른쪽 절벽 위 산 능선으로 투입했다. 말馬이 필요 없는 숲이다. 오대천을 수색하던 군인들이 오대천을 건너까지 수색 범위를 넓혔다. 그 대형대로 전진하면 곰바위까지 그들의 수색 범위에 포함된다. 예상치 못한 수색이었다. 동봉 일행은 허리를 숙이고 산 정상을 향해 뛰었다. 숨이 혓바닥을 밀어낼 것 같았다. 그때, 계곡 가득 한 줄기 비명이 들리는가 싶더니 곧이어 법고 소리 같은 울림이 땅을 흔들었다. 동봉은 돌아봤다.

초관이 몸을 낮추고 20여 보 앞의 떡갈나무 숲을 손가락으로 가리켰다. 그들이 수색하던 능선이 뚝 잘렸다. 바위가 직방형으로 각이 반듯하게 우뚝 섰다. 그 아래로 길이 있다. 반듯한 면의 높이가 20척 정도 되었다. 그 바위 뒤로 늙은 호박 같은 바위들이 다닥다닥 붙은 능선이 이어졌으며, 바위틈 속에 소나무가 듬성듬성 있다. 바위틈 속에서 자란 소나무는 작고 뒤틀려서, 척후가 지나간 자리가 선명했다. 작은 소나무 가지가 꺾이고 잘렸기 때문이다. 그 위쪽 능선 떡갈나무 잎의 흔들림을 앞선 초관이 보고 소리 없이 신호를 보낸 것이다.

척후의 잔병인지 아니면 자객인지 숲에 가려 보이지 않았다. 척후가 미치지 못한 곳이다. 자객일 수도 있다. 직방형 바위 위에서 뛰어

내리면 바로 임금 연의 옥계로 떨어진다. 2천여 명의 호위도 부질없게 만들 수 있는 천혜의 지형이다. 돌아가지 않는 한 그 길로 가야 한다. 떡갈나무 숲을 부챗살 모양으로 포위했다. 떡갈나무 숲의 움직이는 정체가 넓은 잎 사이로 언뜻 보였다. 흑갈색이다. 척후병은 아니다. 척후병은 적색이다. 호위대장 양정은 몸을 낮추고 능선을 올랐다. 떡갈나무 숲 뒤편은 절벽이다. 숲은 무성했지만 두세 명을 겨우 가릴 정도로 듬성듬성 소나무 사이로 솟아 있는 파릇한 작은 숲이다. 그들의 퇴로인 산 위쪽 능선에 군사가 도착할 때까지 기다렸다. 드디어 위쪽에서 수신호가 왔다. 숨어 있는 자객은 기껏해야 두세 명, 포위망을 좁혀갔다. 떡갈나무 잎은 계속 움직였다. 10여 보 정도까지 가까이 다가갔다. 바위가 울퉁불퉁하여 은폐가 수월했다. 움직이던 잎이 멈췄다. 고요했다. 자객이 알아챈 것이다. 그러나 이미 늦었다는 것을 자객도 눈치 챘는지 아무런 반응이 없다. 다시 잎이 흔들린다. "생포하라." 호위대장 양정의 명령에 위아래에서 함성을 지르며 50여 명의 군사들이 떡갈나무 숲을 향해 돌진했다. 순간, 숲에서 대포알 같은 물체가 산 위쪽으로 튀어나왔다. 접근하던 군사들이 그 물체에 부딪혀 쓰러졌다. 멧돼지다. 그와 동시에 요란한 말발굽 소리가 났다. "메아린가?" 양정은 돌아봤다.

넓고 파란 옥수수 밭 가운데에 오밀조밀 모여 있는 행차 대열을 향해 오른쪽 소나무 숲에서 기마병이 돌진하고 있었다. 꽥꽥거리며 산을 오르는 멧돼지의 발소리는 야단스럽고, 멀리 옥수수 밭의 말발굽 소리는 땅을 울렸다. 갓 돋아난 파란 옥수수 밭을 달리는 말은 거침없다. 충의위 2백은 척후로 이미 오대산 속으로 사라졌고, 충순위와 기마병 1000명은 양정의 지휘 아래 오대산 입구를 수색 중이다. 임금을 지키는 군사는 시위군과 총통위, 내금위 군사뿐이다. 이들마저도 갑작스런 공격에 서로 엉켜 임금의 연 주변에서 우왕좌왕했다. 말발굽의 울림이 퍼져가는 하늘로 눈길이 따라갔다. 금방이라도 옥수수 밭을 삼킬 기세로 우뚝하게 솟은 웅장한 봉우리들이 빙그르 돌았다. 어지러웠다. 옥수수 밭 한가운데의 행차 대열은 진딧물 무리에 달라붙은 무당벌레 떼처럼 오물거렸다. 저잣거리에서 웅장하던 행차 대열이 거대한 산속으로 들어오자 한없이 초라해졌다. 양정은 산 능선을 뛰어 내려왔다. 군사들은 산적이 들이닥친 야시장 상인들처럼 임금은커녕 제 한 몸 간수하기에도 바빠 보였다. 붉은 둑이 쓰러지고, 황룡기 청룡기 백호기 따위의 펄럭이던 각종 깃발이 옥수수 밭에 버려졌다. 기마병의 말발굽 소리와 고함에 모두 혼을 빼앗긴 듯했다. 숲속에서 횡대로 튀어나온 기마병은 달리면서 임금의 연 쪽으로 모였다. 동그랗게 모인 기마병은 연을 향해 곧바로 돌진했다. 말도 검었고, 말 위의 그자들도 모두 검은 복면을 쓰고 있다. 파랗게 언 웅덩이 위로 얇게 내린 눈이, 돌개바람에 날리듯 군사들이 기마병에 빠르게 밀려났다. 다만, 시위군절제사만 넓은 옥수수 밭 한가운데 주먹만 하게 돋아난 돌부리처럼 오뚝하게 서 있는가 싶더니, 휑한 주변을 둘러보고 고양이에 놀란 쥐처럼 빼어 든 칼을 엉거주춤 흔들면서 방정맞

게 도망갔다. 임금이 연에서 내려 내금위 군사 뒤로 피했다. 내금위절
제사 허규와 호위무사들은 임금을 모시고 오대천 쪽으로 뛰었다. 수
시로 뒤를 돌아보며 뛰어가던 임금이 옥수수 밭에 넘어졌다. 방정맞
은 뜀박질은 빨랐다. 시위군절제사는 도망하는 일부 시종들에 섞여
임금보다 더 멀리 도망갔다. 내금위절제사 허규가 칼을 뽑아 휘둘렀
다. 단칼에 시위군 병사 둘이 쓰러졌다. 도망하던 시위군 100여 명이
멈췄다. 돌개바람에 밀린 눈이 웅덩이 둑에 몰리듯 시위군도 꼼짝없
이 그 꼴이 되었다. 양쪽에서 밀고 오는 죽음의 압력에 팽창해진 시위
군 100여 명은 횡대로 벌어져 길게 적과 아군을 갈랐다. 이미 시위군
100여 명은 자신의 지휘관을 따라 멀리 도망했다. 얼마나 많은 적이
산속에서 더 튀어나올지 모른다. 실수했다는 것을 알았을 때는 이미
늦었다. 거침없이 달리는 말은 조금도 속도를 늦추지 않았다. 기마병
의 선두가 시위군과 부닥치기 일보 직전이다. 시위군 병사들이 기마
병을 향해 칼은 치켜들었지만 겁에 질려 엉덩이를 뒤로 뺀 채 엉거주
춤한 자세라는 것을 멀리서도 인식할 수 있었다. 시위군 인간방벽에
말들이 주춤거리자 기마병이 말 엉덩이에 채찍을 갈겼다. 말들은 긴
울음소리를 내며 다시 달렸다. 총통위가 시위군 뒤로 30여 보 물러나
서 대열을 갖추고 화약을 장전했다. 그 뒤로 내금위 2백이 행차 일행
을 둘러쌌다. 시위군과 기마병이 부딪치려는 순간, 조총이 터졌다. 계
곡에서 터지는 조총 소리는 계곡을 벗어나지 못하고 계곡을 가득 채
웠다. 빠져나가지 못한 소리는 그들끼리 겹쳐져 웅웅 울렸다. 계곡이

한동안 울었다. 뛰어.내려오던 양정은 멈췄다. 말을 탄 자객이 말고삐를 돌려 산속으로 돌아갔다. 화약을 장전하는 틈을 타 곧 본진이 숲 속에서 뛰어나올 것이다. 황당한 광경에 그들의 정확한 수는 헤아려 보지 못했지만 20여 명 정도 되는 듯했다. 그리고 총을 맞고 옥수수 밭에 쓰러진 자객은 일곱이었다. 2차 조총수가 대열을 갖추었다. 흐트러졌던 시위군도 대열을 촘촘히 갖추었다.

모두 멈추었다. 바람도 멈추었고, 소리도 멈추었고, 숲 속도 고요했다. 파란 옥수수 밭의 행차 대열도 임금을 중심으로 동그랗게 멈추었다. 행차 대열을 품은 옥수수 밭의 사방으로 거대한 봉우리들이 둘렀다. 빙그르 돌던 봉우리들도 멈추었다. 거대한 숲에 갇힌 옥수수 밭이 초라했고, 그 속의 1천여 명의 행차 대열은 공포에 질려 있었다. 임금보다 더 멀리 달아난 시위군절제사와 병사만 한동안 멈췄다가 다시 행차 대열 속으로 살그머니 숨어들었다. 옥수수 밭은 괴괴했다. 멈춤은 오래갔다. 2차 공격은 없었다. 절제사 장군들만 대열을 갖추느라 소릴 질렀고, 나머지는 고요했다.

정적을 깨는 말 울음소리가 숲 속에서 들렸다. 숲이 무서웠다. 봉우리마다 빼곡한 우람한 소나무 전나무 한 그루 한 그루가 연초록 창을 들고 몰아칠 기세였다. 흩어졌던 충순위와 기마병 1천이 행차에 합류했다. 모두 긴장했다. 호위를 나갔던 충의위 2백도 조총 소리를 듣고 오대 숲 속을 빠져나와 합류했다. 양정의 지휘로 전투태세를 갖추었다. 양정은 자기 군사의 백당일의 초라한 정신상태를 탓하는 대신에

2천여 명의 군사들이 지켜보는 자리에서 시위군절제사의 목을 잘랐다. 파란 옥수수 잎 위에 떨어진 피는 불그죽죽하게 흘러내렸다. 역겹지 않은 비릿한 향기가 났다. 피의 향인지 아니면 잘린 싱싱한 옥수수 잎에서 나온 향인지 분간이 힘든 냄새다.

동봉은 산을 기어오르다 말고 옥수수 밭의 희귀한 광경을 지켜봤다. "저자들은 누굴까." 김 집사도 그를 쳐다만 볼 뿐 아무 말이 없다. 동봉은 정신을 가다듬고자 머리를 흔들었다. 수색대에 쫓기면서 놀라고, 동쪽 절벽 쪽에서 들려온 비명에 놀라고, 기마병의 말발굽 소리에 놀라고, 아직도 계곡을 빠져나가지 못하고 윙윙거리는 총소리에 놀라고, 해말쑥하게 파르께한 옥수수 밭의 비릿한 죽음에 놀라 흔들리는 마음을 진정시킬 수 없어 동봉은 능선에 그냥 누워버렸다. 흰 뭉게구름이 동해 쪽으로 흐른다. 한참을 보았다. 그러면서 머릿속으로 정리했다. 저들이 누구일까. 다시 들을 내려다보았다. 전투태세의 경계를 풀지 않은 대열은 옥수수 밭 한가운데서 임금을 중심으로 동그랗게 굳어 있었다. 반대편 숲 속에서 말 울음소리가 길게 들렸다. "얼마나 오랜 세월 기다렸는데, 대체 저 작자들은 누구냐?" 동봉은 드티어진 작전에 다시 득달같이 외쳤다. "행차는 돌아갈 것이다. 대관령 정상 선자령에서 친다. 빨리 철수하라!"

"전하, 돌아가야 합니다." "영의정이 옳습니다. 돌아가야 합니다."

상당군은 영의정의 간청에 덧붙여 말했다. 오랜 침묵이 깨졌다. 산그늘이 옥수수 밭 절반을 덮었다. 돌아가야 한다. 그들이 사라진 계곡에서 말 울음소리가 들렸다. 시야에서 사라진 그들이 녹음 속에서 지켜보고 있을 것이다. 피해 달아난 이들이 10여 명이지 저들의 수는 더 많을 수도 있다. 뒤를 쫓아봤자 저들을 잡을 수 없다. 산은 높았고, 그 높은 만큼 계곡도 깊었다. 그 높고 깊음이 백두에서 지리까지 이어진 백두대간의 중심, 오대산이다. 저들은 승산 있으면 맞서 싸울 것이고, 불리하면 산속으로 흩어질 것이다. 그들에게는 산속에 길이 있지만 우리에겐 없다. 강릉에서 보았던 몽실몽실 포근하게 피어오르던 뭉게구름, 대관령을 오르면서 그 속으로 들어가니 지척도 분간할 수 없는 안개가 되었다. 다시 나오니 그 안개는 발밑에 하얀 구름으로 변해 푸른 동해를 가렸다. 그리고 대관령에 올라와 바라본 산봉우리마다 또 뭉게구름이 걸려 있다. 구름 위에 구름 있고, 산 위에 또 산이 있는 곳.

"상원사까지 얼마나 되오." 임금이 진명스님에게 물었다. "월정사까지는 5리도 채 안 되고, 상원사까지는 20리 길이옵니다." "그럼 갑시다. 영의정, 가도 되겠지요. 갑시다. 가요. 네?"

"……."

임금의 눈빛이 너무 간절했다. 영의정은 대답하지 못했다. "안 됩니다. 돌아가셔야 합니다. 위험을 무릅쓰고 가기에는 너무 어처구니없는 길입니다. 전하께서 왜 이곳까지 행차하지 않으면 안 되었는지 알고 있습니다. 그러나 그때의 일은 용서를 빌 일도 용서를 받을 일도 아닙니다. 5백만 백성을 아끼는 왕족의 어쩔 수 없는 선택이었습니다. 제발 이제 그만 그때의 짐을 내려놓으세요. 제발!" 상당군은 엎드렸지만 머리를 들어 눈을 치켜뜨고 임금을 노려봤다. 그런 것이다. 그이하도 이상도 아니다. 그 사실은 저 태백산맥처럼, 동해처럼 명확한 것이다. 그때의 사건은 그 누구의 잘못도 아니다. 그냥 정치이고, 그것을 해석하는 역사 속에서만 존재할 뿐이다. "네 이놈, 당장 이자를 포박하여 내려보내거라." 임금이 소리쳤다. 그러나 아무도 움직이지 않았다. "난 가야 한다. 가야 하느니라. 가야 해." 임금은 구름 속에 가린 오대산으로 눈길을 돌렸다.

숲 속에서 길게 말 울음소리가 들렸다. 모두가 알고 있지만 모두가 모른다는 듯이 그렇게 임금 앞에서 부복하고 있다. 숲 속에서 들리는 말 울음소리는 무서웠다. 임금은 끝내 저 숲으로 들어갈 것이다. 상당군은 오대산이 무서웠다. 임금도 무서웠다. 임금의 적은 오대산 숲 속에 있는 것이 아니라 그의 마음속에 있었다. 장안사 고개에서 보였던 그 눈빛이 다시 보였다. 임금은 미쳐가고 있었던 것이다. 계곡은 다시 조용했다. 조용함이 오래되었다. 해가 기울어 산 그림자가 옥수수 밭을 다 덮었다. 숲 속에서 들리던 말 울음소리도 사라진 지 반 시진쯤 되었다. 상당군은 호위대장과 함께 영의정 곁으로 갔다. "전하는 혼자 걸어서라도 상원사까지 갈 겁니다. 전하의 정신은 지금 정상이 아니요. 장안사 고개에서 보셨잖소. 어찌하면 좋겠소?" 영의정이 상당군과 호위대장을 번갈아 보며 말했다. "빨리 결정해야 합니다." "무엇을 결정합니까. 이미 그 결정은 전하가 했잖습니까." "그럼 산으로 들어가자고요?" "대감이 지금 말씀하시지 않으셨습니까. 전하는 혼자 걸어서라도 산속으로 들어가실 것이라고."

국사성황당 쪽에서 말발굽 소리가 들렸다. 동해가 검게 보이는 선자령 정상에 숨어 있던 동봉이 돌아봤다. 그들의 동태를 파악하고자 오대산 입구에 남았던 2편대장이었다. "드디어 그자들이 온다. 준비하라." 만약에 대비한 최후의 작전이다. 동봉은 김 집사의 얼굴을 봤다. 땀이 흘러 연방 눈을 깜빡거렸다. 땀에 젖어 붉어진 눈빛이 반들거렸다. 2편대장이 말에서 내렸다. "그들이 오대산으로 들어갔습니다." "뭐라! 죽여달라 이거지, 내 기꺼이 죽여주마. 오대산 동피골로 간다."

붉은 둑이 푸른 옥수수 밭에 우뚝 섰다. 척후가 옥수수 밭을 지나 칙칙한 전나무 숲으로 사라졌다. 긴 행차도 숲으로 녹아들었다. 산문으로 들어갔다. 5리는 금방이었다. 월정사 일주문이 보였다. 일주문에는 문이 없다. 중생이 자유롭게 드나들게 하려고 문을 달지 않았다한다. 문이 없는데 문이라 부르는 것, 그것이 일주문이다. 이곳부터월정사다. 그러나 월정사는 보이지 않고 전나무만 빼곡했다. 월정사에서 월정사를 볼 수 없었다. 당연히 행차를 따르는 적도 보이지 않았다. 임금을 실은 연은 붉었다. 옥계에 치렁치렁 달린 수술이 붉었고, 발에 새겨진 봉황이 붉었기에 옥계 끝을 두른 금테도 붉게 빛났다. 붉은 연이 푸른 전나무 숲으로 들어갔다. 궁궐과 저잣거리에서 보던 위엄과는 달리 웅장한 전나무 숲 속으로 사그라지는 붉은 연을 보니 동네 언덕 넘던 꽃상여가 생각났다. 양정도 문 없는 문으로 들어갔다. 모든 중생이 자유롭게 드나들라고 문 없는 문을 만들었으니 그들도 들어올 것이다. 이미 들어갔을 수도.

# 4

영의정은 월정사의 동당인 설선당 마루에 앉았다. 팔각구층석탑에
매달린 풍경 소리가 맑다. 바람은 동편의 천왕문으로 들어와 경내를
한 바퀴 돌아 서편의 무량수전 뒤로 흘러갔다. 그 바람이 석탑의 옥
계에 달린 50여 개의 풍경을 흔들었다. 바람을 가르는 칼 소리가 대
웅전 뒤에서 들렸다. 호위대장 양정이다. 품새에 따라 막고 베는 놀
림이 덩치와 어울리지 않게 빨랐다. 아무리 훈련이라지만 사찰 내에
서 칼질이 보기 좋지 않았다. 석탑에 매달린 풍경은 바람을 안았고,
양정의 칼은 바람을 잘랐다. 그러나 안긴 바람이나 잘린 바람이나 모
두 무량수전 앞뜰에 모여 월정사 뒤편으로 사라졌다. 대웅전 동쪽의
열린 문으로 임금이 보였다. 곤룡포를 벗고 석가모니불에 절을 하고
있다. 황금빛 연꽃 좌대 위에 앉은 황금색 석가모니불의 얼굴이 살갑

다. 귓불은 턱 부분까지 늘어져 만복이 넘쳤고, 곰곰이 내려다보는 눈길에 자애가 능준하다. 그 눈길 아래서 이마를 마룻바닥에 대고, 양 손바닥으로 하늘을 받들며 웅크린 임금은, 한 나라의 왕이 아니라 범부였다. 마룻바닥에 이마를 찧고, 손바닥으로 하늘을 받들고, 다시 찧고 받들고……. 임금의 다리는 흔들렸고, 등에 난 종기가 터져 겉 적삼까지 번졌음에도 찧고 받듦은 계속 이어졌고, 양정은 여전히 칼 질을 했다.

상당군은 대웅전 주춧돌에 앉았다. 사천왕문 쪽에서 어린아이 목소리가 들렸다. 멀리서 들리는 재잘거림이 이른 봄 보리밭 위 종다리 같다. 할머니의 손을 잡은 남자아이다. 임금이 행차한 절에 낯선 이의 출입은 안 되지만, 임금은 위험이 없는 백성의 출입을 막지 말라는 어명을 내렸다. 온몸 웅크려 머리를 조아리며 받드는 그 무엇의 명을 전하듯이 어명을 내리는 목소리는 간절했다. 사람의 겉모습을 보고 위험이 없고 있음을 알아낸다는 것은 불가능하다. 그렇다고 어명을 어길 순 없고 해서, 부녀자와 노인, 어린이만 출입을 허락하기로 했다. 물론 임금은 모른다.

부처는 가고 공맹의 시대가 도래하자 한양에 듬성듬성 박혀 있던 절이 사라지고, 일부는 산속으로 들어갔다. 조개젓 단지에 고양이 발 드나들듯 하던 세력가들이 먼저 발길을 끊자 중놈 죽으니 무덤이 있나 살아 상투가 있나 한탄하며 대부분의 중도 절을 떠났다. 남은 중은 떠난 중들은 중이 아니라 하고 떠난 중들은 남은 중들에게 절이 싫어 떠난 것이 아니라 시대의 흐름에 밀리어 떠나는 것이라고 했다. 어떤 이들은 떠난 중도 남은 중도 중이 아니고 진짜 중은 부처 한 명뿐이라고 했다가, 끝내 조정에서는 그 부처마저 붓으로 묻어버렸다.

남녀가 교접하지 못하게 하여 인구를 줄이고, 탁발로 일하지 않고 빌어먹음을 정당화하여 백성을 핍박으로 몰아넣으며, 대웅전 안에서 그윽하게 내려다보는 석가는 생존시 자신이 한 나라의 왕자이면서도 왕 노릇을 사양하고, 아비의 자리를 이어받지 않았음은 물론, 아내와 자식을 버리고 집을 나와, 군신 부자 부부의 도리를 저버린 인물이라고 하여, 그를 따르지 못하게 엄히 다스렸다. 공맹의 명분에 부처를 묻어버린 것이다.

사라진 절의 나무부처는 태워지고, 황동부처는 대장간에서 조상을 모시는 제상의 놋그릇으로 재탄생했다. 다만, 소용이 없는 목 잘린 돌부처의 몸뚱이만 절터의 흔적을 근근이 이어왔다. 잘린 부처의 돌머리는 사라지지도 바람에 흩어지지도 않고, 삐뚜름하게 흙 속에 반쯤 묻힌 채, 인자하고 후덕한 모습으로 중생을 바라봤다. 세월이 지나 완전히 땅속으로 묻힌다 해도 그 모습은 사라지지 않을 것이다. 다만, 중생이 볼 수 없을 뿐. 그러기에 저렇게 백성은 부처를 찾고, 나라의 임금은 그 부처를 향해 머리를 찧고 있는 것이다. 그럼 조정에서 받드는 공맹은 지금 어디서 무엇을 하고 있기에 이들의 마음을 잡지 못하고 있을까. 그는 조정이나 공자나 다 한심하다는 생각이 들었다.

할머니는 참빗으로 곱게 빗은 머리에 은비녀를 꽂았고, 어깨 저고리 선이 가팔라서 왜소했다. 굽은 허리로 지팡이도 없이 걷는 모습이 불안했지만, 그렇게 걸어서 이 깊은 산속까지 왔으리라. 아이의 손을 잡은 팔뚝에는 누런 힘줄이 굵게 일어났다. 할머니는 아이의 손을 잡고 대웅전 뒤에 있는 삼성각으로 올라갔다. 그리곤 머리 위 허공에서 두 손을 합장하고, 그 손을 가슴으로 이끌었다. 하늘을 끌어 가슴에 넣었다. 채워도 채워도 차지 않는 욕심을 채우듯이 하늘을 채웠다. 아이는 기둥에 기대어 월정사 경내를 내려다봤다.

영의정은 일어나서 팔각구층석탑으로 다가갔다. 너무 오래 앉아 있어서 그런지 다리가 저렸다. 임금도 지쳤는지 이마를 마룻바닥에 대고 몸을 일으키지 않았다. 웅크린 임금의 몸은 작았다. 산 그림자가 드높은 팔각구층석탑 상부 꽃을 쇠까지 덮었다. 탑 정상의 꽃을 쇠는 탑의 모든 기운을 모아 하늘로 보냈다. 경내를 휘감아 돌던 바람도 멈추었다. 바람이 멈추니 풍경 소리도 멈추었고, 양정의 칼질도 멈췄다.

탑을 세운 석공은 쉽고 가볍게 삶을 살다가, 가버릴 때도 이웃집 마실 가서 돌아오지 않듯이 쉬웠을 것이다. 무거운 돌을 깎아 만든 탑이지만, 형상은 가벼웠다. 밑그림은 필요 없는 탑이다. 대웅전 뒤 언덕 위 미끈하게 자란 전나무가 밑그림이다. 하늘로 뻗은 전나무 한 번 보고 망치질 한 번 하고, 다시 보고 망치질하면서 탑신을 만들었고, 산봉우리에 걸린 뭉게구름 보고 상륜부 수연水煙을 주조했음이 분명했다. 전나무의 둥근 줄기를 보고 사각이 아닌 팔각으로 옥계를 올렸고, 사방으로 길게 뻗지 않은 전나무 가지처럼, 탑신에 올린 아홉 개의 옥계가 단아하게 하늘을 향했다. 옥계의 면은 급경사를 이루어 빗물은 지대석 밑으로 고이게 했고, 면과 면을 구분 짓는 우동隅棟의 끝이 전나무의 무성한 가지처럼 솟구쳐 햇빛을 담아 상륜부 화려하게 펼쳐진 팔엽화를 키우고 있었다. 탑을 받치는 기단부 바로 위 감실에서는 금방이라도 다람쥐가 머리를 내밀 것같이 아늑했고, 상륜부 산비둘기 집 같은 보배에서는 하얀 알이 깨어날 날을 기다리고 있었다. 옥계의 우동 끝마다 달린 50여 개의 길쭉한 원통형 풍경은 전나무 솔방울의 속을 비워 무구한 형상을 잡았다. 다만, 풍경의 비운 속을 휘젓고 다니는 물고기가 풍경보다 유난히 크게 한 석공의 마음만은 알 수 없었다. 굼벵이도 지붕에서 떨어질 때는 생각이 있어서 떨어진다. 궁금함도 순간, 가지런히 올라간 옥계를 따라 시선이 상륜부로 향했다. 대웅전 안에 모셔져 있는 석가모니불의 미소를 보고 상륜부 꽃을 쇠를 주조해 석공의 모든 기운은 가느다란 꽃을 쇠를 통해 하늘에 닿았으리라. 석공의 게으름이 아름다웠다. 석공은 아무 생각 없이 주변 보이는 대로 깎고 세우고 다듬고 했음이 틀림없다. 석공의 단순함이 우러러보였다. 석공의 무지가 월정사 대웅전 마당에 걸출하게 돋아났다. '전나무에 큰 물고기를 단 석공은 치열한 구도자였든지, 아니면 배고픈 석공이 아니었을까.' 그는 미소를 지었다. 미욱함이 오대산을 덮고도 남음이 있는 생각이다. 언뜻 떠오른 생각이 석탑에게 겸연쩍었다. 낮빛이 사위어가는 짙푸른 하늘을 배경으로 서 있는 검푸른 전나무와 석탑은 닮아 있었다. 미끈하게 거만한 모습까지.

양정은 칼을 뺐다. 산속의 고요를 깨는 비명과 함께 경계를 하던 호위군사 한 명이 대웅전 뒤 산비탈에서 굴러떨어졌다. 내려오는 산줄기를 자른 자리에 대웅전을 지어서 비탈은 가팔랐다. 당상들과 시녀들이 호들갑스럽게 건물 안으로, 기둥 뒤로 피했고, 양정은 대웅전 임금 곁으로 갔다. 내금위절제사 허규가 산비탈을 올랐다. 바람조차 잠들었던 경내에 순식간에 광풍이 몰아친 듯 혼란스러웠다. 그러나 추녀 끝에 매달린 풍경은 흔들리지 않았고, 대웅전 서쪽 문으로 호령봉에 걸린 붉은 노을이 보인다. 산 그림자가 덮은 석탑 지대석 밑에서 두꺼비가 기어 나왔다. 뛰지 않고 엉금엉금 기었다. 임금은 반가부좌를 틀고 바닥에 앉아 있다. 시위군, 총통위, 충순위, 내금위의 2천여 군사들이 담당 절제사의 지휘로 월정사를 세 겹으로 호위했다. 내금위절제사 허규가 내려왔다. 자객 한 명을 잡았다. 다른 일행은 없었다.

양정은 허규가 가리킨 굴참나무를 봤다. 시원스럽게 뻗은 전나무숲 사이로 굵은 굴참나무 한 그루가 뻗고 싶은 대로 가지를 뻗치고 서 있다. 가지마다 뒤틀리고, 뻗침은 짧았지만 가지 수는 많았다. 해가 떨어진 어스름한 하늘이 가지 사이로 보였다. 사방으로 뻗친 굴참나무 가지는 미친년 머리카락처럼 검고, 심란했다.

자객은 혼자였다. 심란한 굴참나무 뒤에서 대웅전 뒤 주춧돌에 앉아 쉬던 호위대장 양정에게 활을 쏘려고 하던 자객을, 경계를 하던 호위병사가 덮치는 과정에서 병사 한 명이 자객의 칼에 찔려 산비탈로 굴렀던 것이다. 호위병사의 상처는 깊지 않았다.

"너는 누구냐. 그리고 왜 나를 죽이려 했느냐?" 양정의 물음에 그는 침묵했다. 강파른 몸피에 늙었다. 경내에서 살생은 아니 된다고 했으니 죽이진 않을 것이다. 쉽게 달랠 수 있는 눈빛이 아니다. 그래도 어떻게 해서든 이자의 정체를 밝혀내야 한다. 이자는 살아 있고, 이곳은 오대산 속이다. 내금위절제사 허규에게 맡겼다. 그는 자객을 끌고 무량수전 뒤, 바람이 흘러간 곳으로 사라졌다.

할머니를 따라온 소년이 긴 하품을 하며 삼성각 옆 요사채로 들어갔다. 둥근 산봉우리 위에 굵은 별들이 바람 없는 하늘에 박혀 흔들거린다. 밤의 오대산은 순했다. 오대산의 봉우리들은 크고 높음이 다를 뿐, 모두 후덕한 여인의 궁둥이처럼 둥글둥글했다.

내금위절제사가 돌아와 양정 앞에서 무릎을 꿇었다. 자객이 자결했다 한다. 무량수전 뒤뜰에 있는 석조보살상에 자신의 머리를 찧고 즉사했다 한다. 자신의 머리를 돌멩이에 으깨어 자결하는 사람의 가슴 속엔 무엇이 들어 있을까 궁금했다. 자신보다 더 귀중한 그 무엇이 무서웠다. 자기 자신조차 달랠 수 없어, 무서움에 깊이 숨은 그의 눈빛이 불쌍했다.

호위대장 양정은 설선당 마루에 앉아 사위어가는 월정사 경내를 훑어봤다. 적에게 어둠은 천군干軍이 될 수 있다. 그리고 이곳은 강원도 오지 산골이다. 적의 수효는 그다지 중요하지 않다. 어둠에 묻혀온 자객 한 명이 임금의 목을 자를 수 있기 때문이다. 오늘 밤은 새워야 할 것 같다. 설선당 안에서 임금의 뒤척이는 소리가 들렸다. 임금도 밤을 지새울 것이다. 양정은 신발을 벗고 발을 주물렀다. 엄지발가락이 또 쓰렸고, 피곤했다. 작년 봄부터 느낀 피곤함이다. 어머니의 탈상을 마친 그다음부터다. 2년 동안 궤연 앞에 상식을 올리면서 어머니를 지웠다. 어머니를 지우는 2년은 한가하여 길었다. 긴 만큼 얼굴의 주름과 생각이 깊어졌고, 몸은 민망하게 부풀었다. 때론 생각이 그의 정신적 기반이었던 상당군의 마음을 헤아려보곤 했었다. 마음이 미래를 가늠하고 과거를 들락거리자 피곤이 찾아온 것인지, 아니면 피곤 때문에 마음이 약해져 미래와 과거를 떠도는 것인지는 알 수 없지만, 해지기 전부터 찾아오던 피곤함이 요즘은 아침 잠자리에서 일어나는 어깨에 올라와 온종일 누르는 기분이다. 입안에서는 쓴 내가 났고, 마른 입술을 적시는 혓바닥은 빡빡했다. 물을 마시고 또 마셔도 사라지지 않는 갈증, 무엇보다도 작년 가을에 문지방에 쓸려 생긴 엄지발가락 상처가 아물지 않고 있다. 내의원 침의가 소갈병이 의심되니 상처를 조심하라고 했는데, 침의 말대로 상처는 좀처럼 낫지 않았다.

한동안 조용하던 풍경이 울었다. 경내에 바람이 일기 시작했다. 해질 녘 무량수전 뒤쪽으로 사라졌던 바람들이 내려오고 있다. 바람에 별빛 흔들림이 더 심해졌다. 풍경 소리 그윽하고, 솔잎 짓이긴 알싸한 전나무 향이 가득하고, 미친년 머리보다 더 심란한 굴참나무가 바라보는 월정사月精寺의 밤은 달月이 없었고, 마음은 정精하지 못하고 란亂했다. 문 없는 문을 지나 들어온 월정사에 월정月精은 없었다.

자지러지는 아기의 울음소리가 언덕 너머에서 들려오다가 끊겼다. 소리가 흐려지며 사라진 것이 아니라, 뚝 잘렸다. 잘린 울음은 여운도 없고, 끝도 없이 혼자 떠돈다. 날 궂기 전, 앞뒤 구분 없이 부는 미친 바람에 끈 떨어진 무당집 깃발 날아가듯이, 서해안 상왕산 강댕이골을 빠져나가지 못하는 소리는 텅 빈 골짜기를 헤맨다. 되돌아올 수 없는 소리다. 그렇다고 머무를 곳도 없는 소리다. 시원도 사라지고 종착점도 없는 소리엔 괴기스러움이 가득하다. 때 이른 꾀꼬리가 소태나무 위에서 먼 눈길로 그를 내려다본다. 소태나무 아래 새까맣게 그을린 가마솥에서 끓는 물은 젖빛이고, 그곳에서 모락모락 피어오르는 김도 엷은 젖빛이다. 엷은 젖빛 김이 오르는 솥 가장자리에 오동통한 하얀 손이 걸렸다. 누군가가 나뭇가지로 힘겹게 솥 안을 휘젓자 손등의 뽀얀 살들이 가마솥 안으로 흐물흐물 녹아든다. 세월에 잎 버리고, 껍질 벗은 옹이박이 하얀 구상나무가 땅안개 속에서 솟아나듯이 손은 살을 벗었다. 젖빛 살을 벗은 앙상한 하얀 손가락뼈가 강댕이골을 떠도는 소리를 향해 손짓을 한다. 소리가 돌아본다. 솥뚜껑을 닫는다. 검지 두 마디가 잘려서 솥 밖으로 나왔다. 아직 잎이 피지 않는 떡갈나무 가지 사이에 누워 있는 아기가 입가에 맑은 침을 흘린다. 갈 곳을 잃은 소리는 상왕산 봉우리들에 의해 이리 밀리고 저리 밀리다가 끝내는 새벽이면 종소리가 넘어오는 능선으로 사라진다. 개심사에서 마음을 열지도 못하고, 서해로 녹아들어 미물의 먹이도 되지 못하는 소리가 개심사를 지나 등빛 물든 서해로 사라짐과 동시에 서해에 새빨간 해가 녹아드는가 싶더니, 검은 솥이 뒤집히면서 하얀 젖빛 물과 새빨간 하늘이 뒤엉킨다. 뒤엉킨 분홍 물이 상왕산을 가득 채운 소나무 위로 쏟아지자 소나무가 진달래가 된다. 누워 있는 아기가 떡갈나무 위로 떨어지는 분홍색 진달래 꽃잎을 침이 가득한 입으로 게걸스럽게 받아먹는다. 진달래 잎은 비릿하다. 진달래 꽃잎으로 배를 채운 아기가 눈을 감는다. 검은 어둠이 흐릿한 연분홍 어둠에 밀려난다. 연분홍 어둠 속에서 솥을 휘젓던 그 사람이 아기를 쳐다본다. 그는 검었다. 말 발바닥같이 손가락이 없는 뭉툭한 두 손으로 집었던 나뭇가지를 내려놓고 주머니에서 두 개의 구슬을 꺼내 아기에게 준다. 금방 맑은 물로 깨끗이 닦은 듯 아직도 투명한 물기가 묻어 있다. 하얀 사기 구슬 속에 검은 구슬이 박혀 있다. 그는 양손에 하나씩 구슬을 받았다. 구슬 하나를 입에 넣고 젖니도 없는 연분홍 잇몸으로 구슬을 물었다. 말랑말랑했다. 순간, 잇몸에서 튕겨나간 구슬이 그의 목에 걸렸다. 숨이 막혔다. 울었다. 그러나 울음이 나오지 않았다. 왼손에 있는 나머지 구슬을 보았다. 구슬이 껌뻑! 감았다 떴다. 구슬이 아니라 눈알이다. 감았다 다시 뜬 눈알에 맑은 눈물이 홍건했다. 손이 뭉툭한 그는 돌아서 연분홍 어둠 속으로 사라진다. 뱉어내려고 애를 쓰면 쓸수록 눈알은 그의 숨통을 죄어왔다. 연분홍 어둠이 짓보랏빛으로 변했다가 다시 검어졌다.

　꿈속 색은 없다. 다만, 사물의 본질 속에 색이 있었다. 산비탈에 핀 연분홍색의 진달래는 없고, 진달래꽃 속에 연분홍이 존재했다. 창하는 새파랗게 피어나는 동쪽 새벽하늘처럼 의식을 더듬어서 이것이 꿈속이라는 것을 인식했다. 신경을 곤두세워 오른쪽 엄지발가락을 움직여봤다. 그러나 움직여지지 않았다. 깨어나야 하는데, 깨어나야 하는데, 그 의식만 머릿속에 가득했다. 그는 기다렸다. 곧 깨어날 것이다. 발가락이 움직였다. 깨어났다. 땀이 흥건하여 몸이 싸늘하다. 창하는 머리맡의 자리끼를 마셨다. 문틈으로 뿌연 새벽이 수줍게 비쳤다. 들어오라고 문을 열었다. 새벽은 다소곳이 방 안으로 들어온다. 항상 먼동이 트기 바로 전의 꿈은 사납다. 불상 조상造像 일을 시작한 이후부터 가끔 겪는 일이다. 꿈 때문에 조각칼을 놓으려 했던 때가 한두 번이 아니었다. 온전히 꿈속에 있을 때는 그대로 꿈이다. 온전한 꿈속은 또 다른 세상이고, 또 다른 자아이기에 고통도 그냥 고통이고 기쁨도 그냥 기쁨이다. 그러나 새파랗게 피어나는 새벽하늘처럼 의식이 더듬어지고 이것이 꿈속이라는 것을 느끼면서도 깨어나지 못할 때의 그 순간, 자신의 몸속에서 쫓겨난 영혼처럼, 물끄러미 자신의 몸을 쳐다만 볼 뿐 아무것도 할 수 없는 의식, 첫 경험 때에는 이것이 음이구나, 꿈속에서 보았던 손이 뭉툭한 검은 그 사람을 이제는 만나는구나 했는데, 다시 깨어나서 열린 문밖으로 흐드러지게 핀 살구꽃을 보자 저절로 눈물이 흘러내렸었다.

때론 검은 그 사람이 던져준 손에 목이 졸리는 꿈을, 진달래 꽃잎을 받아먹다가 그 꽃잎 속에서 떨어진 조그마한 해골을 무심결에 받아먹고 목이 막히는 꿈을, 펄펄 끓는 뜨거운 가마솥 젖빛 물에 자신을 넣고 뚜껑을 닫는 꿈을 꾸다가 죽음도 아니고 살아 있는 것도 아닌 의식으로, 고통스러워하는 자신의 모습을 멍하니 쳐다볼 수밖에 없는 암담한 허무함을 겪다가 깨어나곤 했다.

꿈의 내용은 조금씩 달랐지만 진달래, 가마솥 속의 젖빛 물, 아기 울음, 손발이 뭉툭한 검은 사람은 항상 꿈속에 있었다. 자주 겪는 일이라곤 하지만 의식이 빠져나간 자신을 본다는 것은 항상 고통스러웠다.

흑석사 아미타불을 조상한 대목장의 말과 한티고개 회백색 눈동자가 한 말의 간격은 까마득하였다. 그는 까마득한 공간에 꿈도 아니고 생시도 아닌 또 다른 제3의 세계를 만들어 이렇게 가끔 드나들었다. 드나들 때마다 의식이 사라진 자신의 모습을 쳐다보는 고통을 느꼈다. "이제 당신은 불모요." 그때 흑석사 아미타불 조상을 마치고 대목장이 그 조상 앞에서 말했다. 그리고 서해의 한티고개 회백색 눈동자는 자신도 그것을 먹어 눈동자가 회백색이라고 말했었다. 서해의 한티고개와 동해의 대관령 사이처럼 멀고도 먼 의식이 자신을 똑바로 바라보는 형벌의 원인은 어디에 있는 것일까라고 알면서도 잊고 싶은 마음에 스스로 묻곤 했다.


척! 양정은 움직이는 어둠을 향해 칼을 힘껏 올려쳤다. 빠른 손놀림에 칼집을 빠져나오는 칼 갈림 소리는 짧고 날카로웠다. 자객이 쓰러졌다. 허리에 찬 칼집에서 칼을 빼면서 곧바로 자객을 향해 본능적으로 올려쳤다. 나머지 한 명이 설선당 뒤로 도망간다. 갑작스러워서 그런지 내금위절제사 허규는 정신을 차리지 못하고 멍하니 쳐다만 보고 있다. 설선당 뒤 어둠 속으로 그를 쫓았다. 새벽 고요를 가르는 칼소리에 대웅전 뒤 언덕 위에서 호위병들이 내려왔다. 완벽하게 포위했다. 어둠 속에서 그를 잡았다. 종다리 소리를 내던 아이였다. 설선당 앞으로 달려왔다. 어둠 속에서 양정의 칼이 가르고 간 것은 은비녀 곱게 꽂은 할머니였다. 허규는 할머니를 향해 다가오던 아이를 덥석 안고서 무량수전 뒤 어둠 속으로 사라졌다. 자객이 자결한 쪽이다.

양정은 흔들리는 별을 보며 설선당 기둥에 기대어 잠깐 잠이 들었고, 선잠의 인기척에 눈을 뜸과 동시에, 상대에게 칼질을 해댄 것이다. 굴참나무의 심란함에 신경이 곤두서 있었다. 임금은 대웅전 안에서 새벽 산사의 소란한 풍경을 근심 가득한 용안으로 봤다. 송구스러웠다. 임금의 의복은 말끔했다. 임금은 밤새 뒤척이다가 노전스님의 도량석 준비 소리를 듣고 깨어 대웅전으로 들어가 새벽예불을 참석하고자 반가부좌를 틀고 정신을 씻고 있었던 것이다. 그런 임금 앞에서 칼질을 하여 무고한 인명을 앗았다.

할머니는 공양간 보살이었다. 새벽예불을 참여하고 아침 공양을 준비하려 했는데, 임금이 있어 내금위절제사가 막은 것이다. 그래서 예불에 참여 못하고 공양간으로 가던 중에 양정의 칼을 맞았다. 시신은 스님들이 치웠다. 부처님을 받드는 보살이니, 극락에 갔을 것이다. '그럼 나는 어디로 갈까.' 양정은 웃음이 나왔다. 부질없는 생각이다. 그런 것은 없다. 임금이 머리 조아리는 대상은 허깨비다. 그러나 양정은 거부하지 않는다. 임금이 저리 머리를 조아리며 정성 들여 받들고 있는데, 호위대장이 거부해서는 안 된다. 어제 저녁예불이 그랬듯이, 아침예불도 거행되었다. 죽음과 삶과 예불의식은 관련이 없었다. 대웅전 추녀에 붉은 연등을 달았다. 연등은 할머니가 쓰러졌던 자리를 희미하게 비추었다. 돌바닥에 묻은 혈흔은 가늘고 길었다. 튕긴 피도, 흐른 피도 없이 칼이 가르고 간 자리만 피가 살가죽을 비집고 나와서 돌바닥을 적셨다. 어제저녁 할머니가 두 손으로 가슴속에 담은 하늘은 아직 검어서 볼 수 없었다. 양정은 낮에 보았던, 할머니의 야위어 가팔랐던 어깨선이 가엽게 그려졌다.

대웅전 안은 밝았고, 문살로 빠져나온 빛이 팔각구층석탑 주변 검은 어둠을 흐릿하게 밀어냈다. 흐려진 어둠에 희미한 탑신이 보였다. 노전스님은 탑을 돌면서 목탁을 두드렸다. 월정사 스님은 많았다. 서편의 무량수전 뒤 어둠 속에서, 북편의 대웅전 뒤 요사채의 어둠 속에서, 남편의 범종루 쪽에서, 동편의 설선당 안에서 먹빛 승복에 괴색 가사를 두른 스님들이 4-5명씩 줄지어 대웅전 안으로 들어갔다. 숙련된 자객이 어둠을 뚫고 목표물을 향해 접근하듯이, 그들의 발걸음은 어둠속에서 가볍고 조용했다. 어제만 해도 진명스님과 몇몇 행자밖에 보이지 않아, 산속의 넓은 경내가 적막하게 느껴졌던 월정사였다. 내금위절제사의 눈빛이 번득거렸다. 노전스님 도량석 염불 소리와 목탁 소리는 고요한 산사의 어두운 적막을 깨고 우렁차게 울렸지만, 심란하지 않았고, 목탁 소리에 맞추어 내뱉는 진언은 낮았지만 묵직하게 경내를 꽉 채웠다. 그 소리에 깨어 스님들이 대웅전으로 모여들었다.

완전히 깨어난 것도 아니고, 그렇다고 꿈속을 헤매는 것도 아니다. 어스름한 여명이 산을 휘감지만, 풍경 속 물고기를 분간할 정도로 빛이 있는 것도 아닌 새벽 산사의 풍경은 귀신과 생명이 공존하는 공간 같았다. 도량석 목탁 소리에 밤새 돌아다니던 귀신은 쉬러 산속으로 들어가고, 생명이 깃든 온갖 것들은 눈을 비비며 깨어나면서, 죽음과 삶이 서로의 길을 가다가 잠시 사찰 마당에 모인 듯했다. 스님들이 대웅전에 자리를 잡자 쇳송 소리에 염불이 시작되었다. 탁한 소리, 찢어진 소리, 잠긴 소리, 기침 소리 등 20여 명의 염불 소리가 제각각이었다가, 점차 타종이 늘어나면서 소리가 트이기 시작했다. 트인 소리는 다시 운율을 타면서, 하나의 소리로 뭉쳐졌다. 곧 염불 소리는 귀신과 생명을 포근히 아우르는 숙연한 소리가 되었다. 경내를 가득 채운 장중한 소리에 심란했던 마음은 사라지고, 마음이 안정되자 양정은 괜스레 괴로웠다. 양정은 그 소리를 피해 천왕문으로 나갔다. 따닥 따닥 따닥 둥~둥~둥~ 두둥~두둥~두둥~ 두두두두둥~ 양정의 걸음걸이에 맞추어 법고 소리가 따라왔다. 따닥! 법고의 테두리를 두드리는 단말마 같은 소리는 양정의 머리에 꽂혔고, 두둥! 법고의 중앙을 두드리는 가죽 울림은 가슴을 흔들었다. 테두리 나무를 두드리는가 싫으면 다시 가죽을, 울림이 굵어지면서 두둥~, 다시 울림이 엷어지다가 다닥~, 발은 도망가고 마음은 북소리를 향했다. 마음이 북소리에 붙잡히는가 싶더니, 타타 타타타 닥 닥 딱 딱 배를 가른 목어 소리가 오대계곡을 따라 부지런히 쫓아왔다. 목어 소리에 밤새 과거와 어둠 속을 헤매던 정신이 돌아왔다. 땅 땅 따앙 땅 땅~ 날카로운 쇠판 소리에 화들짝 놀라 뒤를 돌아봤다. 검은 사천왕상이 있었다. 어둠 때문에 부라린 눈은 보이지 않았지만, 낮에 보았던 기억 때문에 어둠은 두려움을 더 키웠다. 양정은 곧바로 돌아서서 검은 절벽과도 같은 전나무 숲을 향해 걸었다. 범종 소리가 울렸다. 범종 소리는 길게 울었다. 소리의 끝은 없었다. 다만, 사라질 뿐이었다. 그러나 거대한 오대산을 넘어 사라지긴 하지만 매번 꼬리를 다 감추지 못했다. 범종에서 울린 소리는 길었고, 이어서 울린 또 다른 울림은 사라져가는 꼬리를 물고 깊은 산맥으로, 어둔 동해로 늘어졌다. 자신들의 목구멍에 넘어가는 밥을 지어준 사람이 죽었는데 종을 치고, 북을 치고, 목탁을 두드리며, 입으로는 각종 짓소리를 끝없이 뱉어낸다. 잠든 두꺼비를 깨우듯이, 잠든 다람쥐를 깨우듯이 온갖 소리로 거대한 오대산을 깨우고 있었다. 하늘엔 아직 별들이 바람에 흔들리고 있었지만, 동쪽 하늘에 어스름한 새파란 하늘이 올라오고 있다. 하늘도 깨어나고 있다. 그러나 칼에 쓰러진 할머니는 깨어나지 않았다.

상당군이 걸어온다. 전나무 숲 속으로 이어진 흐릿한 암갈색 길이 어둠 속으로 사라진다. 사라지는 길 위로 혼자 걸어온다. 검은 어둠 속에서 더 검은 상당군이 걸어온다. 범종 소리가 그 길 따라 어둠 속으로 날아간다. 길게 이어지는 범종 소리를 잡고 그가 걸어온다. 그가 언덕을 올라온다. 그가 양정을 쳐다본다. 양정도 상당군을 쳐다본다. 어느새 마지막 범종 소리가 그 길 따라 사라지고, 경내에서 염불 소리가 들려온다. 염불 소리는 검은 길을 걷지 못하고 경내만 맴돈다. 범종 소리가 동해를 건너간다. 소리의 긴 꼬리가 흐려지면서 사라진다.

"새벽 전나무들이 모두 발정 났나봐. 숲이 난리 났어."

상당군이 양정을 스쳐 지나간다. 밝음과 어둠이 인因과 연緣을 이끌고 스쳐 지나간다. 상당군이 사천왕문을 지나 대웅전 쪽으로 걸어간다. 그가 지나간 흔적 따라 새벽 전나무 향이 따라왔다. 경내 어둠 속으로 상당군이 사라졌다.

양정이 걸어간다. 상당군이 몰고 온 전나무 향 따라 걸어간다. 전나무 숲 검은 방벽 속으로 사라지는 암갈색 길로 걸어간다. 새벽 전나무들이 방금 정액을 분출한 것처럼 비릿하고 싸한 송진내를 뿜어낸다. 검은 전나무를 안았다. 나무도 그를 안는다. 뻗친 옹이에 금방이라도 젖빛 물이 터져 나올 듯 맑은 이슬방울이 달렸다. 손등 위로 이슬이 떨어진다. 혀로 부드럽게 이슬을 핥았다. 아무 말도 하지 않는다. 그가 다시 걸어간다. 비췻빛 새파란 하늘이 올라오는 동쪽을 향해 문 없는 문으로 나간다. 봄, 새벽 검은 전나무 숲에, 상큼한 초록 향들이 난리법석을 떨었다. 곧 범종 소리를 잡고 해가 올라올 것이다.

# 5

　다시 임금의 연이 들렸다. 5월의 싱그러움이 상원사로 이어진 계곡에 충만했다. 하늘은 자신의 본래면목인 파란색을 한껏 펼쳐 푸른 오대 숲을 감쌌다. 5월의 오대 숲은 오만방자하게 아름다웠고, 하늘은 거만하게 드높고 맑았다. 좋은 날씨에 당상관들은 한마디씩 뱉어냈다. 파란 하늘을 보며, 계곡의 맑은 물을 보며, 푸른 전나무를 보며 말로써 풍경을 그리기라도 하듯이 서로 말들을 섞었다. 그러나 그들이 말로써 그려내는 풍경은 감탄사만 연발할 뿐 길가 개망초 잎 하나 제대로 그리지 못했다. 아름다운 풍경은 보는 것이다. 상당군은 흐뭇한 표정으로 오대천 물에 비친 전나무 숲을 봤다. 언어와 붓이 감히 지나다닐 수 없는 풍경이다. 밤새 가슴속 간직했던 근심은 모두 지운 듯 양정도 눈을 감고 맑은 햇살을 얼굴 가득 담았다. 계곡은 깊었지만 오대천을 따라서 상원사로 이어진 길은 마차 한 대가 여유롭게 지날 정도로 넓었다. 물가 버드나무에는 검푸른빛이 비단처럼 반짝이는 청호반새가 물속에 비친 자기 그림자를 골똘히 보고 있다.

중각中角 소리가 길게 울렸다. 행차의 정식 대열을 갖추는 신호였다. 아무리 산길이 넓다 해도, 깊은 산속에서 행차의 대열을 갖춘다니 이상했다. 강릉까지 오면서 큰 마을을 지날 때면 행차 대열을 갖추었다. 임금의 지나감을 알리고, 위엄을 보여주기 위해서다. 행차가 지나가는 연도에는 백성이 머리 숙여 예를 취하고, 저들을 위한 어진 임금이 될 것이라는 다짐이라도 하듯이 임금은 인자한 표정으로 머리 숙인 백성을 봤다. 그러나 이곳은 다람쥐, 청호반새 따위의 날짐승만 우글거리는 오대산 속이다. 임금의 연을 따라 당상들이 줄을 지었고, 이어서 내시와 시녀들이 따랐다. 그 뒤로 후방 호위를 담당하는 군사가 이었다. 저잣거리의 행차처럼 근엄하지 않고, 규모도 소박했지만 어느 행렬보다 웅장했다. 척후로 이미 앞질러 간 충순위와 충의위 대신 거대한 오대의 봉우리를 가득 메운 전나무, 떡갈나무, 소나무, 사시나무 들이 이를 대신했기 때문이다. 이런 멋진 대군의 호위를 받는 임금도 기분이 좋은지 연의 발 사이로 보이는 표정이 밝았다. 당상들이 탄 말발굽은 가볍게 들렸고, 시녀와 내시들은 산새처럼 재잘거렸다. 바람 없는 계곡에 사시나무 잎이 하얀 낮빛을 보였다 숨었다 숨바꼭질하였다. 산속의 붉은 행차는 계곡의 길을 따라 길게 이어졌다. 한바탕 신명 난 놀음이었다. 그러나 진명스님의 손을 잡은 종다리 소년의 표정만은 어두웠다.


 동봉은 오대산 동피골 벼루바위 위에서 양손에 바라를 끼었다. 대륙의 끝 순한 백성의 터전인 반도를 인간의 땅으로 되돌릴 것이다. 두 발을 정丁자 모양으로 엇갈리며 무릎을 약간 굽혔다. 갓보다 작고 초립보다는 조금 큰 황동의 둥근 바라에 사시나무가 비쳤다. 바라춤을 출 때 부르는 범패 대신, 그가 지은 글에 고저장단을 실어 소리를 냈고, 그 장단에 맞추어 바라를 놀렸다. 후려치는 똥 막대기에 백성의 상처가 깊어도, 열반은 산 깊은 곳에 숨어 무상할 뿐이었다. 열반이 숨은 깊은 골에서 솟아오르는 샘물은 창해에 미치기 전에 팔계 게송이 속되고 천함에 얽히고설키어 본질을 잃어버렸다. 불법佛法은 수미산만 높여 중생의 접근을 막아 주막집 값싼 탁주 한 사발만도 못하게 되었다. 어지러운 윤회는 저잣거리에서 중생을 희롱하고, 관념은 깊은 숲 속에서 저절로 녹는 세월을 또 녹이고 있었다. 물 흘러 바다 가고 세월 흘러 저승 갔다. 참된 것은 현재의 아픔뿐이다.
 휘돌리고 올리고 내림에 땀이 맺힐라치면, 머리 위에서 바라끼리 살짝 비껴 치면, 챙! 땀이 사라지고, 다시 올리고 내리면서 바깥으로 휘돌리고 외로 돌면서 신명 나면 오른발을 적삼 밖으로 치켜들며 가슴에서 비비면, 쩡그렁! 신명으로 잠시 나간 정신을 찾고, 두 팔을 쭉 뻗고 외로 빠르게 돌면, 어느새 숲이 돌고, 숲이 돌면 하늘이 돌았다. 그래도 서운하면 머리 위를 가리고, 가슴을 받친 채 우로 한 바퀴 빙그르르 돌고, 돌고 휘돌리며 내리고 올리는 동작은 어느새 다음 동작을 끌고 와, 생각도 않는데 바라에 이끌려 몸 절로 혼자 휘돌리다 가슴에 두 손 모으면, 쨍! 휘돌림에 나갔던 정신이 돌아오고, 넋 놓고 구경하던 박새 날아갔다. "오대산 입구에서 행차를 공격한 그자들은 누굴까?"

"이름이 뭐냐?" "무구입니다." "나는 양정이다." "알고 있습니다." "아니 나를 안다고, 어떻게?" "할머니가 알려주었습니다." "할머니, 어떤 할머니?" 어떤 할머니란 말에 무구는 양정을 올려다보았다. 무구의 검은 눈동자는 흰자에 밀려 초승달처럼 위 눈꺼풀에 걸렸다. 그 표정에는 새벽에 자신이 저지른 죄를 묻고 있음이 분명했다.

양정은 어린 무구의 어깨를 두 손으로 덥석 잡았다. 그리곤 자신에 대해 아는 것을 전부 말하라고 다그쳤다. 양정의 다그침에 겁에 질린 무구는 눈물을 글썽였다. 진명스님이 양정의 손을 잡았다. 자책감에, 새벽의 갑작스런 사건에 상심해 있을 무구를 위로하고자 다가갔고, 어린 마음에 가지고 있을 낯선 이에 대한 경계를 풀게 하려고 양정은 무구에게 자신의 이름을 알려줬다. 무구는 진명스님의 품에 안겨 울먹이며 떠듬떠듬 말했다. 어제 삼성각에 올라가면서 저기 주춧돌에 퍼질러 앉아 있는 돼지 같은 자가 양정이라고만 말했다고, 그것밖에 모른다고 같은 말을 반복하며 울먹였다. "이번 행차에 동행한 대감들의 명단을 사전에 받았습니다. 점안식 때 사용할 축원 연등을 만들기 위해서지요. 그리고 공양간 할머니는 어제 연등 제작을 도와주고 오는 길이었고요. 그곳에서 대감의 성함을 알았을 것입니다. 부처님의 가피로 악업을 끊고 행복한 삶을 기원하는 연등입니다." 진명스님의 말에 얼굴이 화끈거렸다. 요즘 자신이 너무 과민해 있었다. 어린애에게 이러면 안 되었다. '돼지 같은'이란 말이 마음에 걸렸지만, 진명스님 말대로 어린 무구에게 너무 겁을 준 듯해 미안했다.

동봉은 1년 전 경주에서 큰스님을 만나고 곧바로 오대산으로 왔다. 그때 처음 바라춤을 봤다. "나모라 다나다라 야야 나막알약 바로기제 새바라야 모지 사다바야 마하……." 북소리에 섞여 울리는 범패 소리는 산속 고요를 더 깊게 했다. 머릿속에서 혼을 불러내듯이 소리는 생각을 잡았고, 생각은 몸을 움직여 그 소리 쪽으로 다가갔다. 월정사 금강교 아래 바위는 넓었다. 그 위에서 죽은 사람을 천도하는 영산재 靈山齋를 하고 있었다. 쩡그렁! 하얀 바위 위에서 바라춤을 추었다. 바라를 양손에 쥔 것이 아니라 바라가 손바닥에 붙었다. 서로 부딪칠 듯 간극을 두고 가슴에서 비껴 뒤통수를 가리며 하늘을 담고, 내려친 바라는 가슴에서 얼굴을 담았다. 올라간 바라는 다시 내려오면서 몸을 빙그르르 돌리니 먹물 옷 날리면서 하얀 속적삼이 드러나며 백목련이 피어나는가 싶더니, 쩡그렁, 돌아가는 몸이 멈추자 꽃은 졌다. 둥근 바라를 비비며 치며 돌며 가리는 동작이 신명 났고 화려했다. "나도 저것을 배우고 싶소." "설잠스님께서요?" 범패 소리를 내던 젊은

스님이 열녀전 끼고 다니는 기생 쳐다보듯 동봉을 올려다봤다. 동봉이 세상을 피해 스님 행세를 할 뿐 진정으로 부처님의 가르침을 마음속에 새기고 깨달음을 얻으려는 자가 아니라는 것을 그는 알고 있었다.

"제가 가르쳐 드리지요." 바라춤을 추던 스님이 동봉 곁으로 다가서며 말했다. 여자의 목소리였다. 얼굴이 햇볕에 그을려 가무잡잡해서 못 알아봤는데, 가까이서 보니 입술과 눈이 맑고 촉촉한 여자였다. 강원 영동에서 못 보던 스님이었다. "어디서 오셨소?" "여주 신륵사에 있다가 동해가 그리워 이곳으로 왔지요." "바다가 그립다. 속세를 떠났으면 그리움을 속세에 놓고 와야지 이렇게 품에 안고 다니면 어찌합니까." "두고 몰래 산속으로 도망 왔는데, 그곳까지 따라왔네요." 그녀도 머리를 깎고 먹물 옷만 입었을 뿐, 자신처럼 땡추중임을 한눈에 알 수 있었다. 이렇게 제사나 불교행사 때 바라춤을 추면서 떠돌아다니는 여식 같았다.

세월에 녹지 않는 게송보다, 계절 따라 피고 지는 꽃이 숭고했다. 사바를 꿈꾸기보다, 암내를 풀풀 풍기는 암사슴이 더 그리웠다. 산속에 숨기 싫었다. 그리우면 그립다 말하고 싶었다. 당연히 동봉은 앉아서 뜬 뭉게구름만 바라보는 것 같은 불교가 싫었다. 행동하지 않으면 결과는 없다. 그러나 불교의 모든 사상은 움직임을 싫어했다. 진정한 사람의 길이 아니라 생각했다. 그러나 바라춤은 움직임이 화려했다. 어차피 점안식에 참석할 바에는 앉아서 진언을 웅얼거리는 것보다는 이게 좋을 듯싶었다. 허공을 휘저으며 잘라도 잘라도 자라는 상념처럼, 그립다 그립다 온몸으로 돌려치며 올려치고 바깥으로 휘돌리며 몸부림쳤다. 가부좌 단단히 틀어 온몸을 옥죄이고, 허리 꼿꼿이 세워 정신을 가두며 그들이 찾고자 하는 것의 궁금증보다 그 옥죄고 가둔 형체 속에서 찾아봤자 중생의 안녕은커녕 마음속에 죄 없는 죄만 키울 뿐이라 생각했다. 그러나 바라춤은 한껏 풀어헤친 적삼 홀홀 날리며 응고되지 않은 사지의 놀림에 번뇌도 시름도 흩어지는 듯했다.

"그럼 기본동작만 가르쳐 드리겠습니다. 먼저 발은 외로 도나, 언제나 양발이 고무래 정 자로 유지하며 떼어놓고, 무릎과 허리를 동시에 굽히면서 바라를 놀려야 합니다. 배꼽 아래로 바라가 내려가면 흐트러져 보이고, 바라를 머리 위로 올리고 내릴 때는 바깥으로 휘돌려야 합니다. 바라를 부닥치거나 비벼서 내는 소리가 춤의 리듬 속에 장중한 멋을 더해주며, 바라가 지닌 쇳소리는 종처럼 요란하지도, 그렇다고 징처럼 웅장하지도 않으면서 부드럽게 쓰다듬는 소리를 내야 합니다." 그녀는 맑은 입술을 오물거리며 차근차근 설명하며, 동작으로 보여줄 수 있는 것은 간단한 동작을 취했다. 부딪치고 갈라지고 찢어지고 튕기고 울려서 생성하는 세상 온갖 소리 중에 종처럼 요란하지도, 징처럼 웅장하지 않은 소리를 모두 바라가 지닌 것은 아닐 터인데, 그녀는 요란과 웅장 사이의 막연한 소리를 말로 또박또박 옮겼다. "그럼 기본동작을 천천히 보여 드리겠으니, 머릿속에 새기십시오. 한 번씩만 보여 드리겠습니다." "하하하, 한 번 보고 어떻게 머릿속에 새길 수 있나." "천하의 신동 김오세 대감님께서 이 정도야." "아니 나를 알고 있소. 당신은 누구요?" "다음에 연 되어 다시 만나면 가르쳐 드리기로 하고 제 동작을 잘 새겨놓으세요. 바라춤의 동작은 누구나 쉽게 배울 수 있지요. 몇 가지 단순 동작을 범패의 고저장단에 맞추어 계속 되풀이하기 때문입니다. 이것을 윤회輪廻의 체현體現이라고 합니다. 또한, 동작과 동작은 끊임없이 앞 동작이 뒤 동작을 이끌지요. 이것을 연기緣起의 표현이라고 하며, 그렇기에 마음이 몸을 이끌어서도 안 되고, 몸이 마음을 앞서서도 안 되며 항상 몸과 마음이 같이 있어야 하지요. 이것을 심신일여心身一如의 경지라고 합니다." "불법하고 정반대군. 쉬운 행동에, 깊은 교리가 숨어 있으니." 그녀는 기본동작 하나하나를 보여주면서 동작마다 간단한 설명을 했다.

그렇게 바라춤을 배운 게 1년 전이다. 그녀의 말대로 바라춤은 쉬웠다. 되풀이되고 되풀이되는 동작이 다음 동작을 이끌었고, 반복됨이 따분하면 스쳐 치고, 비껴 치고, 맞부딪치는 소리로 그 경계를 그었다. 그리워도 바라를 들었고, 외로워도 바라를 들었고, 술에 취해도 바라를 들었다. 바라는 그에게 신명 난 한바탕 놀음이었다. 하지만, 오늘은 바라춤을 추어도 신명이 나지 않았다. 어떻게 해야 할까. 그는 바라로 바위를 누르고 꿇어앉았다. 땀이 바라 위로 떨어졌다. 맑은 하늘이 바라에 비쳐 황동 물결처럼 흔들거렸다.


계곡에 이는 바람에 구름이 실려 왔는지 어느새 높은 봉우리에 뭉게구름이 걸렸다. 상당군은 구름을 바라보았다. 볼에 눈물이 채 마르지 않은 소년은 진명스님과 다시 재잘거리기 시작했다.

"살아 있는 모든 것은 다시 태어난다는데, 그럼 석가모니는 지금 어디에 있는 거야?"

"석가모니는 해탈을 하여 윤회의 늪에서 벗어났어. 그러기에 다시 태어나지 않았단다."

"그럼 석가모니는 완전히 사라진 것이네."

"그럴 수도……."

"영원히 사라진다는 것이 그리 힘든 것이구나."

"스님! 그럼 할머니도 영원히 사라지면 어떻게 하지. 응?"

"……."

무구의 질문에 진명스님은 머뭇거렸다. 극락보다도, 천당보다도, 가장 아름답고 행복하다는 화엄 세상보다도 지금 무구에게 절실한 것은 할머니라는 것을 알고 있기 때문이다. 상당군이 지금 임금에게 묻고 싶은 것을 무구가 진명스님에게 물은 것이다. 질문에 답변을 못하는 것인지, 어린아이에게 답변해줄 적당한 말을 찾고 있는지 진명스님은 말을 멈추고 그냥 걸었다. 모든 악귀를 물리치고 도량을 청정하게 하며 마음을 정화한다는 바라 소리가 동쪽 계곡에서 희미하게 들렸다.

동봉은 바라를 들어 가슴에 모았다가 엇갈리게 휘돌아 올려 손목을 꺾어 뒤통수를 가리고, 내려온 바라는 숙인 얼굴을 비췄다. 무릎을 굽혔다 펴면서 외로 돌며 양손을 다시 엇갈리게 휘돌리며 내리고 올렸다. 뒤꿈치를 바닥에 딛고 살며시 발바닥을 치켜들어 버선코가 숙인 얼굴을 쳐다봤다. 무릎을 펴면서 발을 높이 들자 푸른 숲에 하얀 속적삼이 민망하게 드러났다. 엇갈리며 스칠 듯했지만 스치지 않았고, 멈추어 부닥칠 듯했지만 멈추지 않고 계속 돌았다. 비껴 치고 부딪치는 소리 없이 엇갈리며 휘돌릴 때마다 바라는 황금빛으로 반짝였다. 부딪치는 소리 없이 외로 도니 깨우침은 물론, 비껴 치는 소리 없이 휘돌리니 정신이 점점 혼미해졌다. 땀에 젖은 적삼은 목을 긁었고, 겨드랑이를 할퀴었지만 동봉의 휘돌리며 외로 돌고 굽히고 치켜듦은 계속되었다.

외로 돌며 바라본 숲은 푸른 강이 되었다. 한강이었다. 한강물이 검어졌다. "나리, 이러시다가 궁궐의 역적 놈들에게 알려지면……." "그래 알려지면 이렇게 될 것이라, 무서우냐. 이들이야말로 진정 인간답게 죽은 이들이다." 새남터에 버려진 그들의 머리를 배에 싣고 검은 강을 건넜다. 그들의 머리는 썩고, 으깨어져 누가 누군지 분간할 수 없었지만, 머리마다 누런 헝겊에 붉은 글씨로 '대역죄인 김 아무개 능지처참' '대역죄인 박 아무개 능지처참'이란 표를 달고 있어서 이것이 그분이고, 저것이 그 사람인 줄 알 수 있었다. 준비해간 자루에 그들을 담아, 배에 실어 노를 저었다. 강 건너편에 닿자 강 언덕에 그 머리를 묻었다. 외로 돌고 엇갈려 휘돌리며 내리고 올리며 그때의 일이 스쳐 갔다. 잊지 말아야 할 그들의 죽음. 그들은 쉽게 죽지 못해 역사 속에서 길게 죽어갈 것이다.

다시 바라춤을 이끄는 짓소리를 바꾸었다. "한번 원통한 새가 되어 궁궐을 나오니/짝 없는 그림자 하나 산속에 있구나……." 그때 처음 가본 그 님의 유배지는 멀었다. 고려 무신 원재의 글처럼 칼 같은 산들이 얽히고설키었고, 풀과 나무들은 연기에 잠겨 있어 산짐승도 꺼려 하는 첩첩산중이었다. 특히 그 님이 있는 곳은 육신의 감옥이며 마음의 감옥이었다. 그곳은 강줄기가 급격하게 곡류하여 만들어진 육지 속의 작은 반도로, 삼면이 거친 강물이 흘렀고, 나머지 한 면은 검은 바위가 우뚝 솟은 절벽이어서 몸을 가두었다. 강물에 쓸려 먼 길을 밀려온 온갖 퇴적물로 형성된 작은 반도는 땅이 옹골지지 못해 어떠한 기운도 머물 수 없는 곳이었다. 기운 없는 땅은 마음을 무겁게 했다. 이런 마음이 싫어 그는 틈만 나면 바위 절벽에 올라 굽이쳐 흐르는 강을 바라보았다. 강은 한양으로 흘러갔다. 한양에 두고 온 많은 것을 생각했을 것이다.

살아남은 자의 부끄러움에 오른 바라를 바깥으로 휘돌려 올려 머리를 가리며 고개를 숙이지만, 내린 왼 바라에 낯선 자신의 얼굴이 보여 다시 고개를 틀어 먼 기억에 눈길을 둔다. '소신 동봉 문안 드리옵니다.' '그대가 진정 신동 김오세 그 동봉이란 말이오.' 그때 유배되었다는 소식을 듣자마자 붓 한 자루 들고 그곳으로 향했다. 내려온 물이 다시 돌아가며 굽이친 강가의 절벽은 높았다. '한양이 어느 쪽이오.'

'저쪽인 줄 압니다.' 그는 보이지 않는 곳을 멀리 보았다. 멀리 눈길을 주어 보이지 않는 것인지, 보이지 않아 멀리 보는 것인지 알 수 없었지만 그의 눈에는 아무것도 비치지 않았다. 태어나자마자 어미를 여의고, 주변의 사람들이 단지 자신의 측근이란 이유로 죽어갔다. 사랑하는 사람들 한둘씩 죽어가는 모습을 어려서부터 보고 자란 이 사람. 자신도 머지않아 죽을 것을 알고 있는지. 동봉을 보자 두 손을 꼭 잡고 살고 싶다고 하며 눈물 한 방울 뚝! 절벽 아래로 떨어뜨리고 그 눈물을 찾듯이 절벽 아래 굽이치는 물결에 눈길을 주고 하염없이 기다리던 그 무엇. 그 무엇이 무엇인지 차마 입 밖으로 꺼내지 못하고, 내려다보는 그 눈길. 막 솜털을 벗어난 가늘고 짧은 턱수염이 이슬비에 젖어 턱에 달라붙은 그 모습. 그리움과 아쉬움과 무서움이 무엇인지 선명하게 느낄 어른도 아니고 아이도 아니었던 그 님. 휘돌리며 굽이쳐 절벽은 높아 시야는 넓고, 굽이쳐 산허리로 돌아서 사라진 물길은 짧아 그리움과 두려움을 깊숙이 간직한 그 두 눈을 차마 똑바로 바라보지 못하고, '옥체를 보중하옵소서' 한마디만 남기고 내려온 절벽, 그 말은 헛말이 되어 굽이쳐 흐르던 물결을 내려다보시던 그 모습이 마지막, 외로 돌며 엇갈리며 올려치고 내려치며 굽히고 펴면서 왼다리 번쩍 들어, 무심한 하늘을 걷어차고, 살아남은 자의 부끄러움에 휘돌려 올린 바라로 머리를 가렸다.

　숲이 돌고, 눈앞을 오르내리는 바라에 정신이 혼미해졌지만, 장단은 더 빨라졌다. 빨라진 장단에 놀림도 빨랐다. 부닥칠 듯 비껴가고,

비껴 칠 듯 간극을 두고 공기만 가르며 돌고 돌다 보니, 어느새 바라가 춤을 추며 그의 몸을 이끌었다. 바라는 휘돌면서 그의 어깨를 베고, 올려 치면서 이마를 찌르고, 내려치면서 팔을 찍었다. 스치듯 비껴가며 뱃가죽을 베이고, 찢겨 외로 돌면 돌수록 상처가 많아져 치켜든 하얀 버선에 선홍빛 철쭉이 피어났다. 숲과 하늘은 검었고, 황동 바라만 눈앞에서 위아래로 오르내리며 그의 몸을 찌르고 베었다.

다시 장단이 느려졌다. 소리를 바꾸었다. "바위 골짝 내닫는 물 겹겹산을 뒤흔드니/사람 말은 지척에도 분간하기 어려워라/옳으니 그르니 그 소리 듣기 싫어/내닫는 계곡물로 산을 온통 에워쌌지." 진정 그렇단 말인가. 곡류하는 강물 따라 산맥으로 역류하고, 서해로 순류해서 5백만 반도를 울린 마지막 비명, 그 일을 똑똑히 목격한 강물만은 영겁의 세월을 무색케 할 만큼 흐르고 또 흐르면서 꽃을 피우고 지우며 영원히 속삭일 것이라 믿었건만, 저 계곡을 흐르는 물은 옳고 그름을 듣기 싫어한단 말인가. 이 숲도 그럼, 그리고 이를 다스리는 조물주도 다 그렇단 말인가. 옳고 그름이 애당초 없었단 말인가. 아닐 것이다 아닐 것이다. 옳고 그름이 없다면, 그것이 없다면 세상은 얼마나 허무한 것일까. 그들의 죽음이 얼마나 허무한가. 고운(孤雲, 최치원)이 잘못 알았을 것이다.

이제 바라는 휘돌지도 못하고 얼굴만 간신히 가렸다가 힘없이 내려왔고, 발도 외로 돌지 못하고 제자리에서 뒤꿈치만 옴짝거렸다. "콩을 삶는데 콩대를 때니/솥 안에 있는 콩이 눈물을 흘리네/본디 같은 뿌리에서 태어났는데/어찌 그리도 세차게 삶아대는가." 그렇다. 그것은 옳고 그름의 차원이 아니다. 어찌 그리도 세차게 삶아댔는가. 본디 같은 뿌리에서 태어났는데. 그는 옛 중국 조식의 시구를 읊조리며 무릎을 꿇었다. 얼굴이 황동 바라에 비쳤다. "이 못난 사람아/모든 초목이 겨울을 타는데/영마루의 솔 하나 그대로구나/줄기는 비바람에 늙을수록 굳세고/너럭바위에 뿌리내려 기운 채로 견디니/혹이 있으니 먹줄은 맞지 않을 터/네 생김새가 그런 것도 신령의 보호라." 초라한 자신의 얼굴이 바라에 비쳤다. 살아남은 자신을 한탄하며 병자년 그해에 지은 시구를 다시 떠올렸다. 이마의 상처에서 핏방울이 황동빛 바라 위로 떨어졌다. 그는 벌떡 일어났다. 두 바라를 가슴에 모아 양팔을 최대한 벌리고 남은 힘을 모두 모아 힘껏 바라를 맞부딪쳤다. 쨍! "종일 봄을 찾아도 봄은 보지 못했네/짚신 신고 산머리 구름 위까지 가보았지/돌아올 때 우연히 매화 향기 맡으니/봄은 가지 위에 벌써 와 있었네." 옛 그니의 오도송이다. 동봉은 미소를 지었다. 미소로 생긴 보조개에 피가 고였다.

6

　돌계단을 오르자 빗질 자국이 선명한 황갈색 넓은 마당이 펼쳐졌
다. 뒷걸음으로 쓸었는지 발자국도 없다. 영의정은 마지막 돌계단에
서서 한동안 머뭇거리다 마당에 발을 디뎠다. 걸었다. 뒤를 돌아보니
지나온 발자국이 선명했다. 멈췄다. 돌아섰다. 그리고 돌계단으로 돌
아왔다. 걸어간 발자국도, 돌아온 발자국도 선명했다.

　다시 돌아간다고 뭐가 달라질까. 이렇게 돌아간 자리에 또 다른 지
저분한 흔적만 남기는 것은 아닐까. 고개를 들었다. 정면에 있는 청량
선원의 단청이 선명하게 요란했다. 적 청 황 백 흑의 경계가 멀리서도
보였다. 엷은 고동빛으로 바래가는 다른 단청과 달리 다섯 색 모두 다
투며 자신을 보여줬다. 마른 소나무의 구수한 속살 향이 마당에 은은
하다. 갓 지은 건물 네 채가 산기슭에 있다. 5월의 숲처럼 초록은 아

니지만 새롭다.

상원사다.

정면의 청량선원을 중심으로 서쪽에는 스님들이 기거하는 요사채
가, 선원 동쪽에는 선원과 약간 비껴서 스님들의 참선 공간인 승당이,
승당 오른쪽에 동불전이 있다. 선원 뒤편으로 이어진 길이 있는 것을
보니 그곳에도 건물이 있을 듯한데 선원에 가려 보이지 않는다. 선원
뒤로 가파른 능선이 이어졌고, 전나무가 층층이 높아지면서 산의 속
살을 가렸다. 동불전 오른쪽으로는 완만하게 낮아져 오대천과 닿았
고, 왼쪽 요사채 옆으로 이어진 능선은 완만하게 높아졌지만 울창한
전나무 숲에 가려 주봉은 보이지 않았다. 그 뒤로 소로가 있다. 또 다
른 암자가 있는 듯했다. "적멸보궁 가는 길이지요." 영의정이 넋 놓고
쳐다보던 숲 속의 길에 대답이라도 하듯이 진명스님의 목소리가 뒤
에서 들려왔다. 영의정은 돌아섰다. 밑동이 한 아름가량 되는 꽤 실한
전나무 우듬지 연초록 새순이 눈앞에 아른거렸다. 돌계단 아래에 뿌
리를 박은 전나무 새순이 마당에 삐쭉 고개를 내밀고 경내를 훔쳐봤
다. 마당에서 얼핏 보면 마당에 갓 돋아난 애솔 같을 것이다. 전나무
아래로 언덕이 내려치다가 계곡을 기점으로 다시 올라갔다. 내려친
면은 가팔라서 아찔했고, 올려친 면도 가파르게 시야를 가리며, 산언
덕은 연둣빛으로 흐렸고, 산마루는 파랗게 돋보였다. 정면 산등성이
동쪽은 완만하게 낮아지다가 오대계곡과 만나 사라졌고, 서쪽은 급
하게 높아져 호령봉에 닿기도 전에 구름 속으로 사라졌다. 남동쪽으

로 오대계곡이 길게 보였다. 산모퉁이 가려졌다 이어졌다 하면서 길게 이어지다가 멀어서 흐린 쥐색의 산줄기에 막혔다. "그 길로 5리쯤 오르면 사자암이 있고, 다시 5리쯤 오르면 적멸보궁이 있지요. 다시 한 시진쯤 오르면 오대산의 주봉인 비로봉이고요." 진명스님이 어느새 영의정의 옆에 섰다. 호위대장 양정이 진명스님의 뒤를 따르다가 진명스님이 멈추자 그를 스치듯 지나갔다. 영의정은 진명스님의 말을 듣고도 갑자기 돌아본 오대계곡의 비경에 홀려 한동안 대꾸는 물론 그를 쳐다보지도 않았다. 돌계단을 오르다 말고 진명스님도 뒤를 돌아봤다. "오늘은 오대계곡에 안개가 없네요. 이런 날은 흔치 않은데, 귀한 손님이 오심을 산신령도 아시나 봐요." 진명스님이 민머리에 맺힌 땀을 닦으며 말했다. 뒤를 돌아봤다. 양정의 발자국은 청량선원 뒤 보이지 않는 건물로 이어졌다. "스님, 저 건물 뒤에는 무엇이 있지요?" "영산전입니다. 16 나한상을 봉안한 곳이지요." 영의정은 나한상이 무엇인지 질문하려다가 그만두었다. "명당이네요." 진명스님의 움파인 거무스름한 눈 그늘 속 눈빛 반짝임이 속세와 멀어 보였다. 그렇다고 그들이 말하는 이치를 깨우친 눈빛도 아니었다. 반짝이되 흔들렸다. "네 명당입니다. 신라 신문왕의 아들 보천, 효명태자가 이 자리를 잡았지요. 그러니 7백 년이 지났네요." '7백 년, 7. 백. 년' 영의정은 7백 년이란 말을 어떻게든 가늠해보려고 가늘게 중얼거렸다. 말을 타고 갈 수 없는 시간이고, 평생 기다린다고 해도 만날 수 없는, 글 속의 시간이고, 흔적 속의 시간이었다. 그곳에는 자신이 도저히 존재할 수 없는 시간이었다. "신라 신문왕의 아들 보천과 효명태자가 문수보살을 친견하고자 이곳에 왔지요. 형 보천태자는 이곳에 터를 잡고, 아우 효명은 상왕봉 아래 미륵암에 암자를 짓고 살았답니다. 두 사람은 함께 예배하고 염불하면서 수행한 끝에, 1만의 문수보살을 친견하고 날마다 이른 아침에 차를 달여 공양했다 합니다. 그러다가 고려 말 영로암이라는 스님이 버려졌던 건물들을 다시 보수하여 상원사라고 하였지요. 그리고 낡고 오래된 사찰을 현 임금이 이렇게 중창하셨고요." 진명스님은 묻지도 않은 상원사의 내력에 대해 호박엿 자르듯이 말마디를 똑똑 자르며 분명하게, 잘 들으라는 투로 이야기했다. "그리고 태종공정성덕신공건천체극대정계우문무예철성렬광효대왕太宗恭定聖德神功建天體極大正啓佑文武叡哲成烈光孝大王은 사자암을 중건하시고 원찰로 삼으셨으며, 신하에게 명하여 '먼저 떠난 이의 명복을 빌고 후세에까지 그 이로움이 미치게 하여 남과 내가 고르게 불은佛恩에 젖게 하라' 라고 하셨답니다." "어떻게 태종대왕의 시호를 그리 정확히 알고 계신지요?" "사자암 주춧돌에 그 이름이 새겨져 있습니다. 돌멩이에 깊숙이 새겨놨지요. 아마 영원히 지워지지 말라고 그렇게 새긴 듯한데, 제가 보기에는 곧 없어질 듯합니다. 오대산엔 비가 많이 내리거든요." 진명스님의 거무스름한 눈은 웃지 않고 입만 웃었다. 그 웃음이 아닌 웃음의 의미를 영의정은 알 듯했다. 태종, 그는 조선 불교를 산속으로 몰아낸 임금이다. 승려의 도성 출입을 금지하고, 11종이던 불교를 7종으로 통합하는 등 재위 시절 불교 배척에

온 힘을 쏟은 왕이다.

"왜 그 먼 경주에서 강원도 산속까지 두 왕자가 왔지요?" 진명스님의 반짝이며 흔들리던 눈빛이 영의정의 눈에 고정되었다. 절골 반딧불처럼 흔들리던 눈동자를 그의 마음이 잠시 잡는 듯했지만, 개울둑을 천방지축 뛰놀던 송아지의 목을 어린아이가 움켜잡은 것처럼, 마음이 곧 놓칠 눈빛이었다. 흔들리는 눈빛을 고정하고자 우악스럽게 미간을 찡그렸다. "대감! 그럼 대감이 모시는 임금은 이 많은 사람을 거느리고 먼 한양에서 이 산속까지 왜 오셨는지요? 대감이 조선 최고의 지식인이며 역사가이며 외교가라는 것을 삼척동자도 다 알고 있는데, 진정 그 이유를 모르고 저에게 묻는 것입니까?" 외로 꼬는 진명스님의 말투에 분위기를 바꿔보고자 가볍게 던진 질문에 자신에게 눈빛을 박고 진지하게 되받아 묻는 그를, 영의정은 멍하니 쳐다만 볼 수밖에 없었다. 그의 입속에서 빠져나오는 말소리는 뒤틀리고 꼬여서 가끔 쉰 소리도 섞였다. 영의정은 진명스님이 정상이 아님을 간파하고 피하려 했다. 산과 곡이 높고 깊은 만큼, 이들의 마음은 속세와 멀다 보니, 가끔 그들의 본분, 즉 일체 중생제도를 망각하고 자신의 정신마저 산속에 묻어두는 자가 있다고 영의정은 들어 알고 있었다. 그 말로만 듣던 그런 자, 과거에 묻힌 자, 지금도 산속에서 현실과 하등 상관없는 과거의 혼령에 지배받고 있는 그 자처럼.

"그럼 신라 32대 효소왕이 다섯 살 때 왕위에 오른 것은 알고 계시지요?" 몸을 돌려 다시 마당으로 발을 디디려는 순간 진명스님의 목소리가 들려왔다. 뇌천의 『삼국흥망사』에 적혀 있다. 신라 31대 신문왕은 오랫동안 아들을 낳지 못하자 왕비를 쫓아내고, 새로운 왕비를 맞이했다. 새로운 왕비는 자연의 이치에 맞게 연년생으로 아들 셋을 낳았다. 그러나 신문왕은 늦게 가진 아들을 두고 일찍 죽었다. 태어남은 늦고 죽음은 빨랐다. 영의정도 알고 있다. 질문에 답변이 없어도 물음은 계속되었다. "그 어린 효소왕의 재위기간은 얼마지요?" 10년이었다. 그는 진명스님을 애써 외면하며 그의 말을 못 들은 척 대답하지 않았지만, 영의정의 마음은 계속 진명스님과 대화를 나누고 있었다. "그럼 효소왕은 열다섯 살에 죽었겠네요. 왜 죽었을까요?" 영의정이 돌아봤다. 목소리를 내지 않았건만, 진명스님은 그의 마음과 대화라도 하듯이 말을 이어갔다. 영의정을 올려다보는 진명스님의 눈길이 측은함으로 바뀌었다. "그리고 두 왕자, 한 나라의 왕자 두 명이, 이 깊은 산속에서 은거생활을 한 이유는 무엇일까요. 진정 문수보살을 친견하려고 그랬을까요? 웅장한 경주 불교유적을 보셨지요. 거대한 불교성지를 놔두고, 왜 멀고, 깊은 산속에 왔을까요?" 진명스님은 그에게 계속 질문을 던졌지만, 이미 그것은 질문이 아닌 조롱이었다. "하긴 태종이 주춧돌에 새긴 저 글씨도 언젠가 사라지듯이, 역사의 사실은 영원하지 못하지요. 그렇기에 모든 역사는 현재를 중심으로 해석하고 판단되니, 아픈 곳은 잊고 싶고, 묻어버리고 싶겠지요. 대감처럼." 잠시 말을 멈추었다가 진명스님이 힘주어 말을 이었다. "그러나 아무 역사나 묻고 잊으면 안 되지요. 잊어도 되는 역사가 있고, 절대 잊지 말아야 하는 역사, 아무리 아파도 두고두고 간직해야 하는 역사가 있는 것입니다. 그때의 그 역사를 잊지 않고 똑바로 인지했으면 지금 저 임금이 저런 비참한 몰골로 이곳까지 안 와도 됐잖습니까. 그리고 그렇게 수많은 사람이 창칼에 죽어가지 않았을 것이고요. 그래도 모르시겠습니까. 제가 정리해 드릴까요?" 영의정이 진명스님을 노려봤다. 그는 진명스님의 입을 막고 싶었다. 그도 물론 알고 있었다. "신라 31대 신문왕이 죽자 다섯 살인 그의 첫째 아들 효소가 왕위에 오르지요. 그리곤 곧바로 그의 숙부가 섭정을 했기에 조정은 숙부의 손아귀로 넘어갔습니다. 왕이 자라 조정을 장악하기 전에 숙부에게 죽임을 당할 것이라는 것을 궁궐 시녀들까지 다 알고 있었고요. 그래서 어머니 신목왕후는 두 아들을 이곳 오대산으로 피신시키고, 효소왕까지 피신시키려다가 숙부에게 사살되지요. 물론 신목왕후도 그때 죽었고요. 그러나 왕조의 정통성을 찾으려는 조정의 대신들에 의해 숙부가 피살당하게 됩니다. 그리고 그 대신들은 왕자를 찾으러 이곳 오대산까지 와서 셋째 왕자를 모셔 간 것이고요. 조카를 죽이고, 또 그는 조카를 신봉하는 자들에게 죽임을 당하고, 그 난리통에 엄청난 사람들이 죽어갔겠지요. 안 봐도 눈에 선합니다. 똑같잖습니까. 어찌 이리 똑같아요. 하하하." 진명스님이 돌아서서 계단을 올랐다. 진명스님의 비웃음이 오대골 가득했지만, 사실이었다. 그도 잊고 있었던 것은 아니다. 그러나 지금은 잊고 싶었기에 묻어두었을 따름이다. 계유년과 병자년에 한 그의 선택이 옳았다는 것을 알아줄 시대가 도래할 것이라 믿었다. 진명스님의 가치관은 현재에 있고, 그의 가치관은 미래에 있었다. 그러나 변하지 않았다. 7백 년 동안 변하지 않았다. 진명스님은 7백 년 전의 역사를 끄집어내어 영의정을 비웃었다. 역사만 남고 현재의 사람들은 모두 떠날 것이다. 모든 역사는 과거 속에 있지만 자신은 지금 여기에 서 있다. 비 오는 아침이면 허리가 욱신거리는 육체로 지금 여기에 서 있다. 입이 있어도 말을 못하는 그가 비틀비틀거리며 여기에 서 있다. 안개 속보다 더 희미하고 저승보다도 더 먼 미래를 믿으며, 7백여 년 후에도 자신이 옳았다는 것을 인정해줄지 안 해줄지 모르는 막연한 미래를 믿으며, 자신이 떠난 자리에 부질없는 역사만 남고, 그 역사마저도 기약 없음을 느끼자 영의정은 쓸고 싶었다. 뒤돌아서서 자신이 지나온 발자국을 쓸고 싶었다. 깨끗하게 저 마당처럼 저렇게 쓸고 싶었다.

주춧돌에 주저앉은 영의정을 스쳐 마당으로 들어선 진명스님의 발걸음 소리에 들릴 듯 말 듯 목소리가 섞였다. "기록하고 잊고, 또 기록하고 잊고, 순환은 영원할 듯, 그러기에 절 또한 어리석은 중생들로 끊이지 않고, 또 현재의 역사를 열심히 기록하겠지요. 그리고는 또 가까운 미래에 손가락질하면서 현 임금의 악행을 매도하겠지요. 그러면서 그들도 또 같은 일을 저지르고 절을 다시 찾아오겠지요. 용서해달라고, 그러면 또 자비로우신 부처님은 용서를 하시겠지요. 그러고 보니 이 지독한 윤회의 고리에서 가장 나쁜 놈은 부처네요. 이 죽일 놈의 부처. 내 눈에 띄기만 해봐라, 죽여버리겠다. 이놈!" 영의정은 뒤를 돌아봤다. 선원 뒤로 이어진 양정의 발자국이 선명했고, 요사채로 이어진 진명스님의 발자국도 거리낌 없이 이어졌다. 그러나 자신의 발자국만 자신의 심정을 그리기라도 하듯이 왔다 갔다 했다. 영의정도 물론 모든 것을 알고 있었다. 다만.

양정은 나한전 뒷산 중턱에 섰다. 상원사가 한눈에 들어왔다. 임금이 거처할 요사채는 서쪽 숲과 이어졌고, 중앙의 선원은 자신이 서 있는 가파른 북쪽 숲과 이어졌다. 남쪽은 계곡으로 이어져 시야의 막힘이 없었다. 동쪽도 우람한 전나무 숲으로 이어졌지만 경사가 완만하고, 그 아래 공터에 군막이 자리하여 경계가 수월해 보였다. 문제는 자신이 서 있는 북쪽과 서쪽이었다. 요사채와 선원은 끝없이 높아지는 산세와 맞닿았다. 사람 손길이 닿지 않은 숲이다. 거대한 나무들이 쓰러지고 그 쓰러진 자리에 이끼가 돋고, 고사리가 자랐다. 그 위로 개암나무들과 같은 키 작은 나무들이 빼곡했고, 소나무 전나무 굴참나무 들이 다투듯 군락을 이루며 하늘을 가렸다. 숲을 비집고 난 소로에서 조금만 벗어나도 걷기조차 어려운 숲이다. 적도 힘들고 아군도 힘든 곳이다. 임금은 이곳에서 7일 동안 머무를 것이며, 적은 틈만 보이면 저 숲 속으로 기어올 것이다. 양정은 내려와서 군사를 배치했다. 서쪽과 북쪽은 세 겹으로 경계를 세웠다. 맨 바깥은 40보 간격으로, 중간은 20보 간격으로, 맨 안쪽은 10보 간격으로 경계를 섰다. 충순위 8백과 시위군 3백이 맡았다. 그리고 서쪽에 일곱 곳, 북쪽에 다섯

곳에 망루를 세웠다. 망루는 주변의 큰 나무 위 잔가지를 잘라내고, 그 위에 넓은 나무판을 깔았다. 이곳에 조총을 든 총통위 1백을 배치했다. 나머지 총통위 2백과 기마병 2백은 칼과 창을 들고 남쪽과 서쪽 호위를 맡았다. 숲이 우거져서 총보다 칼이 더 용이했기 때문이다. 오대천 건너 능선에, 오대천을 따라, 오대천 안쪽으로, 그렇게 세 겹으로 이들도 경계를 했다. 그리고 충의위 2백은 군막 주위와 오대산 입구를 지켰다. 이들 중 20은 상원사에서 월정사 20리 길 중간 중간에 매복시켰다. 내금위 2백은 상원사 경내를 경호했고, 호위무사 30은 임금이 기거하는 요사채를 둘러쌌다. 이들은 모두 12시진씩 2교대 경계를 섰다.

"모시러 왔습니다."
병자년 봄이었다. 해미현의 초관이 군졸들과 함께 한티고개 창하를 찾아왔었다. 서해에서 궁으로 올라가는 진상품이나 대상들은 건드리지 않았고, 현에서도 그들의 산적질을 눈감아주었다. 대대로 그런 관계가 암묵적으로 이루어졌다. 그들과 말을 섞는 일도, 얼굴을 맞댈 일도 없었다. 그런데 무턱대고 현의 초관이 그들의 거처까지 찾아온 것이다.

"모시러 오다니……." "현까지 가시지요?"
군졸은 열다섯이었다. 창하는 창을 들었다. 아무리 훈련이 잘됐다고 해도 군졸 열다섯으로 그를 잡으러 왔다고 생각하니 웃음이 나왔다. 그가 창을 움켜쥐자 초관은 그에게 두루마리 문서를 펼쳐 보여줬다. 끝에 주먹만 한 붉은 인장이 찍힌 문서였다. 그는 글을 몰랐다. 초관이 그 문서의 내용을 설명해주었다.

그는 설명을 다 듣고 초관을 따라 한티고개를 내려왔다. 계유년 봄이었다. 그때 초관이 그에게 보여준 문서는 조선팔도 현 별로 가문, 신분, 직위의 높고 낮음을 가리지 말고 백정이든 산적이든 제일 날렵한 무사 한 명씩 추천하라는 것이었으며, 해미현에서는 그를 추천한 것이다. 비밀문서였다. 그때 그가 초관을 따라나서게 한 것은 거액의 상금이었다.

"그 돈이면 사기말 유 참판댁 기와집과 토지를 살 수 있는지?" "사고도 남지요. 충분합니다. 그 위 장동의 논까지 살 수 있을걸요."

어머니와 아버지의 마지막 유언인 사람답게 살아보라고 해서 24년 전에 찾아갔다가 작대기로 얻어맞고 쫓겨난 그 집이 생각났다. 초관의 그 말을 듣고 두 번 생각하지 않고 창하는 부하들을 남겨둔 채 홀로 한티고개를 내려와서 현에서 써준 문서를 품에 간직한 채 한양으로 갔다.

임금이 살고 있는 궁궐 근처인 것만 짐작할 뿐, 그곳이 어디며, 누가 주인인지 알지 못했다. 다만, 그들이 목적한 일만 성사되면 거액의 돈을 주겠다고 약속했기에 그들이 시키는 대로 그곳에 있는 동안에 몸이 굳지 않게끔 창으로 찌르고 때리고 베는 훈련을 했다. 그와 같이 그렇게 훈련을 하는 사람이 100여 명 정도 되었다. 서로 출신을 묻지 않았고, 무엇 때문에 자신들이 이곳에 모여 있는지도 알려 하지 않았다. 무슨 일인지 모르지만 그 일만 끝나면 자신들의 과거를 잊고 새로운 삶을 살 수 있으리라는 기대감에 말은 없었지만 모두 열심이었다. 힘쓰는 일이라면 누구보다도 자신 있는 사람들이었다. 정확히 말하면 사람 죽이는 일이다. 아무도 말을 안 했지만 누구나 알고 있었다.

그곳에서 다섯 달째 훈련을 받던 어느 날 해 질 녘이었다. 대나무 숲에 누릿한 고기 삶는 냄새가 진동했다. 감나무의 잎이 홍단풍보다 더 붉게 물든 늦가을이었다. 집합을 알리는 소리에 대나무 숲 뒤편의 정자 마당에 모두 모였다. 당나귀 상의 선비가 정자 위로 올라갔다. 그동안 그들의 훈련하는 모습을 긴 턱을 쭉 내밀고 유심히 지켜보던 선비다. 처음으로 그들 앞에서 그가 입을 열었다.

"여러분은 나라의 역적을 처단하기 위해 오늘 밤 임금이 있는 궁궐로 들어갈 것이다. 죽을 수도 있다. 지금 고향으로 돌아갈 사람은 가도 좋다. 그러나 오늘 밤만 지나면 약속한 돈을 여러분들 손에 쥐여줄 것이다."

선비의 목소리는 세밀했고, 말을 돌려 치지 않아 알아듣기 쉬웠다. 대나무 숲은 일찍 사위어 거무스름했다. 고향으로 돌아간 사람은 둘뿐이었다. 다섯 달 동안 고생하고 빈손으로 돌아간 연유를 말하지 않았으므로, 아무도 알지 못했다. 삶은 고기를 솥뚜껑에 소복이 쌓았다. 여섯 무더기였다. 그리고 그 옆엔 김이 모락모락 피어나는 생간이 장독 뚜껑에 담겨 있었다. 뚜껑 바닥에는 핏물이 번득였다. 황소 한 마리를 통째로 잡은 듯했다. 뜨끈한 고기를 우겨넣는 입에서는 김이 피어났다. 사위어가는 어둠의 불빛 속에 입김은 더 선명해졌다. 두 동이의 항아리에 탁주도 가득했지만, 맛만 볼 뿐 취한 사람은 아무도 없었다. 오늘 밤이다.

드디어 두 개 조로 나뉘어 출동했다. 그가 간 곳은 궁궐이 아니라 시어소時御所였다. 시어소의 벽에 횃불이 올랐다. 횃불은 찬바람에 흔들렸다. 바람이 지나가면 불꽃을 낮추고, 바람이 잦아들면 다시 긴 불꼬리를 날름거렸다. 긴 불꽃으로 날름거릴 때는 지붕 위 원숭이 잡상까지 보였다. 잠시 후 당나귀 상의 그 선비가 다른 조의 군사와 함께 시어소로 들어왔다. 그들은 좌의정과 그 일당을 도륙했다고 했다. 좌의정은 조선팔도 최고의 장수이다. 그를 죽이고 온 것이다. 판이 커지는 것을 감지했다. 아니 이미 이 큰 판은 끝났을지도 모른다. 좌의정이 죽었다. 그에게 좌의정에 대한 원한이나 감정이 있을 턱이 없다. 다만, 빨리 일이 끝나 어디로든 가고 싶었다.

가마들이 시어소 마당에 속속 도착했다. 시어소는 임금이 유사시에 임시 거처를 위해 지은 집이라 했다. 긴급 어명이라고 하여 당상관 이상 벼슬아치들을 그곳으로 모이게 한 것이다. 시어소 대문을 열고 들어서는 그들을, 안마당에서 대기하고 있던 군사들이 안내했다. 어느 벼슬아치는 오른쪽을 통해 안채로, 어느 벼슬아치는 왼쪽을 통해 안채로 그들을 안내했다. 어둔 마루에 앉아 그것을 지시하는 사람은 당나귀 상의 그 선비였다. 왼쪽으로 안내되는 선비가 훨씬 많았다. 그리고 왼쪽 안채 마당은 소 생간에서 풍기던 그런 비린내가 진동했고, 일렁이는 횃불에 마당이 번득거렸다. 감나무 옆에 쌓아놓은 시체에서 핏물이 흘러 마당을 덮고 배수로에 고였기 때문이다. 안채로 통하는 문으로 들어서는 순간 철퇴로 머리를 부수어 죽였고, 그 시체를 감나무 옆에 차곡차곡 쌓았다. 그리고 오른쪽으로 들어간 선비는 안채에 마련된 주안상에 앉아 술을 마셨다.

그때 창하는 그냥 창을 들고 지붕 위에서 이를 지켜보다가 피비린내를 미리 맡고 겁에 질려 뒷걸음치는 자를, 철퇴가 빗나가 깨진 머리를 감싸고 비틀비틀 도망하는 자를 창으로 해결했다.

날이 밝았고, 그는 돈을 받아 들고 서해로 향했다. 온종일 걸었다. 용인 절골 입구의 주막에 도착했다. 그 사건에 대한 소문은 그보다 더 빨리 퍼졌고, 그보다 더 많이 알고 있었다.

소문은 이랬다. 왕의 숙부 중 두 형제가 호시탐탐 왕좌를 노렸다. 형은 자신의 궁 뒷마당 대나무 숲에서 무사들을 훈련시켰고, 동생은 창경궁 보수를 빌미로 자신의 군사들을 일꾼으로 위장시켜 궁궐 안으로 들여보냈던 것이다. 즉위식에서 보았듯이 열두 살 임금의 흔들거리는 짧은 다리 밑으로 임금의 위엄은 사라진 지 오래되었다. 그렇다고 수렴청정할 사람도 없고, 정승들의 섭정에 의한 정치도 한계가 있었다. 임금이 경회루 마루를 뛰어다니는 동안, 이렇듯 그의 숙부들은 체계적이고 빈틈없이 자신들의 입지를 마련하여, 만반의 준비를 하고 때만 기다리고 있었다.

궁궐은 둘로 나뉘었다. 당상관 이상의 벼슬아치들은 둘 중의 하나를 선택해야만 했다. 그 선택은 각자의 판단이었다. 선택하지 않는 것이 가장 안전한 선택이었지만, 양 진영은 그들의 의사를 분명히 물었다. 그래야, 사후 관리가 수월했기 때문이다.

팽팽하던 양 진영의 긴장감을 먼저 깬 것은 형 측이었다. 먼저 군사를 장악하고 있는 좌의정을 죽이고, 어명이란 빌미로 당상관 이상 벼슬아치들을 한밤중에 시어소로 불러들였던 것이다. 그리곤 그들이 피력한 분명한 의사에 따라 살생부가 만들어졌고, 당나귀 상의 선비는 살생부를 펴들고 시어소로 들어오는 그들을 죽이고 살린 것이다. 많은 사람이 죽었다. 동생 측이 정권을 장악했다고 해도 마찬가지였을 것이다. 그 사건 이후 형은 영의정에 등극했다가, 끝내는 왕이 되더니, 지금은 썩은 몸을 이끌고 오대산 속으로 들어왔다.

그는 그때 그 일을 마치고 곧바로 상왕산으로 향했다. 천안을 지나 예당평야에 도착하자 상왕산이 보였다. 창하가 태어나서 자란 상왕산이 흐려서 낯설었다. 산을 쓸면 금방이라도 눈이 내릴 듯 낙엽 떨군 가지들이 서로 엉겨 산이 쥐색으로 흐려 있었다. 회색빛 산을 향해 드넓은 들을 걸었다. 오뉴월이면 서해의 갯냄새가 산을 넘어 평야를 눅눅하게 했는데, 날이 차가워지면서 하늬바람의 기세가 세차졌음에도 차가운 대기에 가라앉은 갯냄새는 산을 넘지 못하여 마른바람만 눈을 괴롭혔다. 덕산 현조 온천장에서 피비린내를 지우고자 살갗이 벌게질 때까지 온몸을 문질렀다. 그리고 때마침 열린 덕산 5일장에서 더덕주와 돼지 한 마리를 나귀에 매달고 한티고개를 올랐다. 한티고개 산적들과 돼지를 잡아 술을 마셨다. 5개월 동안 한티고개를 떠나 있었다.

호랑이도 자신의 영역을 벗어나면 긴장하는 법, 거사를 마치고 살아남은 자 여덟이 용인 절골 주막의 술을 다 마셔버리자 겁먹은 표정으로 몸을 반쯤 비스듬히 꼬고 "이를 어쩌나 술이 동이 났는뎁쇼" 하면서 억지웃음을 지어주던 주모에게 한마디 핀잔도 없이 모두 일어나 제 갈 길을 갔었다. 그들과 같이라면 아무리 먹어도 취하지 않는 술이었는데, 한티고개로 돌아오면서 긴장이 풀리자 술잔이 두어 순배가 돌기도 전에 술기운이 그의 전신을 휘감을 때였다. 그들 중 한 명이 철퇴로 그의 다리를 후려쳤다. 다리가 부러졌다. 그는 돈 보퉁이를 움켜쥐었다. 그들은 다시 칼로 등을 찔렀다. 보퉁이를 빼앗기지 않으려고 움켜쥐면 쥘수록 칼에 찔린 등의 근육은 잘 익은 석류처럼 벌어졌다. 그래도 그는 보퉁이를 놓지 않았다.

"내놓으시지요." "내 몸을 갈기갈기 찢어도 이것만은 못 준다." 그의 의식은 오로지 보퉁이를 쥔 손으로 집중되어, 몸이 찢기고 부러져도 별 고통이 없었다. 감각도 없었고, 보이지 않았다. 그들은 끝내 그의 손가락을 자르고 보퉁이를 빼앗아 사라졌다. 보퉁이를 빼앗기자 들락날락하던 정신도 어디론가 사라졌는지 그 이후 한동안은 기억할 수 없었다.

파도 소리가 들렸던 것으로 기억한다. 솔 향이 났다. 마른바람이 문

풍지를 흔들었다. 눈을 떴다. 온통 붉었다. 살았나. 그런가 보다. 파도 소리, 솔 향, 마른바람……. 이곳이 어딘가. 처음 보는 곳이다. 그럼 저승인가. 다시 눈을 감았다. 들락날락하던 정신이 한동안 머물렀다. 살아 있는 신경으로 그의 전신을 훑었다. 오른쪽 무릎이 감각이 없었다. 잘린 손가락엔 고통은 없었지만 시렸다. 칼에 찔린 등에서 열이 났다. 뜨거웠다. 그 열기는 단전까지 신경을 마비시켰다. 정신이 다시 나갔다. 한 달이 지났는지 하루가 지났는지 정신이 다시 돌아왔다. 세월은 의식 속에서만 존재했고, 세월은 모든 것을 앗아갔다. 순간의 무의식 속에 영원한 생이 존재할 수도. 문득 웃음이 나왔다. 산적의 마음속에 떠올린 영원과 무의식. 아무리 정신이 혼미하고 몸이 쑤셔도 웃지 않을 수 없었다. 웃음에 몸이 흔들리자 온몸의 신경이 난리법석을 부리며 머리로 밀려왔다. 다시 정신이 혼미해졌다. 잠깐잠깐 정신이 들어왔을 때 들리던 파도 소리가 들리지 않았다. 대신 눈 오는 소리가 났다. 함박눈이다. 함박눈은 소리를 삼킨다. 그 삼킨 소리가 분명히 들렸다. 산속 고요함. 눈이 많이 쌓였나 보다. "오늘은 낯빛에 핏기가 있네. 눈이 온 산을 덮었어. 이런 눈은 처음이야." 깜박깜박 붉은 천장과 함께 보아왔던 얼굴. 무엇인가를 그의 입속으로 먹여주던 얼굴을 그때서야 확실히 보았다. "그리 정신을 못 차리더니만, 잉어 삶은 물을 먹더니 살아나네. 작은 동물을 보시하여 큰 동물을 살렸다고 부처님께 변명은 했지만 용서해줄진 나도 모르겠네. 그냥 그곳에 묻어주려고 보니 심장이 뛰더라고. 그래서 옆에서 마른풀을 뜯어

먹던 나귀에 싣고 왔지. 나귀에 올릴 때 어쩌나 무겁던지. 거긴 자네 구역 아닌가. 어쩌다 그랬대? 참말로. 쯧쯧. 하여튼 살려줘서 고마워." 10여 년 전의 일이고, 정신이 혼미한 상태에서의 기억이지만, 세월이 흐르면 흐를수록 잊혀지기는커녕, 그때의 기억은 더 또렷해졌다. 늙어 죽을 때쯤이면, 현실이 될 듯이.

험한 산의 주인은 항상 둘이다. 산적과 중. 개심사는 수덕사의 말사다. 개심사에서 수덕사에 가려면 한티고개를 넘어야 했다. "오늘은 재미 좀 봤나? 성불하게." "씨발 산적이 뭔 성불여." 한티고개를 넘나들 때마다 그들에게 농지거리를 하던 중이었다. 손가락이 잘릴 때 생긴 등 상처에 생 쑥을 짓이겨 붙이고, 상처가 아문 다음에는 쑥뜸을 했다. 곪은 피는 녹아 없어지고, 새로운 피가 상처에 돌기 시작하자 등에 지렁이 같은 상처의 흔적에 다시 근육이 붙었다. 하지만, 잘린 손가락은 잘린 대로 그렇게 아물었다. 작대기를 들고 돌려봤다. 작대기는 그의 손에서 돌아가는가 싶더니 땅으로 떨어졌다. 그의 손가락처럼 그렇게 땅으로 떨어졌다. 창은 열 손가락이 있어야 돌릴 수 있다. 그리고 돌려야 찌르고 막을 수 있는 것이 창이다. 개심사에서 3개월을 누워 있었고, 3개월을 앉아 있은 후에, 누워 있으며 소리를 들었고, 앉아서 바라만 봤던 그 솔숲을 걸을 수 있었다. 그리고 3개월 동안 톱질과 도끼질을 하며 장작을 팼다. 그리고, 창하에게 스님은 반강제로 창칼을 다시 쥐여주었다. 그때 그의 손에 쥐여준 창칼은 사람을 자르고 찌르는 창칼이 아닌 나무를 자르고 깎는 창칼이었다. "난 몰랐는디 자네 창 솜씨가 대단하다며, 아무거나 한번 깎아봐." 그가 한심하다는 듯이 쳐다보자 돌아서면서 말을 흘렸다. "창은 모두 같은 겨."

동봉은 상원사 남쪽 서대 능선에서 상원사를 내려다봤다. 상원사 뒤 숲이 푸른 절벽처럼 보였다. 멀리 보이는 푸른 숲은 햇빛에 흩어져 흐려지며, 흔들렸다. 서쪽 가파르게 내려치는 계곡 중턱에 사자암이 위태롭게 걸렸다. 멀리서 보이는 사자암은 계곡을 구르다가 굵은 소나무에 걸린 바위 같았다. 상원사를 두른 초병들의 선이 선명했다. 초병들은 시야와 이동통로를 확보하려고 나무를 꺾고 잘라 산 중턱에 길을 만들었다. 그 선은 오대천이 흐르는 계곡에서 끊겼다가 다시 이어졌다. 숲이 우거져 초병을 배치하지 않은 것인지 아니면 숲이 우거져 초병이 보이지 않는 것인지 알 수 없었다. 동쪽 넓은 공터에는 하얀 군막들이 펼쳐졌다.

동봉은 오대골로 내려왔다. 걸었다. 경주에서 이곳까지 걸어오듯이 그렇게 걸으면서 주변을 보았다. 길가 군데군데 두 명씩 짝을 이루어 매복한 군사가 있었지만, 허술했다. 모두 창을 매복호 귀퉁이에 기대 놓고 수다를 떨었다.

상원사 마당에 들어섰다. 마당과 요사채, 승당에 흩어져 경계를 하는 군사를 보았다. 걷는 자세나 서 있는 자세가 매복 군사들과는 딴판으로 흐트러짐이 없다. 잘 훈련된 군사들이다. 요사채로 발길을 돌리자 예상했던 대로 길을 막았다. "이곳은 가실 수 없습니다." 동봉은 스님이다. 그러나 모습만 중이지 정신은 중이 아니다. 그는 맹자의 왕도정치를 꿈꾸던 사상가였으며, 정치가였다. 물론 지금도 그 꿈을 버린 것은 아니다. 이렇게 속세를 떠나 때론 미친 척하고, 때론 노자를 흉내 내며 산속을 떠돌지 않았으면 그는 이미 죽었을 것이다. 그는 그런 세상에 살고 있었다. 그런 세상이 싫었다. 바꾸어보고 싶었다. 밤이 무서워 환한 대낮 처마 밑에 숨어 있는 귀신처럼, 허연 낮달이 청량선원 지붕 용마루 위 맑은 하늘에 숨었다. 귀신도 무서워하는 것이 무엇인지 모르듯이, 달이 왜 흐릿하고 투명해 아무도 보아주지 않는 환한 대낮에 떠 있는지 알 수 없었다. 너무나 초라한 달이다.

"파도 소리를 본 적 있느냐?" 열다섯 때였으니 15년 전이었다. "파도 소리는 아무것도 보이지 않는 어둠 속에서도 들리는 소리입니다. 소리는 관觀하는 것이 아닌 줄 압니다." "물음에 대답이나 하여라." "없습니다." 그때 망발풀이라도 하듯이 외할아버지는 오리알 같은 잔에 맑은 술을 따라주었다. 그의 관향貫鄕은 강릉 장안이다. 이곳에서 마음먹고 가면 한 시진도 걸리지 않는 지척이다. 그의 집안은 그곳에서 22대째 살고 있었다. 아버지가 충순위 무관 벼슬자리에 있을 때 한양에서 태어나 자라다가 15세가 되던 해 어머니를 여의고, 3년 동안 강릉 장안에 머물렀다. 검은 산맥에서 내려온 바람이 경포호를 쨍쨍 얼린 동짓달 그믐이었다. 달 없는 겨울 호수는 허엽스레했다. 빛의 근원은 겨우내 녹지 않은 눈이었다. 어머니를 장안에 묻고 첫 번째 맞이하는 겨울이었다. "눈을 감아보아라. 파도 소리가 보일 것이다." 그는 눈을 감고 외할아버지의 의중을 열심히 찾았다. 바람도 얼어버린 밤이었다. 반복하여 철썩이는 파도 소리만 들리다가 반복은 곧 그가 인지할 수 있는 의식에서 벗어났다. "파도 소리가 사라졌습니다." "소리를 보라 했지, 누가 소리를 없애라 했느냐?" 빛을 잃은 회색 달이 정자 천장에 떴다. 먹빛 옷을 입은 그의 몸피는 어둠에 녹아들어 삭발한 머리만 흐리게 보였다. "난 간다. 너는 절대 중 되지 마라. 생지지질生知之質이라고 산맥 너머까지 소문이 자자하더니 그것이 사실인 모양이구나. 아니길 바랐는데, 너는 어린 나이임에도 너무 많은 것이 머릿속에 들어차 있구나. 그 많은 업을 어찌 감당할꼬······ 쯔쯔쯔······ 관세음보살······. 모든 소리는 홀로 존재할 수 없기에 그 본질이 있다. 너는 눈을 감자마자 들려온 소리에 파도가 머릿속에 분명히 보였을 것이다. 그런데 너의 태어나면서부터 가지고 있던 그 쓸데없는 지식으로 파도를 밀어낸 것이다. 눈을 감자마자 순간 머릿속으로 스친 것이 파도다. 밤에 보아도 낫자루요 낮에 보아도 밤나무다. 다른 것은 허깨비다." 회색 달이 어둠 속으로 사라지면서 소리가 들려왔다. 다시 눈을 감아보았다. 자식을 가슴에 묻은 쓸쓸한 늙은이가 어둠 속으로 걸어갔다. 그때서야 관음觀音을 했다.

그는 외할아버지의 말대로 중이 되기 싫었는데, 10여 년 동안 중질하고 다녔다. 부끄러움 때문이었다. 새까만 어둠에 가라앉은 허옇스레한 경포호의 눈(雪)을 보던 그때가 그립다. 그 빛을 받아 희끄무레하게 정자에 떠 있던 그 달이 부럽다. 어둠이 무서워 자신에 대한 믿음과 행할 바를 상실하고 맑은 하늘에 얼굴을 불쑥 내민 낮달이 볼썽사나워 삿갓으로 하늘을 가렸다. 그런데 동봉 자신이 낮달이 되어가고 있었다.

동봉은 청량선원으로 향하면서 주변을 둘러보았다. 삿갓을 치켜들고 동불당 쪽을 바라보았다. 오대계곡을 바라보는 자세가 영의정이다. 동봉은 그를 향해 발길을 옮겼다. 상황이 이렇게 되었으니 그를 만나야 한다. 동봉의 발소리를 듣고 그가 돌아섰다. 삿갓을 썼지만 그는 동봉을 금방 알아보는 눈치였다. 그리고 한 발짝 물러났다. 다시 한 발만 더 물러나면 언덕이다. 동봉이 여기까지 올 줄은 미처 몰랐을 것이다. "대감 오랜만입니다. 강경하시죠?" "……." 동봉은 대답 없는 그의 손에 쪽지를 쥐여주고 돌아섰다. 요사채에서 상당군이 나왔기 때문이다. 천천히 돌계단을 내려왔다. 뒤돌아봤다. 그는 여전히 굳은 듯 서 있었다.


굴참나무 아래 돌탑 주변을 살폈다.

없다.

돌계단을 올라와 마당을 둘러보았다.

없다.

공방 문을 열었다.

없다.

선원 문을 열었다.

없다.

불당 문을 열었다.

없다.

공양간 문을 열었다.

없다.

아궁이 앞에 쪼그리고 앉아 마른 솔가지를 꺾어 불을 지필 시간인데, 할머니는 없고, 시렁 위에 시든 살구만 덩그러니 놓여 있었다. 그를 주려고 돌계단 중간에 있는 살구나무에서 떨어진 것을 할머니가 주워 온 것이다. 무구는 공양간 문을 닫았다. 동불전 계단에 앉았다. 해는 호령봉 너머로 사라졌다. 해가 사라지면서 서서히 몰려오던 그늘은 동대산을 넘었다. 해가 사라진 효령봉 뒤 엷은 새털구름에 약한 보랏빛이 물들었다. 무구도 할머니가 없는 것을 알고 있다. 그런데 가슴 가득한 이것은 무엇인가. "할머니는 어디에 있을까?……, 설마……." 무구는 동불전 안으로 들어갔다. 좌우를 두리번거리며 살폈다. 불단 뒤편까지 확인하고 부처 앞에 무릎을 꿇었다.

"오늘 부처님께 말씀 드릴 게 있어서요. 할머니가……." 무구는 잠시 머뭇거렸다. 그리고 다시 말을 이었다. "실은 할머니가 몹시 나쁜 사람이거든요. 물론 저를 키워주고, 목욕시켜주고, 옛날이야기도 해주고……. 아니 그런 것도 어쩌면 큰스님이 시켜서 어쩔 수 없이 한 것이지 할머니 스스로 한 것이 아닐 거여요. 저를 많이 혼냈어요. 때리기도 했고요. 보세요. 회초리 자국이 아직도 선명해요." 그는 누더기 바지를 걷고 부처님에게 종아리를 보여주었다. "그리고 작년 여름에는 요사채로 들어온 뱀을 죽였어요. 살아 있는 것을 함부로 죽이면 안 되잖아요. 그것도 부처님 계신 곳에서 그랬대요. 그리고 아침, 저녁으로 부처님께 올리는 음식을 공양간에서 할머니가 먼저 먹을 때도 있었고, 작년 가을에는 땅에 떨어진 감을 씻지도 않고 그냥 올렸대요. 가끔 덜 익은 과일도 올리고, 썩은 과일도 올리곤 했어요. 그리고 올봄에 불당 청소한다고 하면서 부처님 넘어뜨린 것 아시죠. 그뿐인가요. 제가 지금도 봤는데 불당 뒤편엔 얼마 전 제사 지낸 그릇들이 지저분하게 굴러다니고 있어요. 할머니 자기 방은 깨끗이 쓸고 닦으면서. 이런 말까지는 하려고 안 했는데, 아마 할머니가 지금까지 살아 계셨으면 부처님을 태워 없앴을걸요. 죽기 며칠 전에 저에게 그렇게 말했어요. 저기 대웅전에 앉아 있는 부처는 돈만 밝히는 나쁜 놈이라고. 가난한 사람은 천당도 못 가게 하는 나쁜 놈이라고. 산신각에 있는 산신령이야말로 진짜로 좋은 분이라고 하셨어요." 이젠 거짓말까지. 선원에 봉안할 불상의 불단을 만들려고 불단 위 닫집에 올라가 불상의 높이를 재고 있던 창하가 무구의 이상한 행동에 잠시 지켜보고 있었다. "그리고 할머니는……." 무구는 다시 한 번 주변을 둘러보았다. "돌계단 옆 굴참나무와 월정사 천왕문 앞 전나무에 돌무더기를 쌓고, 그곳에 귀신을 모시고 있어요. 부처님이 이렇게 계신데, 바로 코앞에서 다른 귀신을 섬기고 있어요. 그 귀신을 믿고, 부처님이 하지 말라는 생명을 아무런 죄의식 없이 죽이고, 부처님께 음식을 아무것이나 함부로 올리고, 부처님 몸을 업신여기고, 끝내는 태워버리려고까지 한 것이지요. 이제 아셨죠. 할머니가 얼마나 나쁜 사람이라는 것을." 창하는 깜짝 놀랐다. 무구는 그 말을 하면서 입가에 희미한 미소까지 짓는 것 같았다. "그리고 젊었을 때는 자기 혼자 잘 먹고 잘살자고 갓 낳은 자식을 버리고 나라님이 계시는 궁궐로 들어와 자식에게 먹일 젖을 왕자에게 먹였대요. 참새도 자기 새끼가 하늘을 날 때까지 벌레를 물어다 키우고, 매일 부처님의 공양 음식을 도둑질하는 다람쥐도 자기 새끼가 클 때까지 품에 안고 젖을 먹인다는데, 인간이란 사람이 어찌 그런 행동을 할 수 있을까요? 아마 할머니는 인간의 형상을 한 악마였을 거여요." 창하는 더는 참을 수 없어서 내려가 혼내주려고 하는데 무구의 눈에서 눈물이 주르륵 흘러내렸다. "그런 나쁜 할머니여요. 작은 스님께서 할머니는 마음이 착하고, 부처님 모심이 극진하여 모든 속세의 연을 끊고, 열반할 것이라 했는데, 작은 스님이 잘못 알고 계신 거여요." 무구는 이제 어깨까지 들썩이며 눈물을 흘렸다. "제가 말씀 드린 것 다 들으셨지요. 할머니는 마음이 착하지도, 부처님을 극진히 모신 것도 아녀요. 그러니 다시 돌아오게 해주세요. 윤회라는 것을 하게 해주세요. 할머니는 죄를 많이 지은 사람이어요. 제발 석가모니처럼 영원히 사라지지 않게 해주세요." 눈물과 콧물이 흐르면서 섞여 무구의 얼굴은 범벅 먹은 고양이 손 같았다. "부처님, 할머니가 보고 싶어요. 할머니를 어디로 데려갔어요? 그 죄 많은 할머니를 그 나쁜 할머니를 설마 극락으로 데려가신 것은 아니겠……지……."
무구는 일어났다가, 다시 쓰러지듯이 철퍼덕 주저앉았다. 계속 흐느
끼며 뭐라 중얼거리는데 흐느낌에 묻혀 알아들을 수 없었다. 무구의
울음은 트이지 않았다. 열 살 어린아이의 울음이 아니었다. 흐느낌일
뿐이다. 침을 삼키고 콧물을 삼키고 눈물을 삼키며 터져 나오려는 울
음소리도 꾸역꾸역 가슴으로 우겨넣었다. "소리 내어 울어, 괜찮아.
오대산이 흔들리게 소리 내도 괜찮아 무구야. 삼키지 마. 삼키지
마"라고 속삭이며 그는 무구의 이런 모습을 내려다보았다. 잠시 후 무
구는 배를 움켜쥐고 일어났다. 일어났지만, 허리를 펴지 못했다. 그리
곤 음식물을 게워냈다. 음식물을 게워낼 때마다 무구의 어린 몸에 심
한 경련이 일어났다. 경련을 일으키며 오늘 아침, 어제저녁, 열흘 전
시루떡, 어려서 할머니가 떠먹인 쌀뜨물까지 게워내는 것 같았다. 무
구의 행동에 멍하니 바라만 보던 창하는 그제야 정신을 차리고 내려
왔다. 무구는 고꾸라져서 계속 경련을 일으키며 더 게워내려고 했다.
그러나 나오는 것은 없었다. "그만해, 그만해." 창하는 무구를 품에 안
았다. 무구가 눈물, 콧물, 토사물로 범벅이 된 얼굴로 창하를 바라봤
다. 그제야 무구는 열 살 어린아이의 울음을 냈다. 목젖이 다 보일 만
큼 입을 크게 벌리고 울었다. 그러나 그 울음소리도 몇 번, 무구는 창
하의 품에서 정신을 놓아버렸다.

　창하는 벗었던 저고리를 다시 입었다. 그는 한겨울을 제외하곤 잠

잘 때 웃옷을 걸치지 않는다. 남들은 타고난 건강 체질이라고 그의 몸을 부러워하지만 그는 자기의 뜨거운 몸이 싫었다. 그 뜨거움에 뱀의 기운이 스멀거렸기 때문이다. 그런데 오늘 밤은 더워도 옷을 입어야만 했다. 잠결에 무구는 그의 가슴속으로 파고들었다. 피하면 꿈속에서 할머니를 찾았다. 다시 가까이 가면 그의 가슴에 코를 박고 그렇게 곤하게 잠들었다. 무구의 호흡에 가슴이 간지러웠기 때문에 벗었던 저고리를 다시 입은 것이다. 그는 평생 혼자 지내온 사람이다. 그래도 오늘 밤만은 무구를 위해 무엇이든 해주려 마음먹었다. 오늘 밤을 꼬박 새워야 할 것 같다. 등잔불을 껐다. 등잔불에 밀려났던 어둠들이 방 안을 급습했다. 어두웠다. 눈을 감았다 다시 떴어도 그것이 그것이었다. 등잔불이 사라진 잔영 속의 어둠은 짙었다. 등잔불의 잔영이 머릿속에서 사라지자 띠살 창이 희미하게 보였다. 아주 멀리서 오는 것처럼 창이 검푸르게 흐렸다. 달빛조차 없었다. 전나무 잎에 갈라지는 바람 소리 속에 무구의 숨소리가 섞였다. 그가 무구를 살며시 안아주자 야트막하게 콧소리를 냈다. 아기 소리였다. 간지러웠다. 참았다. 무구의 몸은 말랑거렸다. 무구에게서 비릿한 냄새가 났다. 새벽 굴참나무 숲에도 이와 비슷한 냄새가 난다. 콧속을 자극하는 향은 아니지만 싫지 않은 냄새였다. 띠살 창이 더 선명하게 보였다. 어둠 속에 모든 것은 정지해 있어도 시간은 흘렀다. 깊은 밤을 향해 시간은 흘러가는데, 어둠뿐이던 방 안엔 띠살 창의 테두리가 보이고, 방 안의 윤곽이 잡히더니, 방 귀퉁이에 놓인 작은 장롱까지 어렴풋이 보였다. 상왕산에서 어머니가 그를 두고 떠났을 때, 조금 전에 등잔불이 꺼진 방처럼 그의 마음도 깜깜했었다. 그러나 시간이 흐르니 어떻게든 살았다. 무구도 그렇게 살아갈 것이다. 시간이 흐르면 띠살 창이 보이고, 방안의 윤곽이 잡히고, 장롱이 보일 것이다.

이젠 잘록하게 휘어진 등잔대의 가느다란 허리가 어둠 속에 보였고, 띠살 창의 띠살이 흐릿하게 검었다. 계곡의 바람 소리는 멈추었다. 무구의 머리를 얹은 팔뚝이 저렸지만 빼지 않았다. 밤의 정점을 넘어갔나 보다. 문틈으로 들어오는 공기가 찼다. 무구는 몸을 꿈틀거리며 자신의 얼굴을 그의 가슴으로 더 밀착시켰다. 그는 다시 무구를 꼭 안아주었다. 따뜻한 무구의 몸에 노곤했다. 간지러움도 사라졌다. 풍경이 울었다. 산 능선의 공기가 어둠에 무거워져 다시 내려오고 있었다. 곧 새벽이 올 것이다. 월정사의 종소리가 계곡을 타고 올라왔다. 소리는 멀리 왔지만 가벼웠다. 이렇게 종소리가 가볍게 들리면 하늘이 맑아 별이 총총했다. 종소리는 공기가 가벼우면 가볍게, 무거우면 무겁게 들렸다. 종은 혼자 소리 내지 못한다. 그러고 보니 모든 것이 그렇게 서로서로 존재케 하고 있었다. 종은 울리고, 울리고, 또 울렸다. 동불전에서 스님의 아침예불 소리가 들렸다. 목탁 소리에 눈을 감았다. 예불 소리를 들으려고 귀를 열었다. 무구의 얼굴을 거친 손으로 쓰다듬었다. "나는 인간이다. 이 순간만큼은."

# 7

큰스님은 선원 추녀 밑에서 마당 위로 펼쳐진 푸른 서대 능선을 바라봤다. 서쪽 요사채에서 무구가 걸어오고, 동쪽 동불당에서 고개 숙인 윤 씨 부인이 걸어왔다. 무구에 눈길을 주자 서대 능선이 푸른 안개처럼 흐려지고, 윤 씨 부인의 하얀 저고리도 갈색 마당 위에 하얀 조각구름처럼 떠다닌다. 다시 윤 씨 부인에 눈길을 주자 무구의 검은 옷은 검은 조각구름처럼 흐려졌다. 큰스님은 다시 멀리 서대 능선으로 눈길을 돌렸다. 검고 하얀 조각구름이 마당에 어른거렸다. 능선 뒤 하늘로 눈길을 돌리자 서대 능선도 무구도 윤 씨 부인도 사라진다. 그들이 사라지자 병자년 그때의 일이 떠올랐다. "한 생명인데, 뭔 사연인지 들어나 봅시다." 아기를 법주사 삼성각 댓돌 위에 올려놓고 다시 산으로 올라가려는 남자를 향해 큰스님이 물었다. 법주사 입구에서부터 뒤를 쫓아온 그자였다. 큰스님은 대충 짐작은 했다. 한양의 큰 사건과 연루되었을 것이다. 조정은 역모에 가담한 자들의 씨를 모조리 말리려 했지만, 인간도 동물인 이상 씨에 대한 집착은 자신의 목숨보다 더 귀중히 여겼기에 온갖 방법으로 자신의 씨들이 싹 틔울 곳을 찾아 산속으로 때로는 먼 섬으로 향하는 것을 자주 보았다. 왕 씨 왕조가 무너질 때 골 깊은 절마다 동자승들이 넘쳐났다고 조실스님이 말하곤 했다. 자신의 억울한 죽음을 그들이 자라서 풀어줄 것을 간절히 원했을 것이지만, 한풀이는 고사하고 그들은 산속에 처박혀 부처를 찾아 자신의 부모를 죽인 그들을 구제하겠다고 화두와 치열한 싸움에 온 정신을 집중했다. 큰스님도 그랬으니까. 큰스님도 대충 알고 있다. 자신이 왕 씨라는 것을, 그리고 다른 동자승들처럼 그도 자신의 부모를 찾지도 궁금해하지도 않았다.

무구도 그렇게 절에 왔다. 그러나 무구만은 절에 살면서 부처님 계율을 따르지 않게 했다. 큰스님은 보각국사의 반도 반만년 인간의 역사와 신의 역사를 기록한 『삼국유사』와 뇌천의 『삼국흥망사』는 물론, 5백 년 왕 씨 왕조의 기록인 『고려사』에서도 그 유래를 찾아볼 수 없는 그때의 참혹한 사건을 곁에서 봤기에 누군가가 그때의 한을 풀지 않는다면 그 옳이 되풀이되어 반도의 왕들은 대대로 몸이 썩어갈 것이고, 백성의 마음에 품은 원한의 칼날이 언젠가는 반도를 갈기갈기 찢을 것으로 예견했기 때문이다.

"과연 저들이 만날 수 있을까. 그리하여 임금의 병이 나을 수 있을까. 아직까지 한강변을 떠도는 그때의 혼들이 자신들이 가야 할 길로 편안히 갈 수 있을까." 큰스님은 눈길을 서대암 능선에 두어 마당에 어른거리는 하얗고 검은 조각구름을 애써 외면한 채 혼자 중얼거렸다.

"무구야, 이분들 서대암까지 잘 모셔라. 그리고 이제 월정사에 가지 마." "왜?" "이곳에 손님들이 많이 왔잖아. 그러니 심부름을 해야지." "싫어, 할머니는?" 큰스님은 무구를 가슴에 안았다. 무구를 가슴에 안은 큰스님은 눈을 지그시 감았다. 감긴 눈가의 잔주름이 짧고 하얀 머리와 어울렸다. "할머니는 돌아가셨다." 스님의 목소리는 차가웠다. 윤 씨 부인은 손이 시려 오른손으로 왼 손등을 꽉 잡았다. 무구가 손에 들고 있던 엄지손톱만 한 하얀 들국화 한 송이를 세워 스님의 어깨 너머로 봤다. 이른 봄 매화처럼 잎을 잃은 들국화는 스님의 뒤통수 하얀 머리처럼 시들고 있었다. "어디로?" "할머니가 온 곳이 아닐까?" "나도 돌아가고 싶다." "어디로?" "할머니가 온 곳으로." "무구는 무구가 온 곳으로 돌아가야지." "왜?" "온 길이 다르니 그렇지." "할머니 손잡고 같이 가면 안 돼?" "안 돼!" "그럼 할머닌 이제 안 오지?" "응." "그럼 이거 큰스님 가져." 가장자리 꽃잎은 누렇게 시들어 가고 있었으며, 꽃대는 꺾여 땅을 향한 들국화를 무구가 스님에게 내밀었다. "서대암까지 잘 모셔라." 스님은 무구의 뒤를 따르는 영의정에게 합장하며 다시 당부했다. 꼿꼿한 자세로 영의정을 배웅하며 합장한 손가락 사이로 숲이 보였다. 이별이 길어봤자 한 시진, 기약 있기에 엉성한 배웅이었다. 엉성하게 모은 두 손 중지 사이 들국화가 대신 고개를 숙였다. 들국화의 배웅은 곡진했다. 무구는 들국화의 배웅을 쳐다보지 않고 잎이 무성한 싸리나무를 들고 앞섰다. 해가 동대산 위로 떠올랐음에도 응달에는 맑은 이슬을 단 거미줄이 많았다. 거미줄을 싸리나무로 걷으며 숲길을 걸었다. 전나무 끝이 초록 뭉게구름처럼 부풀어 올랐다. 검녹색의 칙칙한 묵은 잎에서 나온 새순은 연초록으로 깨끗하고 투명했다. 그러나 그렇게 새순처럼 깨끗해야 할 무구는 지저분했다. 지푸라기가 삐죽삐죽 삐져나와 금방이라도 벗겨질 것 같은 짚신, 그 짚신을 가린 채 땅에 질질 끌리는 검은 바지와 손이 보이지 않는 헐렁한 저고리에 흙과 땀과 묵은 때가 엉겨 발걸음이 무겁게 보였다. 그가 입은 옷은 어린이의 것이 아니라 스님들이 입다 버린 어른의 옷이다. 머리에서 흘러내린 진한 땟국물이 제비초리를 따라 흘렀다. 머리는 양 갈래로 봉긋하게 묶었는데, 왼쪽 묶음은 풀어져 한 움큼의 머리카락이 어깨까지 축 늘어졌다. 머리카락이 때에 엉겨 붙어 걸음걸이에 나무뿌리처럼 건들거렸다. 솔솔 부는 바람에 무구의 몸에서 풍기는 역겨운 쉰 냄새가 실려 왔다. 전나무 향보다 진했다. 윤 씨 부인의 손가락이 자신의 의지와 무관하게 꼼지락거렸다. 당장에라도 무구의 옷을 벗겨 시원한 계곡물에 씻겨주고, 옷을 빨아주고 싶었다. 그러나 무구는 그렇게 자라왔을 것이다.

"부인, 오늘 서대암에 가려고 하는데 같이 가시지요?" 영의정의 눈길은 항상 멀었다. 먼 산을 보든지, 감나무에 매달린 까치밥을 보든지. 이도 저도 없으면 그냥 하늘을 봤다. 땅을 보는 일도 그렇다고 눈을 마주치는 일도 없었다. 윤 씨 부인은 영의정이 자신의 얼굴을 잊었으리라 생각할 때도 있었다. 오늘도 이른 아침 영의정이 윤 씨 부인을 찾아와서 계수나무 끝에 앉아 있는 비둘기에 눈길을 두고 말했다.

영의정은 맨 뒤에서 따랐다. 당연히 영의정이 중간에 서야 하지만 여자의 몸으로 험한 산길을 오르는 것이 힘들 것 같으니 너무 무리하지 말고 편안하게 오르라 했다. 그러면 자신도 그에 맞추어 그렇게 따르겠다고 했다. 서대암은 상원사에서 정면으로 보이는 봉우리 칠보 능선에 있었다. 상원사에서 바라봤을 때는 숲이 우거져 발 디딜 틈도 없을 것 같았는데, 서대암으로 이어진 길은 한 사람이 걷기에는 무리가 없을 정도로 넓었다. 다만, 경사가 가팔라 위험했고 쉬 지쳤다.

갑자기 경사가 완만해지면서 길이 넓어졌다. 숲 사이로 서대암이 보였다. 서대암은 초라했다. 나무판을 잘라 지붕을 엮었고, 나무판으로 벽을 댔다. 처마 밑에는 장작이 지붕의 나무판보다 더 반듯하게 쌓여 있었다. 지붕에는 큰 돌멩이들이 나무판을 눌렀다. "부인은 예서 기다리시오. 애야 너도 마님을 모시고 여기 있어라."

영의정은 암자의 문을 열고 들어갔다. 문틈으로 삿갓 쓴 스님이 앉아 있는 것이 얼핏 보였다. 그도 밖을 쳐다보다가 윤 씨 부인과 눈이 마주쳤다. 윤 씨 부인은 고개를 돌렸다. 윤 씨 부인은 우물 쪽으로 걸어 나왔다. 서대암에서 50보 정도 떨어진 우물이었다. 우물은 맑았고, 그 안에 새끼손가락 크기의 물고기 세 마리가 있었다. 한강의 발원지인 우통수다. "애야, 이리와 보렴." 윤 씨 부인의 부름에 마당에서 싸리나무로 개미를 잡던 무구가 다가왔다. "이름이 무구라 했지." 무구는 고개를 끄떡였다. 윤 씨 부인은 겉치마를 걷고 하얀 속치마에 물을 묻혀 무구의 얼굴을 닦았다. 무구는 찡그렸고, 손사래를 치며 그만하라고 해도, 그녀는 계속 물을 축여 닦았다. 더러워지면 다시 치마를 돌려서 닦고, 더러워지면 다시 돌려서 닦고 하여, 속치마의 끝에 동그랗게 검은 맷물 띠가 완성되자 무구의 얼굴이 드러났다. 윤 씨 부인은 무구의 어깨를 잡고 그의 깨끗해진 얼굴을 쳐다보다가 순간, 뒤로 넘어졌다. 한동안 쪼그리고 앉아 있어서 발이 저렸고, 저린 왼발을 뒤로 빼려고 하다가 돌부리에 걸린 것이다. 윤 씨 부인은 일어나면서 무구의 얼굴을 다시 봤다. 나무 사이로 비친 햇살에 무구는 얼굴을 잔뜩 찡그렸다. 찡그린 하얀 얼굴이 귀여웠다. 몇 살이냐고, 왜 절에 들어왔느냐고 묻고 싶었지만 그만두었다. 누군가에 의해 버려진 아이일 것이다. 괜히 아픈 상처만 건드리는 듯했기 때문이다. 윤 씨 부인은 그 마음을 잘 안다.

그는 영의정이 문을 닫자 삿갓을 벗었다. 얼굴과 손등에 잔 상처가 많았다. 상처에 맺힌 피가 채 굳지 않은 것을 보니 최근 생긴 상처인 듯했다. 영의정은 궁금했지만 묻지 않았다. 그가 방 안에 만들어놓은 기운이 무거웠기 때문이다. 방 안은 흙벽으로 둘렀고, 문을 열고 들어오면서 정면으로 보이는 벽면에 굴을 파듯 오목하게 만들어 그곳에 작은 불상을 모셨다. 집주인은 어디에 갔는지 보이지 않았다. 그는 서른 나이에 맞지 않게 점잔을 뺐다. 점잔을 빼는 그의 몸가짐 때문인지 목소리 또한 어딘지 모르게 묵직하게 들렸다. 그는 영의정과 20여 년 차이가 난다. 자식뻘이다. 태어난 지 8개월 만에 글을 깨쳤다는 천재, 다섯 살 때 세종임금으로부터 신동 김오세라는 별칭을 받은 인물, 어린 왕이 폐위되자 책을 불태우고 스스로 머리를 깎아 설잠이라는 법명으로 세상을 등진 사람, 병자년에 죽음을 각오하고 죽은 그들을 한강변에 묻어준 사람, 왕 폐위사건이 일어날 때 그들과 같이 죽지 못함을 아쉬워하며 10여 년 가까이 전국을 유랑하고 있는 이자, 가는 곳마다 그의 고귀하게 지킨 명분과 행동 때문에 추앙을 받는 자, 그 맛에 길들여져 이제는 방외인의 생활에 중독된 자, 먹물 옷을 입은 행색은 불도 같지만, 유교 명분 속에 사로잡혀 왕도정치를 꿈꾸는 자, 유교의 왕도정치를 꿈꾼다지만 노자의 기이한 행동으로 세상을 조롱하는 자, 그자가 지금 영의정 앞에 앉아 있다. "대감은 여전하십니다. 영상까지 되셨으니……." 말투가 새끼 고양이 놀리는 까치의 날갯짓같이 풀풀 튕겨 가벼웠다. "신동 김오세가 먹물 옷을 입고 중이 되다니 믿어지지 않네요." "저는 불도도 아니고, 유가도 아니고, 도가도 아닙니다. 조선의 백성을 아끼는 한 인간일 따름입니다." "진정으로 백성을 아낀다면, 이러면 안 되지요. 당신의 지식이 조선팔도 으뜸이라는 것을 온 백성이 다 알고 있는데, 그 능력을 백성을 위해 쓰셔야지 왜 이 깊은 산속에 계십니까?" "먼저 인간이 되려고 합니다." "누가 천하의 신동 김오세를 인간이 아니라 합디까?" 동봉은 영의정을 곁눈으로 째려봤다. "계절 따라 피고 지는 뒤뜰의 화사한 꽃처럼 대감의 의복이 멋지네요. 5월의 산색 같아요. 곧 초라하게 질 산벚처럼, 곧 퇴기가 될 것을 알고 분으로 얼굴에 떡칠한 기녀의 마지막 발악하는 자태처럼, 만인이 싫어하는 까마귀에서도 본받을 효가 있는데 당신은 이렇게 오뉴월 숙주나물 변하듯이 바탕 없는 길을 기우뚱기우뚱 걷고 있으니 까마귀 보기에도 민망할 터, 저 아름다운 5월의 하늘과 숲을 어찌 볼꼬. 대감이 불쌍할 따름입니다." "당신이 진정 추구하는 왕도정치의 목적도 백성을 위한 것임을 누구보다도 잘 알면서도, 백성을 위하는 더 나은 길을 당신도 알면서, 쉬운 헛된 명분에 기대어 포기하고 과거에 얽매여 백성을 등진……." 영의정은 스스로 자신의 감정을 억누르고 눈길을 소박하게 앉아 있는 부처로 피했다. 영의정은 이자가 한편으로는 건방져 보였지만, 또 한편으로는 안쓰러웠다. 세월을 잘못 만난 천재, 헛된 명분 속에 자신을 잃어버린 자, 그의 지식이 백성을 위해 쓰이기에는 그를 지배하는 사고는 이미 세상을 등졌다. 그는 이번 계획이 성공하여 자기의 뜻대로 세상이 변한다 해도 영원한 방외인으로 살아갈 것이다. 그에게는 이제 그것이 살아가는 힘이 되었다. 그러다 죽을 것이다. 영의정은 그의 눈에서 그것을 읽을 수 있었다. 과거의 시간 속에 꽁꽁 묶인 자. 큰스님은 임금을 오대산으로 끌어들였고, 이자에게도 알렸다.

"오대산 입구의 그자들은 누구요?" "나도 모르오." "그럼 월정사에서 습격한 자객도 누군지 모르겠네요?" "월정사요?" 영의정은 월정사에서 죽은 자객에 대해 마지못해 간단히 말했다. "오대산 입구의 그자들이 아닐까요? 하여튼 우리 일행은 아니오." "그럼 앞으로의 계획은 있소?" "계획이 있기에 대감을 만나자고 한 것이 아니오." 영의정은 동봉의 익죽거림에 자리를 박차고 일어나고 싶었다. "만약을 대비해 세 가지 방안을 마련했소." 그는 그가 준비한 방안을 길게 설명했다. 천하의 신동 김오세다운 계획이었다. "하실 수 있겠죠?" 그는 사자암과 점안식에 관한 두 가지 계획을 설명하고 영의정을 똑바로 바라보며 물었다. 사자암 계획은 영의정의 역할이 있었지만, 점안식 계획에는 없었다. 그냥 지켜보기만 하면 되었다. "알았소. 그렇게 하겠소. 그런데 나머지 하나의 방안은 무엇이지요?" "만약에, 이 두 가지 방법이 모두 실패하면 만일에 대비하여 마지막 확실한 방법 하나를 숨겨놓았습니다." "까기 전 병아리는 세지 말라고 했습니다." "이 병아리는 이미 알을 깨고 나왔습니다." "그게 무엇이오?" "대감께서 직접 처리하는 것입니다. 항상 그자의 곁에 있으니 눈 딱 감고 칼을 한 번만 휘두르면 깨끗이 해결…… 하하하." 영의정은 양손으로 도포 자락을 뒤로 제치며 일어나, 동봉의 인사도 받지 않고 문을 박차고 나왔다. 영의정의 마음은 편치 않았다. 지금 와서 되돌아간다고 뭐가 달라지나. 명분을 지킨다고 해서 백성의 삶이 뭐가 달라질까. 양심의 가

책을 지우자고 또 그때처럼 피를 뿌리는 것이 옳은 일인가. 산에서 내려오는 내내 영의정의 머릿속은 갈팡질팡했다. 명확한 길이 보이지 않았다.

윤 씨 부인은 영의정의 뒤를 따랐다. 그의 내려가는 발걸음은 힘이 없어 한 발 한 발 옮길 때마다 온몸이 흔들렸다. 그는 이렇게 항상 흔들렸다.

그때도 그랬다. 이른 봄이었다.

"윤 씨 부인."

그녀를 부르는 영의정의 목소리는 항상 젖어 있었고, 날이 없이 부드러웠다. 윤 씨 부인은 문을 열고 나왔다. 뜰의 굵은 매화나무에 딸랑 두 개의 흰 꽃만 달렸었다. 매화나무의 껍질은 거칠고 검었다. 그 굽이침 또한 비틀비틀했다. 그 옆에 영의정이 서 있었다.

윤 씨 부인은 영의정의 사랑채에서 10년째 살고 있다. 처음에는 삶과 죽음의 경계가 없이 그렇게 세월을 보냈다. 아침 점심 저녁으로 밥상이 들어왔다. 눈물은 끝없이 내려가도 숟가락은 올랐다. 밥을 뜨는 둥 마는 둥 하고 밥상을 물리면, 문의 띠살을 바라보며 온종일 앉아 있었다. 하얀 창호지에 비친 띠살의 그림자 길이의 변화에서 하루의 시간을 보았고, 문틈으로 비집고 들어오는 바람의 느낌에 계절을 느꼈다. 죽지 못해 목숨을 유지한 것은 혹시나 해서였다. 혹시나 그 아이를, 이름도 얼굴도 모르는 그 아들을 한 번 볼 수 있을까 해서다. 영의정은 하루에 한 번씩 사랑채 마당에 들러 윤 씨 부인의 인기척이 들리면 돌아서 나갔다. "오늘도 죽지 않았구나" 하며 발길을 돌린 것이다. 항상 그랬다. 그 일은 영의정의 하루 의식이 되었다. 점차 사랑채는 윤 씨 부인만의 공간이 되었다. 사랑채 시간의 흐름은 느렸다. 지나간 시간의 기억이 너무 선명해 윤 씨 부인을 잡고 있었기 때문이다. 그래도 느리지만, 시간은 시간이다. 흘렀다. 그러나 시간이 흐른다 해서 달라질 것은 없었다. 매화꽃 피면 생각나고, 진달래꽃 피면 괴로웠다. 굶어 죽은 귀신은 있어도 서러워 죽은 귀신은 없듯이 그녀는 살았다. 그러다가 그녀는 어느 해 뜰에 아침 이슬을 머금고 활짝 핀 목련꽃 무더기를 보고 처음 미소를 지었다. 꽃이 뜰을 환하게 밝혔기 때문이다. 그립고 괴로워도 아름다운 것은 아름다웠다. 아니 몇 년 만에 아름다움이 눈으로 들어왔다. 그녀는 시중드는 여종을 시켜 꽃씨와 모종을 구할 수 있는 대로 구해 오라고 했다. 윤 씨 부인은 좁은 사랑채 뜰에 꽃과 관목을 빈틈없이 심었다. 어느새 사랑채 뜰은 계절별로 꽃이 피고 지었다. 뜰의 꽃이 시든 겨울에는 빨간 목단 자수를 놓았다. 사랑채에 꽃은 끊이지 않았다. 꽃이 피고 지면서 시간이 흘렀고, 차차 그는 여종하고도 두런두런 이야기를 하기 시작했다. 해가 바뀌고 바뀌자 괴로움과 원한을 품을 틈도 없이 사랑채 뜰의 꽃은 피고 지고, 바람은 그들을 흔들어 향을 날렸다. 그러더니 영의정이 윤 씨 부인에게 말을 걸기 시작했다.

"꽃이 아름답네요."

"……"

"이것은 무슨 꽃이지요."

"……"

"매실이 실하네요."

"……"

영의정은 말을 했지만, 윤 씨 부인은 대답하지 않았다. 그래도 영의정은 혼자 두런거렸다. 그러나 지나간 이야기는 하지 않았다. 다가올 이야기도 하지 않았다. 있는 이야기를 했다. 사랑채에서 볼 수 있는 이야기를 늘어놓았다. 윤 씨 부인은 그냥 듣기만 하다가 필요하면 짧게 답했다. 영의정의 얼굴엔 그 답에 대한 고마움이 가득 번지곤 했다. 무엇이 그리 고마운 것일까. 자신처럼 지독한 사람만이 이 세상에 살아남는 줄 알았는데, 영의정처럼 저리 여린 사람도 그럭저럭 살고 있었다. "임금 행차에 저도 동행하게 됐습니다. 이번 행차는 길어요. 그리고 풍광이 좋은 곳이지요. 금강산과 동해안, 그리고 오대산입니다. 부인도 같이 가시지요?"

시종은 윤 씨 부인 앞에서 영의정을 서슴없이 흉봤다. 사랑채 뜰에 꽃을 심게 된 것은 어찌 보면 목련꽃보다 그 전날 어스름한 저녁에 시종이 늘어놓은 영의정에 대한 험담이 더 영향을 주었을 것이다. "마님, 글쎄 우리 주인어른께서 매죽헌 대감의 부인과 딸도, 백옥현의 부인도, 권자신의 부인과 그 딸, 하여튼 그때 사건에 연루된 대감들의 부인과 딸들을 모두 자신의 종으로 달라고 했대요. 그리고 더 기막힌 것은 돌아가신 어린 선왕의 의덕대왕비懿德大王妃도 자신의 종으로 달라고 했대요. 저잣거리에 소문이 파다해요. 여자에 미친놈이라고."

윤 씨 부인은 영의정의 마음을 그때야 알게 되었다. 병자년 사건 때 충신들과 그의 친족들을 죽이고 여자들은 공신의 노비로 나누어줄 때 이들 모두 자기 집으로 데리고 와서 자신처럼 편하게 지내게 하고 싶었던 것이었다. 정치의 흐름 속에 죽은 자야 어찌할 수 없다곤 해도 단지 가족이라는 이유로 가여운 여자의 몸으로 그렇게 모진 삶을 유지해야 한다는 것을 받아들일 수 없었던 것이다. 그 와중에 자신은 영의정의 종으로 와서, 종이 종을 거느리고 사랑채를 차지한 채 10여 년을 있었다.

거열형을 당한 그들의 어머니와 부인과 딸들은 말할 것도 없고, 그와 연루된 수많은 부인과 딸들을 모두 헤아린다는 것은 의미 없지만, 그 의미 없는 숫자 하나하나에 여자의 가련한 생이 달랑달랑 달려 있었다. 죽어야 하는데 죽어야 하는데 하면서도 스스로 목숨을 거둘 용기조차 없어서 제발 누군가 죽여준다면, 그 사람 은혜 잊지 않고 내 저승에 가서라도 그 은혜 꼭 갚겠노라고 사랑채에서 눈물 흘리던 그때의 그 암담한 마음이 그 헤아릴 수 없는 여인들 하나하나의 마음이었을 것이다. 윤 씨 부인은 영의정의 속을 헤아려보곤 했다. 꾸역꾸역 살아남은 지식인의 삶, 살아 있으므로 삶에 충실해야 하는 삶, 살아서 온 힘을 기울이는 삶, 어찌 보면 자신의 생명을 헛된 명분 속에 홀홀 버리고 자기 혼자 편하게 죽은 사람보다 더 성스러워 보였다. 삶은 어떡하든 유지돼야 했었다.

지금 그렇게 땅을 밟고 그가 산을 내려간다. 굽이진 길 돌아 숲 속으로 사라지는가 싶으면 멈추고 뒤돌아본다. 고불고불한 산길을 한 굽이 돌 때마다 멈추고 뒤돌아 부인을 챙기며 어린 백성을 돌아보며 그렇게 그가 산을 내려간다. 계곡 아래로 한 발 한 발 내려놓는 충격에 몸이 흔들린다. 흔들리며 되돌아보며 그가 내려간다.


"스님, 저는 석가의 말씀이 무엇인지, 부처가 무엇인지 잘 알지 못하며, 이 목불이 의미하는 것 또한 알지 못합니다. 스님 말씀처럼 생각 없이 밑그림대로 지금까지 깎고 다듬었습니다. 그러나 눈과 입은 열지 못하겠습니다." 늦어지는 목불 작업이 걱정되었는지 큰스님이 창하의 작업장에 찾아왔다. "네가 못한다고 하면 어떻게 하느냐? 이 조상의 발원자는 이 나라의 임금이다. 만약 초파일까지 완성 못하면 너는 물론 나까지 몸이 성치 않을 것이다. 앞으로 닷새다." "밑그림은 스님이 그리지 않으셨습니까. 그러니……." "수정을 해달라고? 못한다. 밑그림은 내가 그린 것이 맞으나 내 의지와는 무관한 그림이다." "그럼 발원자인 임금께 다시……." "임금의 의지와도 무관하다." "그럼 누구……." "그 사람은 없다." "닷새 내로 개금改金까지 하려면 오늘 입과 눈을 열고 옻칠을 시작해야 합니다." "그럼 창칼을 이리 주어라. 내가 입과 눈을 열 것이다." 큰스님은 창하가 건네준 창칼을 들고 목불 앞으로 다가갔다. 창칼로 눈과 입 부위에 깊게 선을 그었다. 그리곤 창칼을 다시 창하에게 넘겨주었다. "저것은 나무다. 내가 지금 팠듯이 그렇게 파내면 된다. 의미를 두지 마라. 아무런 의미가 없다. 정 못하겠다면 그냥 옻칠을 하고 개금을 하여라." "그래도 사찰의 본존불 얼굴은 구족具足하여, 즐겁게 볼 수 있도록 안치하는 것이 옳은 줄 압니다. 더군다나 이 나라의 임금이 발원한 불상입니다. 그러나 저얼굴은 스님도 아시다시피 부처의 인자한 얼굴이 아닙니다. 마음의 안녕을 찾고자 깊은 산속까지 찾아온 중생이 마음의 안녕은커녕 더근심만 키울 상입니다. 그리고 동자상에 무슨 수염입니까?" 큰스님은 눈과 입이 없는 동자상을 골똘히 보다가 갑자기 출입문을 닫았다. 불상에 닿았던 햇빛이 문밖으로 밀려나갔다. 그늘에서 동자상을 바라보던 큰스님의 얼굴이 붉어지며 눈썹이 바르르 떨렸다. "누가 볼살을 이리 도톰하게 하라고 했느냐? 밑그림을 보아라." "어느 동자상의 얼굴이 밑그림처럼 갸름하답니까. 흉합니다." 큰스님은 긴 한숨과 함께 작업장 가에 길게 누워 있는 통나무에 앉았다. "앉아라." 창하도 그 옆에 앉았다. 무엇인가 작정한 듯이 큰스님이 헛기침했다. "이 상은 동자도 성인도 아니다. 이 상은 부처도 보살도 아니다." 그리곤 잠시 뜸을 들이더니, 긴 이야기를 시작했다. 이야기는 아주 길었다. 자신이 집현전에서 한글 창제 작업 시 모셨던 임금 이야기부터 시작하였다. 아니 그 임금의 할아버지 이야기부터였다. 그 왕족이, 그 가족이 살아온 이야기였다. 그리고 불상의 존상이 왜 이런 모습이 되어야 하는지도 설명했다. 창하는 설명을 다 듣자마자 창칼을 들었다. 거침없이 눈과 입을 열었다. 개심사에서 창칼로 처음 깎은 목상이나 지금 조각하는 불상이나 별반 다르지 않았다. 사람도 아니고 짐승도 아닌 그 목상이 이 불상이다. 늙고 젊음은 중요하지 않았다. 눈과 입의 위치는 중요하지 않았다. 웃음과 그리움은 중요하지 않았다. 기준에서 벗어나고 상식에서 엇나가 귀신 같던 그 상이 세월이 지남에 따라 그리워졌다. 기준과 상식이 없기에 그리워진 이유는 알 길이 없었다. 그냥 그리웠다.

"같은 것을 나무 속에서 찾아보아라." 늦가을이었다. 창하가 산적들에게 당하고, 겨우 목숨을 부지한 채 개심사 심검당에 누워 있을 때 그 앞을 오가며 질질 흘리고 다니던 소리와는 딴판으로 선명한 스님의 소리였다. 그리고 스님은 뒷짐도 지지 않고 그를 똑바로 바라보며 배불뚝이 목상을 그가 앉아 있는 방바닥에 던졌다. 창잡이 산적이었던 그에게 목상을 깎으라니. 그가 시들먹한 표정으로 스님을 올려다보자, "방 안에서 뒹굴기에는 그 굵은 팔다리가 아깝지 않으냐." "스님 저는 이젠 떠나려 합니다." "그럼 저 목상과 똑같은 것을 나무 속에서 찾아놓고 떠나라. 난 너의 생명을 구해주었다. 그 정도의 요청은 들어줄 수 있겠지. 반드시 주목 속에서 찾고, 반드시 속을 깨끗이 비워야 한다." 그때 속을 비우려고 뒷간에 다녀오자 스님은 이미 수덕사로 떠나고 없었다. 스님이 놓고 간 목상은 두 주먹을 합친 크기로 볼품이 없었다. 볼록 나온 배, 그 배 위에 밤알 크기로 튀어나온 배꼽,

배꼽 부근까지 늘어진 젖가슴, 가부좌 튼 다리를 절반가량 가린 처진 뱃살, 턱살에 사라진 목, 귀밑까지 벌어진 입과 식탐이 가득한 굵은 입술, 콧등은 없고 벌렁 콧구멍의 콧방울만 있는 납작한 코, 대칭성이 무시된 콧방울 옆에 있는 왼쪽 눈과 이마에 붙은 오른쪽 눈, 손가락이 없는 돌멩이 같은 손, 나뭇결 속으로만 남은 채색의 흔적들, 조목조목 보면 흉하게 생겼지만, 방바닥에 놓고 멀리서 얼핏 보면 후덕한 모습 도 약간 깃들어 있는 것도 같았다. 그리고 스님이 열고 들어온 방문 앞 댓돌 위에는 큼지막한 나무 상자가 있었다. 그 안에는 나무를 다루 는 공구들이 가지런히 정리되어 있었다. 나무를 규격에 맞게 자르고 다듬고자 표시하는 여러 종류의 자와 먹통이 있었고, 탕개톱 잉걸톱 활톱 들과 같은 자르는 연장, 대패 자귀 조각칼 들과 같은 깎아 내는 연장, 구멍 뚫는 연장인 송곳이 크기별로 정리되어 있었다.

모든 나무가 앙상한 가지만 드리운 겨울에도 주목은 암녹색 잎을 피우고 있어 눈에 쉽게 띄었다. 주목을 베어 온 그날부터 겨우내 방에 서 그는 목상을 깎았다. 도구는 쉽게 손에 잡혔다. 도구 대부분은 잘 린 손가락이 필요 없었다. 물론, 자귀로 겉 다듬기를 할 때나, 톱으로 굵은 통나무를 자를 때는 힘에 부쳐 잘린 손가락이 아쉽긴 했지만, 한 번 내려칠 것을 두 번 내리치고, 한 번 밀 것을 두 번 밀면 되었기에 그리 큰 문제가 되지 않았다.

겨울의 고요한 산사의 낮과 밤은 길었다. 창하는 목상을 여러 개 깎 았다. 스님이 견본으로 놓고 간 목상처럼 콧등은 없고, 눈은 비대칭이

되게 하나 깎았고, 코를 세우고 눈의 위치가 비례되게 하나, 보기 흉한 배와 가슴의 살을 빼서 하나, 인자한 표정으로 하나……, 나름의 상식에 맞지 않는 부분을 상식에 맞게 고쳐 깎았다. 완성된 것은 고방의 시렁 위에 가지런히 올려놓았다.

매화의 꽃봉오리가 수수 알갱이처럼 돋아났을 때 스님이 왔다. 그는 길게 기다렸다. 자신이 겨우내 깎은 작품을 보여주고자 고방으로 갔다. 그는 깜짝 놀랐다. 시렁 위의 목상은 모두 쪼그라지고, 갈라져 있었다. 썩은 감자 같았다. 생나무를 자르고 깎아놓은 목상은 마르면서 뒤틀려 갈라지고, 쪼그라진 것이다. 모두 형체를 알아볼 수 없었다. "잘린 나무가 죽은 줄 알았나 보지. 사라진다는 것은 길고 지루한 것이지. 아주 지루해. 저 나무들도 사라지는 중이야. 죽는 중이지. 사라진 것은 없고, 존재하는 것은 저렇게 사라져가고……. 어떻게 형상을 잡아야 할까?" 창하는 고개를 숙였다. "비워야 하네. 모든 근본은 속을 완전히 비웠을 때 나타나는 것이다." 놓고 갔던 배불뚝이 목상을 지팡이로 두드리며 스님이 말했다. 목상에서 맑은 목탁 소리가 났다. 비어 있었다. "영주 흑석사 대웅전에 봉안될 아미타불 조상이 있다. 이 공구함을 대목장에게 전해주고 그를 도와라." "스님!" "갈 곳도 없지 않으냐. 그곳에서 불상 제작 일을 도와주어라. 네 눈을 보아라. 너는 영원히 창을 잡아야 할 운명으로 태어났다. 나는 너에 대해서 모든 것을 알고 있다. 너에 대하여 궁금하면 언제든지 개심사로 오거라. 아니 너는 다시 개심사로 올 것이다." 그는 공구함을 나귀에 싣고 흑석사로 갔다.

"이분이 대목장님을 도울 겁니다." 흑석사 젊은 스님이 대목장에게 창하를 소개하고 공양간으로 사라졌다. "공구함은 어딨소?" 그제서야 창하는 자신이 겨우내 끼고 살았던 공구함을 메고 와 대목장 앞에 놓았다. "공구함을 혼자 들다니 힘은 장사군." 대목장은 공구함을 펼쳤다. 100여 개가 넘는 창칼을 비롯한 모든 공구를 바닥에 쏟았다. 공구 하나하나를 헝겊으로 닦고, 점검하였다. 창하도 옆에 앉아 헝겊으로 닦았다. 닦은 공구를 대목장이 점검하면서 날이 무딘 조각칼, 손잡이가 흔들리는 자귀 들을 한쪽으로 치워놓았다. 점검을 끝내고 창하는 창의 날을 세우던 솜씨로 조각칼의 날을 세우고, 창의 손잡이를 끼우던 솜씨로 고장 난 공구를 야무지게 수리했다. 그 손놀림을 평상에 걸터앉아 바라보며 대목장이 미소를 지었다. "어느 조상에 참여했었소?" 창하는 그냥 웃었다. 창하는 불상을 봉안한 이후에도 갈 곳을 정하지 못하고 그곳에서 대목장 일을 도우며 진정한 불모가 되어갔다.

"배고프냐?" 어려운 물음이었다. 아미타불 조상을 마치고 시간이 나면 개심사에서 깎았던 배불뚝이 목상을 깎았다. 그 상을 깎고 있으면 창하는 편안함을 느꼈다. 그 흉한 목상을 깎고 있으면 왜 마음이 편한지 이유는 몰랐다. 그러나 그 이유는 별로 중요하지 않았다. 중요한 것은 마음이 편안하다는 것이다. 돌담에 비친 햇살이 바짝 말라 따뜻한 초봄이었다. 불상 조상 시에도 말을 아끼던 대목장이 목상을 새기는 그를 보고 떠듬떠듬 물었다. 그가 물음에 대답 없이 고개 들어 쳐다봤다. 대답할 수 없는 물음이었다. 점식 때 먹은 고들빼기의 씁쓰름함이 입안에서 채 가시지 않은 시각이었다. "왜 포대화상을 그리 많이 조각하는지 궁금해서." "포대화상요?" "지금 자네가 조각하는 것은 포대화상이니라. 중국의 유명한 스님이지. 생김새처럼 먹을 것을 보면 무엇이든 잘 먹었고, 남은 음식은 걸망에 넣어 항상 짊어지고 다녔다. 사람의 길흉화복을 미리 알아 흉과 화는 막고 길과 복은 더 키웠으며, 천기를 예측하여 하늘의 노여움을 피했다. 그가 죽은 후에 사람들은 그를 미륵보살의 환원이라고 하면서 그 모양을 때론 그리고 때론 조각하여 품속에 지니고 다녔지. 포대화상을 좋아하는 것 보니, 자네도 그게 그리운가 보지?" "그게 뭔데요?" 홍수와 가뭄으로 흉년이 든 해 겨울 지나고 나면 낟알 보기 어려웠다. 낟알 없는 들은 호랑이보다 더 무서웠다. 산 아래 백성은 텅 빈 들을 피해 산속으로 들어왔다. 따스한 상왕산 강댕이골 개울둑에 시신들이 띄엄띄엄 봄빛 바라기 하는 것을 어렵지 않게 볼 수 있었다. 그 삶 속에 중생의 구제, 즉 미륵은 배 터지게 먹는 것이었다. 대목장의 말이 맞았다. 어린 시절 상왕산에서의 배고픔에 대한 그리움이었다. 그럼, 57억 년 후에 세상에 출현하여 석가모니불이 구제하지 못한 중생을 구제할 미래의 부처인 미륵이 이미 다녀간 것인가. 지금 세상은 모두 구제된 것인가. 그럼 현재가 부처님이 바라고 바라던 그 세상인가. 기준과 상식 속에 배불뚝이 상을 끼워 맞추자 막연한 그리움의 형체가 오롯이 아픔으로 다가오듯이, 동자상에 대한 사연을 듣자 불상 속에 숨어 있던 입과 눈이 보였던 것이다. "스님, 만약에……." "복장 의식이 끝나면 흑석사로 돌아가라. 네가 생각하는 만약의 일이 일어나면 목숨이 위험하다." 큰스님은 그의 말을 막고 말했다.

지금 상원사에 모인 사람들 모두 여기로 오게끔 되어 있었다. 배고픔보다 더한 고통을 가슴에 간직한 채. 여기 모인 사람 모두 자신이 깎고 다듬은 불상을 보고 깨우침을 얻어, 각자 짊어진 무거운 짐을 이곳에 풀어놓고 가벼운 마음으로 내려가기를 간절히 바라면서 옻칠을 했다. 한 사람이 짊어진 삶의 무게는 핏덩어리 같은 자식을 버린 윤씨 부인이나, 궁궐의 임금이나, 강댕이골의 문둥이나, 어린 무구나 별반 차이가 없었다.

8

월정사 전나무 숲 사이로 난 길로 바람이 길게 지나간다. 전나무를 흔들지 못하는 바람은 길 따라 산 위로 올라갔다. 바람에 무구의 바짓가랑이가 흔들린다. 월정사 천왕문 밖에 있는 전나무 아래 돌탑을 바라보는 무구의 표정은 어린아이답지 않게 숙연했다. 한참을 보다가 한동안 돌보지 못해 무너진 할머니 돌탑을 다시 쌓았다. 평평한 돌을 아래에 받쳤고, 그 위로 돌 하나하나 정성 들여 올려놓았다. 올리고 또 올리고 올렸다. 둥근 돌은 다람쥐처럼 굴러서 숲 속으로 사라지기도 했다. 사라진 돌은 그냥 두고 자신의 탑에 있던 돌을 할머니 탑 위로 옮겼다. 할머니가 돌아오지 못한다는 것을 받아들인 것일까. 하나하나 돌을 옮길 때마다 해가 기울었다. 돌탑을 다 쌓고 뒷걸음으로 세 발 물러난다. 그리곤 고개를 들어 전나무를 올려다본다. 뒷짐을 지고 전나무를 올려다보는 무구가 이제 중년이 된 듯하다. 천왕문에서 불어오는 바람에 먹물 옷이 흔들려도 무구의 바라봄은 흔들림이 없다. 전나무도 가지만 간간이 흔들릴 뿐 굳건하다.

중생이 가슴에 돌 하나씩 묻고 일주문을 수없이 드나드는 것을 1000여 년 가까이 지켜봤을 전나무는 아무 말 없다. 무구는 그렇게 세월이 흘러 중년이 되고 늙어갈 것이다. 그리고 죽을 것이고, 몸이 썩어 흙이 되면 잊혀질 것이다. 아무런 일도 없었다는 듯이, 아니 그 때가 되면 아무런 일도 없었을 것이다. 그러기에 전나무는 아무 말을 하지 않는 것이다. 진명스님의 눈에 비친 어린 무구의 모습이 성스러웠다. 성스러움은 슬픔을 먹고 자라는 것 같았다. 모순이다. 부처님이 세상에 온 이유는 무엇일까. 저렇게 그리움을 가슴속에 꾹꾹 우겨넣고 살아야 한다는 의무감을 알려주기 위함인가.

어느 해 가을, 진명스님은 3천 배를 하고 새벽에 머리를 깎았다. "모든 것이 갖추어진 부처님께 귀의합니다. 일체의 탐욕을 벗어난 가르침에 귀의합니다. 존귀한 승단에 귀의합니다." 머리에 맑은 물을 뿌리고, 대웅전 마당을 쓸던 싸리비 소리를 내며 삭도가 머리를 지나갔다. 삭도가 지나간 머리에 스치는 바람이 차가워 쓰라렸다. 뚝뚝 떨어지는 머리카락을 보니 가슴에 금강석을 박는 듯했다. "보전寶殿에 주인공이 꿈만 꾸더니, 무명초 몇 해를 무성했던고, 금강보검으로 번쩍 깎아버리니, 무한광명이 대천세계 비추이네." 삭발의식을 주도하는 노스님의 독경 소리 한 마디 한 마디가 머리에 각인되었다. "불자야, 모든 인연이 갖추어져 다 같이 경축하며 감로수로 머리를 축여 무명초를 깎았으니, 마음의 본바탕이 청량하고 번뇌가 침범하지 아니할세, 희喜 · 로怒 · 애哀 · 락樂 · 애愛 · 오惡와 색色 · 성聲 · 향香 · 미味 · 촉觸 · 법法이 영원히 사라져 맑고 깨끗한 행실이 점점 더 자라게 되었도다. 이것은 다생의 선인이요 하룻날의 우연이 아니니라."

"머리 깎고 지절을 지키리다. 세상에 애착을 끊었나이다. 출가하여 불법을 배우고 펴서 일체중생 제도하기 원하옵니다." 그렇게 해서 중이 되었다. 진짜로 일체중생 제도하려고 했다. 그렇게 하려면 깨달아야 했고, 부처님께 돌아가 깨달음을 찾고자 했다. 그러나 내가 있는데 나를 버리고 태어나기 이전의 나를 보라 했다. 나를 탈피하면 즉 죽으면 볼 수 있을까. 무한광명 대천세계는 고사하고 어린 무구의 마음도 비추지 못하고 있다. 아니 어린 무구의 마음은커녕 수시로 침입하는 자신의 번뇌도 다스리지 못하여 눈 그늘이 짙푸르게 움푹했고, 귀밑과 뒤통수에만 밤송이 가시처럼 자라난 번뇌를 자르려고 늙은 스님에게 머리를 맡길 때마다 민망했다.


이제는 큰스님 말씀대로 이곳에 안 올 것이다. 무구는 돌탑을 향해 합장을 하고, 월정사 경내로 향했다. 사천왕상은 여전히 창을 들고, 칼을 들고 두 눈알이 튀어나올 듯이 노려봤다. 문틈으로 대웅전 안을 보았다. 다람쥐 한 마리가 불전에 올린 살구를 먹고 있다. 무구가 들어서자 다람쥐는 부처님 뒤로 사라졌다. 숲 속으로 사냥을 갔는지 달

집 위의 검은 고양이는 보이지 않았다. 불전 뒤로 갔다. 그곳은 할머니만의 공간이다. 대낮이지만 어두웠다. 병풍이 있고, 불경을 적은 서책 여러 권이 쌓여 있다. 한쪽 귀퉁이엔 제기들이 가지런히 있고, 할머니의 옷과 불전을 닦던 걸레들이 불단에 널려 있다. 할머니가 상원사에 간 지 오래되어 물건들에 먼지가 얹혀 있다. 무구는 할머니의 옷과 할머니가 쓰던 걸레 따위를 챙겼다. 한동안 누구도 돌보지 않은 제기들도 닦아야 했다. 제기들을 할머니의 저고리에 담았다. 쓰러져 있는 병풍에 먼지가 소복했다. 무구가 병풍을 손으로 톡톡 치자 어둠 속에서도 흩날리는 먼지가 보였다. 먼지를 털어내려고 병풍을 세웠다. 병풍에 눌려 있던 할머니의 솜저고리가 보였다. 겨울철 내내 입고 있던 저고리다. 낡아 미어진 틈으로 솜들이 삐죽삐죽 나오면 꿰매고 또 나오면 꿰매어 입던 옷이다. 꿰맨 곳을 또 꿰매서 보기 흉했다.

"할머니 거지 같아. 그 옷 버려."

"죽은 임금이 그해 겨울에 하사한 것이다. 임금이 준 옷이여."

그러면서 할머니는 긴 한숨을 쉬곤 했다. 한숨에 등잔불이 흔들려 할머니의 얼굴을 똑바로 볼 수 없었지만, 눈물을 흘리는 듯했다. 할머니에게 임금은 아들이었다. 그 아들이 죽기 전 마지막으로 준 선물이었다. 무구는 솜저고리를 들었다. 묵직했다. 저고리 안에 무엇인가가 있었다. 그는 살며시 저고리를 펼쳤다. 죽은 고양이다. 자신의 새총에 맞아 죽었다. 머리에 피가 검게 엉겨 붙었다. 하필이면 머리에 맞아 죽었을까. 죽으라고 새총을 쏘았지만 진짜로 죽은 고양이를 보니 불쌍했다. 무구는 고양이를 묻어주고자 저고리에 싸서 들려는 순간 깜짝 놀랐다. 새끼들도 있었다. 모두 검은색이라 구별이 쉽지 않았다. 자세히 보니 네 마리였다. 어미의 젖을 물고 그들도 모두 죽어 있었다. 무구는 겁이 났다. 뛰쳐나왔다. 죽은 어미의 젖을 빨다가 죽어간 어린 새끼를 생각하니 할머니가 다시 보고 싶었다. "잘못했습니다. 잘못했습니다." 무구는 석가모니불 앞에 꿇어앉아 빌었다. 고개 들어 석가모니불을 바라보았다. 석가모니가 빙그레 웃었다. 그 모습에 두려움이 사라졌다. 무구는 다시 불전 뒤로 갔다. 묻어주어야 한다. 솜 저고리에 싸서 들고 나왔다. 무량수전 뒤로 갔다. 그곳은 흙이 부드럽고 양지바르다. 저고리를 내려놓고 땅을 팠다. 저고리를 펼치고 어미 고양이부터 구덩이에 넣고 새끼를 한 마리씩 어미 곁에 넣었다. 그런데 세 번째 새끼를 집었을 때 무구는 다시 한 번 깜짝 놀랐다. 목에 가시 걸린 듯 탁한 울음소리를 내며 새끼 고양이가 무구의 손을 할퀴었다. 무구는 새끼 고양이를 가슴에 안았다. 새끼 고양이는 무구의 품이 불편한 듯 여전히 그렁거렸지만 탈진하여 눈도 제대로 뜨지 못했고, 몸은 축 늘어졌다. 무구는 고양이를 안고 진명스님을 찾았다.

"스님! 고양이, 고양이가 죽어가요." 무구의 숨찬 목소리에 진명스님은 설선당의 문을 열고 나왔다. 무량수전 쪽에서 무구가 급히 달려오고 있었다. 무구의 품속에 있는 새끼 고양이는 검었다. 검은 털이 윤기가 없고 지저분했다. 눈에는 눈곱이 엉겨 붙어 눈을 제대로 뜨지 못했다. 그의 손에 들린 고양이 새끼는 비 맞은 목화송이처럼 여위어 보였다. 털도 눈도 이미 죽은 듯했고, 숨 쉴 때마다 볼록거리는 배만 아직 숨을 거두지 않았다는 것을 알 수 있었다. "스님, 고양이 어미가 이틀 전에 죽었을 거여요. 먹을 것 좀 주세요." 진명스님은 한참을 생각했다. 그의 앞에서 발을 동동 구르며 간절한 눈빛으로 쳐다보는 무구 때문에 정신 집중이 안 되었다. 새끼 고양이가 뭐를 먹을 수 있을까. 젖을 빨던 새끼 고양이다. 그는 공양간으로 가 이리저리 뒤져봤다. 식은밥과 산나물, 참기름밖에 없었다. 밥을 주발에 퍼왔다. 밥알을 새끼 고양이 입에다 대어주었다. 고양이는 꿈쩍도 안 했다. 무구는 더 안달이 났다. "스님, 고양이가 뭐 먹는지 모르세요?" "새끼는 어미 젖을 먹어야 해." "어미가 죽었다니깐요." 무구는 진명스님이 답답한 듯 쏘아보며 소릴 질렀다. 마음은 아프겠지만, 스님은 무구에게 현실을 직시하게 했다. "무구야, 이 새끼는 아주 어려. 그렇기에 어미젖을 먹어야 하는데, 어미가 죽었으니 새끼도 살기 어려워. 이 새끼도 죽으면 어미를 만나지 않을까?" "죽으면 그만이어요. 아무것도 없어요. 죽은 할머니는 오지 않았어요. 이 새끼도 죽으면 아무것도 없이 사라질 거여요. 그건 내가 알아요. 제발 살려주세요. 윤회니 환생이니 그런 거짓말은 이제 그만하시고요." "나도 살릴 수 없다. 미안하다 무구야." "스님은 그렇게 공부를 많이 했다면서 새끼 고양이 하나 살려내지 못해요. 그럼 그동안 무슨 공부를 하신 거여요?" 무구는 원망 가득찬 눈으로 스님을 노려봤다. 그리고는 고양이를 가슴에 안고 상원사를 향해 뛰어갔다. 무구가 뛰어가는 모습이 사라진 이후에도 진명스님은 한참 동안 그곳을 바라봤다.『대품반야경』『소품반야경』『금강경』『반야심경』 따위의 수많은 책을 보았고, 6년 동안 안거 때마다 진리를 깨닫고자 면벽수행을 하였어도, 고양이 새끼 하나 살려낼 지혜가 없었다. 무구의 마지막 말이 가슴을 찔렀다. 심하게 아팠다. "그럼 그동안 무슨 공부를 하신 거여요?" "나의 본래 모습을 찾아 일체중생 제도······." 그는 오대산 속 모두 들으라는 듯이 크게 웃었다. 눈초리에서 찔끔거리던 눈물이 웃음에 흘러내렸다.

작업장 문이 밀리면서 무구가 쓰러졌다. 무구는 엎드려 창하에게 계속 뭐라 말을 했지만 도무지 알아들을 수 없었다. 창하는 표주박의 물을 무구에게 먹였다. 창하는 무구를 번쩍 안아서 통나무에 앉혔다. 물론 그의 품에 있는 고양이도 봤다. "그만, 그만 말해." 무구는 물을 마시고 다시 말했다. "이 새끼 고양이를 살려주세요. 제발 살려주세요." 땀인지 눈물인지 알지 못했지만 붉은 얼굴에 물이 흘렀다. 그 얼굴로 간절히 애원했다. "무구야. 고양이가 아직 숨을 쉬고 있잖아. 살아 있는 것은 그리 쉽게 죽지 않아." 창하를 비롯한 그의 주변의 삶은 모두 그랬다. 질겼다. 죽을 듯하면서도 다 살아났고, 그렇게 살아갔다. "그래, 이 새끼 고양이에 대해 차근차근 말해봐. 알아야 살리지. 안 그래?" 무구는 심호흡을 크게 한 번 하고 그동안의 이야기를 했다.
"그럼 월정사에서 이곳까지 쉬지 않고 뛰어왔단 말이지." 무구는 고개를 끄떡였다. 창하는 무구에게 용안수를 떠오라고 시켰다. 그는 헝겊에 물을 축여 고양이 입에 대었다. 고양이는 헝겊의 물을 빨아 먹었다. 무구의 입가에 미소가 번졌다. "자, 네가 해보렴." 무구가 창하처럼 헝겊에 물을 적셔 고양이 입에 대주자 고양이는 헝겊을 빨았다. "그렇게 계속하고 있어. 난 나갔다 오마."

창하는 남쪽 오대천을 건너, 돌무더기가 있는 곳으로 갔다. 우거진 숲 한가운데에 돌무더기 때문에 나무가 자라지 못해 머리의 원형 탈모처럼 생긴 곳이다. 멀리서도 눈에 잘 띄는 곳이다. 이런 곳에는 그것이 많았다. 서해 강댕이골에도 이와 비슷한 곳이 있었다. 그곳에도 항상 그것이 많았다. 돌무더기를 피해 위쪽으로 올라가 나무 뒤에 앉았다. 그놈들은 돌하고 색이 비슷하여 움직이지 않으면 잘 보이지 않는다. 그는 돌무더기 오른쪽부터 눈으로 훑었다. 역시 있었다. 똬리를 튼 꽤 큰 살무사다. 물리면 일곱 발자국 옮기기 전에 죽는다는 맹독성 뱀이다. 회색이 엷고 짙게 물결무늬로 교차했다. 주변의 돌과 구별이 쉽지 않았다. 그는 준비해 간 나무로 머리를 눌렀다. 느리게 몸통이 나무를 감았다. 몸통은 짧지만 굵었다. 그는 손으로 머리를 잡았다. 나무를 감았던 몸통이 그의 팔뚝을 감았다. 뱀의 몸통은 시원했다. 조이는 힘이 제법이다.

바람은 겨우겨우 계곡을 오를 뿐, 굴참나무의 넓은 잎조차 흔들지 못했다. 그는 돌을 세워 바람길을 만들고, 준비해간 약탕기를 그 위에 올렸다. 뱀의 머리를 약탕기 입구에 대자 팔목을 묵직하게 감았던 뱀은 편안하게 미끄러지며 안으로 들어갔다. 뚜껑을 닫고 그 위에 돌을 올렸다. 공양간에서 붙여온 불씨를 바람길을 메운 마른 솔가지에 대고 입으로 불자 불씨가 발긋발긋 피어났다. 불씨가 솔가지에 달라붙으며 한 줄기 가는 연기가 아궁이 뒤편으로 길게 이어졌다. 부지깽이로 솔가지를 헤쳐 바람길을 뚫자 연기에 맑은 등색 불꽃이 매달려 여리게 흔들렸다. 연기에 매달렸던 불꽃이 솔가지로 옮겨 붙자 연기가 사라지고, 불꼬리가 약탕기 뒤편에서 길게 날름거렸다. 공양간 아궁이에서 가물거리던 불씨가 솔잎과 솔잎 사이로 건너뛰더니 등황색 불꽃을 날름거리며 약탕기를 휘감았다. 그의 등에 바람이 쏠렸다. 바람이 불을 키우는 것이 아니라, 불이 바람을 키우는 것인가. 그는 솔가지를 눌러 불길의 기세를 누그러뜨렸다. 하지만 바람을 안은 불길은 맹렬하게 타올랐다. 그 무엇인가를 기다리며 애절하게 공양간 아궁이 한 귀퉁이에서 가물거리던 불씨라고 하기에는 너무나 드셌다. 홀로 존재할 수 없는 불꽃은 자신을 존재케 한 솔가지를 하얗게 태워 하늘로 날려 보내고, 자신은 또 가물거렸다. 그는 걸망에 메고 간 장작 네 개를 솔가지가 남긴 불씨 위에 놓았다. 장작에 눌린 재에서 연기가 일었다. 나뭇가지로 바람길을 만들고 다시 입으로 불었다. 거무튀튀한 사윈 재 속에서 불씨가 빨긋빨긋하게 피어났다. 불씨가 장작에 까막까막 달라붙으며 가늘고 긴 하얀 연기를 만드는가 싶더니, 연기의 끝에 불꽃이 일어났다. 장작에 자리를 잡은 불꽃은 솔가지의 불꽃과는 달리 차분했다. 솔가지를 태울 때처럼 긴 꼬리로 날름거리지도 방정맞지도 않았다. 부지깽이로 장작 사이를 헤집어 바람길을 넓혔다. 장작 사이 넓혀진 공간으로 붉은 불꽃이 가득 찼다. 장작으로 옮겨 붙자 불씨를 품었던 솔가지는 하얀 재가 되어 사라져 흔적조차 없다. 매정한 버림이다. 공양간 아궁이에서 가물가물하던 불씨가 장작을 부둥켜안고 비비며 장작 속 깊이 불씨를 밀어 넣었다. 어느덧 초여름 포만감에 취한 돼지의 오후처럼 장작과 장작 사이를 가득 채운 불꽃은 나른한 자태로 장작을 요분질했다. 불꽃에 농락당하는 장작은 밝은 등색 속살을 한 켜 한 켜 벗었다. 약탕기에서 들리던 스르륵 스르륵 소리가 퍼덕퍼덕 소리를 몇 번 내더니 탁탁거리는 장작의 교성에 묻혔다.

불꽃은 무질서 속에서 가장 괄했다. 네 개의 장작을 가지런히 놓았을 때는 불꽃이 사위어가다가도 엇비뚜름하게 놓으면 불꽃이 활발하게 우륵우륵 다시 피어났다. 그럼 혼돈으로 가득한 지옥의 불꽃은 얼마나 맹렬할까. 장작을 아우르는 불꽃은 노련하게 장작을 희롱했고, 홍등가에서 앵속에 취한 기녀 앞 숫총각처럼 장작이 빨갛게 벗겨졌다. 벗으면 벗을수록 불꽃은 그 틈으로 파고들었다. 약탕기 속 물의 몸부림은 몹시 사납고 드셌다. 항상 바위틈 속으로, 계곡 아래로만 흐르던 물이, 불의 힘을 얻어 괄괄하게 몸부림쳤다. 아래로만 흐르던 물이 위로 치솟아 약탕기의 뚜껑을 들썩거린다. 물은 고요하게 고여 있지도, 그렇다고 차분하게 아래로 흐르지도 않았다. 불의 힘을 얻은 물은 어디든 비집고 들어갔다. 돌멩이에 눌린 뚜껑 틈으로, 그리고 뱀의 몸을 헤집었다. 뱀의 몸은 물에 의해 분해됐다. 뱀이 먹은 개구리로 다람쥐로 청설모로, 다시 개구리가 먹은 딱정벌레로 다람쥐가 먹은 개암으로 청설모가 먹은 잣으로, 다시 그들이 먹은 지렁이로 썩은 낙엽으로, 다시 나무가 빨아들인 빗물로. 뱀의 독은 다시 물이 되었다. 불의 힘을 얻은 물 입자는 뱀의 근원들을 차근차근 분리했다. 공양간 아궁이 재 속에서 가련하게 가물거리던 불씨가 뱀의 몸을 녹여 그의 근원인 물로 되돌렸다. 모든 것은 물에서 나왔다가, 물로 사라진다. 생과 사가 시작되고 끝나는 곳이 물이다.

산그늘이 서쪽의 서대암부터 밀려왔다. 이글거리던 불꽃도 사위어 갔고, 등황색 잉걸불만 검은 숯 틈으로 띄엄띄엄 보였다. 그에게 애걸하는 가련한 불빛이다. '내가 사라지기 전에 빨리, 빨리, 빨리, 이리로 제발……' 타다 남은 장작의 꼬투리를 마저 겁탈하지 못해 아쉬워하는 불씨다. 하마터면 창하는 가련한 빛으로 애걸하는 불씨에 타다 남은 장작을 올려놓을 뻔했다. 그러나 약탕기에서 풍기는 근원의 냄새에 정신을 가다듬었다. 다시 장작을 올려놓으면, 시뻘건 혓바닥을 날름거리며 언제 그랬느냐는 듯이 또 한 해 한 해 켜켜이 만든 나뭇결을 순식간에 벗기면서 근원의 물마저 새까맣게 태울 것이다. 분수를 모르는 불이다. 자족의 한계가 없는 불이다. 오대산의 숲을 다 태우고도 아쉬워할 불꽃이 싫었다. 그는 허리춤을 내리고 참았던 욕구를 분사했다. 검은 숯 사이로 빨긋빨긋 보이던 잉걸불이 기겁하며 오줌을 하얗게 밀어냈다. 그러나 물과 불이다. 밀어낸다고 하여 밀리는 물이 아니다. 불씨마저 사라졌다. 순간이었다. 약탕기의 뚜껑을 열고 나뭇가지로 뱀을 건졌다. 속은 다 녹아 없어졌고 껍질만 남았다. 진명스님도 약탕기에 넣고 삶으면 속이 비워질까. 진명스님이 비우려는 속과 뱀의 속이 다름을 모르는 것이 아니다. 그러나 깨끗하게 비워진 속을 보니 자신이 감당하기에 너무 무거운 것을 가슴속에 넣고 괴로워하는 진명스님의 얼굴이 스쳤다.

　제대로 삶아졌다. 뽀얀 젖이 약탕기에 담겼다. 물과 불과 굴참나무와 뱀이 섞여서 만든 젖이다. 서대능 뒤편으로 핏빛 구름이 길게 누웠다. 그는 약탕기의 물을 사발에 따랐다. 한 번도 먹어보지 못한 어미젖, 아니 그에게는 이것이 어미젖이나 마찬가지였다. 그를 키운 물. 그는 사발보다 더 뽀얀 물을 마셨다. 빈속으로 들어가는 물의 흐름이 그대로 느껴졌다. 식도를 지나 위에 잠시 머무는가 싶더니 장으로, 그리고 온몸으로 퍼졌다. 날은 점점 어두워져가는데, 그의 눈에 보이는 숲은 점점 맑고 밝아졌다. 그의 회색빛 눈알이 어스름한 어둠 속에서 밝게 빛났다. 그의 몸속으로 들어간 물은 다시 뱀이 되어 그의 몸을 휘감았다. 그의 몸에 뱀의 기운이 가득 찼다. 바람에 스치는 손끝의 감각이 뚜렷해졌다. 하나의 죽음은 하나의 생을 만들어낸다. 죽음과 생은 다르지 않다. 살생을 금하는 것은 삶을 금하는 것이나 마찬가지라고 스스로 생각하며 죄책감을 조금이라도 누그러뜨려본다. 엊그제 밤부터, 그러니깐 동자상의 눈을 새기지 못하고 근심에 밤새 잠을 설친 그때부터 사지 끝 감각이 둔해지는 듯했다. 사지 말단의 감각 소실은 문둥병의 초기 증상이라는 것을 어머니 뱃속에서부터 듣고 자란 그다. 뱀을 먹으면 지각이 오롯이 살아나곤 했다. 고양이 새끼도 살아 날 것이다.

무구의 품에서 새끼 고양이가 잠들었다. 무구도 잠들었다. 창하는 고양이를 깨웠다. 뱀 삶은 물을 헝겊에 적셔 입에 대자 고양이의 눈에서 빛이 났고, 헝겊을 두 발로 움켜쥐고 입으로 빨았다. 그는 헝겊을 고양이 입에서 빼앗고, 뱀 삶은 물을 밥그릇 뚜껑에 따라 주었다. 새끼 고양이는 연분홍 혀로 그 물을 핥아먹었다. 어느새 무구도 일어나 이를 보고 있었다. "이젠 고양이는 죽지 않을 거야. 저 봐, 혼자서도 잘 먹지." 무구는 웃었다. 밝은 웃음이었다. 그리고는 호기심이 발동했는지 코를 벌름거리며 고양이 곁으로 다가갔다. 고양이가 먹는 것을 멈추고 무구를 쳐다본다. 무구는 다시 물러났다. "고소한 냄새가 나는데 저게 뭔 물이어요?" "응, 아기 고양이 밥이야." 창하는 무구의 환한 얼굴을 봤다. 제비꽃보다 훨씬 아름다운 얼굴이다.

9

계곡에 안개비가 몰려다녔다. 안개비는 바람 따라 날리다가 순간 굵어져 우두둑 떨어졌다. 추녀에 흐르는 낙숫물에 자연의 풍경과 인간의 공간이 갈렸다. 추녀 밖은 비에 젖는데, 추녀 안은 빗소리에 더 아늑해졌다. 딱새와 청설모는 비를 피해 추녀 밑 공포 속으로 사라지고, 돌담에 숨어 있던 두꺼비가 엉금엉금 기어 나와 빗물에 자신의 몸을 맡기고 눈을 껌벅거렸다. 비는 숲을 골고루 적시지만 이를 맞이하는 숲 속 동물들의 행동은 다양했다.

빗방울이 잦아들고 다시 물안개가 피어올랐다. 엷은 물안개다. 땅에서 솟아난 안개는 우뚝우뚝 솟은 전나무의 연초록 새순까지 오르지 못했다. 숲을 휘감으며 흐르는 엷은 안개는 시야를 완전히 가리지 못하고, 동대봉과 서대능의 경계를 흐렸고, 숲과 바위의 경계를 흐렸고, 전나무와 소나무의 경계를 흐렸고, 떡갈나무와 개암나무의 경계를 흐렸다. 경계가 사라진 숲은 서로 껴안고 비비고 녹아들었다. 흡사 안견의 「몽유도원도」 실경을 보는 듯했다. 무릉도원이 좋다고들 하는데 이렇게 경계가 없어서 그런가 보다. 그렇다. 이렇게 자신의 벽을 허물고 서로 녹아들고 몸을 껴안고 살면 어디나 무릉도원이 되지 않을까. 명분이란 보이지 않는 절벽을 만들고 그곳으로 뛰어내린 벗들을 생각하며 영의정은 물안개 긴 오대계곡을 내려다봤다. 자신의 무거운 마음을 달래듯이 오대계곡을 휘감으며 흐르는 물안개를 영의정은 오래 보았다. 오랫동안 한곳을 보고 있어도 유람하는 듯했다. 수시로 변화하는 안개와 빗줄기로 풍경은 계속 바뀌었기 때문이다. "비 오는 풍경에 취하셨군요. 상원사에서 오대골의 비 오는 풍경을 바라보고 있으면 다람쥐도 득도할 정도로 마음을 빼앗긴다고 했어요. 최고의 선경이지요. 하지만 대감은 마음을 빼앗기면 안 됩니다. 대감이 먹물 옷을 입으면 이 나라의 백성은 어찌하라고." 큰스님이 선원의 연꽃살 문을 열고 웃었다. "무릉도원이 따로 없습니다." "문을 활짝 열어놓고 방 안에서 보는 풍경은 더 아름답지요. 들어오셔서 차나 한 잔합시다."

큰스님이 따라준 차에서 여물 냄새가 났다. 어렸을 때 사랑방 아궁이에 올려놓은 가마솥에서 피어나던 소여물 냄새다. 마른 볏짚을 삶는 냄새는 여리게 구수했다. 볏짚이나 찻잎이나 다 풀이다.

"스님! 왜 임금을 이 깊은 산속까지 모셨는지요?" 영의정은 단도직입적으로 물었다. 영의정도 큰스님의 의중을 눈치는 챘지만 그의 입으로 직접 듣고 싶었다. 영의정의 말에 아랑곳하지 않고 큰스님은 비오는 풍경을 바라보고 있었다. "용서입니까? 아니면 그때의 죗값을?" 그제야 큰스님이 영의정을 바라봤다. 눈두덩이의 눈꺼풀이 늘어져 아득하게 어두운 큰스님의 눈동자다. 집현전에서 나랏말 창제 때의 그 부리부리하던 눈이 아니었다. 중생의 깨우침은 산속에 있는 것이 아니라 속세에 있는 것이라고 하면서 나랏말의 필요성을 맨 처음 임금에게 제안했고, 한글 창제 내내 집현전을 떠나지 않고 그들과 고락을 같이한 사람이다. 항상 느끼는 것이지만 영의정은 그 시절이 고되긴 했어도 가장 보람 있고 행복했던 시절이었다. 하지만 영의정은 되도록 그때의 일들을 묻어버리려고 했다. 어리석은 백성을 깨우치고자 밤새 토론하고, 같이 고뇌했던 벗들과 다른 길을 선택한 자신의 부끄러움 때문이었다. 그들은 떠난 지 오래되었고, 살아남은 자도 이렇게 늙어갔다.

"대감도 아시다시피 세상은 돌고 흐르고 날아가고 흩어지고 모이며 찰나도 멈추지 않고 변하지요. 이런 세상에 기준이 어디 있겠습니까. 잣대가 없는데 길고 짧음을 어떻게 알 수 있겠습니까? 길고 짧음을 모르는데 누구의 손에 쥔 것이 긴 것이고 누구의 손에 들린 것이 짧은 것인지 알겠습니까. 누가 잘못한 줄도 모르는데 누가 용서하고, 누가 죄를 벌할 수 있을까요?" "그럼 임금을 용서할 수 없다는 것인가요?" 정신적 육체적 괴로움에, 부처님을 향해 머리 찧고, 용서를 바라는 임금을 생각하며 영의정이 물었다. 당연히 그 물음 속에는 영의정 자신도 포함되어 있다. "단 한 사람을 제외하고는 누구도 용서할 능력도 자격도 없습니다." "그분이 누구지요?" "볼 수 없습니다." "부처인가요?" "이판들의 말에 의하면 부처는 없다고 합니다." 영의정은 혼란스러웠다. 그럼 왜 임금을 이 산골까지 끌어들였을까. 그리곤 그 자들에게 미리 그 사실을 알리고 이와 같은 음모를 꾸몄을까. 누구도 용서할 수 없다면서. 영의정은 큰스님의 말에 덫에 걸린 듯 혼란스러웠다. "그럼 왜 임금을 이 산속까지 끌어들였지요?" "용서하는 것을 돕기 위해서지요." "용서를 돕는다고요?" 영의정은 어이가 없었다. 이런 음모를 꾸며놓고 용서를 돕는다고? "만약에 그자가 용서를 하지 않으면요?" "곧 임금을 죽이겠지요. 대감도 아시다시피 지금도 임금은 서서히 죽어가고 있어요." 큰스님은 다시 찻잔에 맹물을 부었다. 그리고 살짝 흔들어 눈을 지그시 감고 마셨다. 무수한 생각 속의 무엇인가를 찾는 것 같은 표정이었다. 영의정은 큰스님이 따라준 첫 잔도 비우지 않고 있었다. 여물 냄새에 항상 눈물 그렁그렁 담고 큰 눈을 끔벅이던 외양간의 소만 생각났을 뿐이다. "대감, 불도에 대해 너무 깊이 생각지 마세요. 얼마나 아름다운 풍경입니까. 그냥 아름다움만 보고, 의미를 부여하지 마세요. 진리를 배경으로 하지 못하는 논리는 마귀보다도 더 무서운 것이지요. 모든 것을 이해하려고 하면 안 됩니다. 거대한 오대산이 하나의 사실이라면, 이해는 안방의 화분에서 싹튼 어린 싹에 불과한 지식으로 분별한 결과지요. 그 황소 등에 붙은 벼룩만도 못한 지식으로 옳고 그르다 판단하면 세상은 대혼란에 빠지게 됩니다. 특히 대감같이 큰 권력을 가진 사람은 더 위험하지요." 큰스님은 찻잔을 들어 한 모금을 음미한 뒤 말을 이었다. "조금 전에 대감께서는 물안개 낀 오대골을 보고 무릉도원 같다고 하셨습니다. 아마 안개 속에 흐려진 숲의 선경을 보고 무릉도원을 연상하셨을 것입니다. 그것 또한 본질을 보지 못하고, 세월 속에 굴절된 지식의 눈으로 사물을 보았기에 그런 착오를 일으킨 것입니다." "착오라뇨?" "진짜 무릉도원에 안개가 있을 것으로 생각하십니까." "그럼?" "차를 한 모금 입안에 넣고 다른 생각은 하지 마시고 향기에만 집중해보세요." 영의정은 큰스님이 시키는 대로 차를 입안에 넣었다. 차는 차갑게 식었고 쏩쓰름한 엷은 풀 냄새만 남았다. 그는 그 향을 음미하려고 신경을 곤두세웠다. "눈을 감아보세요." 그는 눈을 감았다. "무武 · 릉陵 · 도桃 · 원源 한 자 한 자를 머릿속에 떠올리며 그 형상을 그려보세요." 선명히 보이는 언덕에 복숭아꽃이 흐드러지게 핀 선경이 머릿속에 그려졌다. 눈을 떴다. 복숭아꽃이 핀 선명한 언덕. 그렇다. 안개에 휩싸인 몽롱한 선경이 아니었다. 시원은 너무나 선명함인데, 흐릿함으로 변한 것이다. 그는 큰스님을 보면서 미소를 지었다. "이렇듯 자신의 지식을 하나씩 지울 때마다 진리에 가까워지지요. 그렇게 해서 모든 지식을 지워버리면 아마 부처가 될걸요?"

동해처럼 이름만 있고 갈 수 없는 행복한 그곳. 갈 수 없기에 이상

향으로만 마음속에 존재하던 그곳을 안평대군은 꿈속에서 보았고, 꿈속에 본 선경을 안견에게 그리게 했다. 안견 그림은 무릉도원을 처음 언급한 도연명의 「도화원기」와 별반 다르지 않았다. 높은 봉우리에 둘러싸인 복숭아 꽃밭이 있고, 깊은 계곡에 무릉도원으로 통하는 굴이 있다. 다만, 꿈속의 선경이라 그런지 안견의 그림은 안개 자욱한 꿈결 같은 기운이 가득했다. 땅안개 때문에 복숭아꽃이 흐릿했고, 무릉도원을 감싼 드높고 기괴한 봉우리 기슭마다 안개에 가려 흐릿했지만, 산 중턱부터 산세가 선명하여 신비롭기 그지없다. 지금 그가 보고 있는 오대골처럼.

그 후 화가들과 글쟁이들은 그 신비로움에 취해 그림과 글 속에 안개를 더 짙게 깔아 복숭아 꽃밭을 안개 속으로 묻어버린 것이다. 끝내 복숭아꽃이 흐드러지게 핀 무릉도원은 흐릿한 안개 속으로 사라졌다.

안평대군이 꿈속에서 무릉도원에 간 이유는 무엇일까. 형에게 죽을 것을 미리 알았을 것이다. 그때 온 천지에 그런 기운이 가득했으니 아무리 문학과 예술에만 관심을 둬 정치에 무감각했어도 그도 그 기운을 느꼈을 것이다. 그가 쓴 숭례문 현판은 지금도 도성을 드나들 때마다 보지만, 그는 지금 볼 수 없다. 그럼 그는 지금 무릉도원에 가 있는 것인가.

"스님, 상원사의 창건 유래에 대해 알고 계시죠?" "무슨 이야기지요?" 영의정은 상원사에 도착하던 날 진명스님으로부터 들은 이야기를 했다. "그럼요, 알고 있습니다." "그럼, 임금을 이곳으로 모신 것은?" "대감이 지금 7백 년 전의 역사를 들추어내어 무슨 생각을 하는지 짐작이 가네요. 그러나 그것이 사람입니다. 그렇게 돌고 도는 역사속에서 돌고 도는 죄를 지으며 사는 것, 그것이 사람의 본모습이지요. 7백 년 동안 이곳에서 있었던 역사 말고도 수많은 역사가 있고, 임금도 대감도 숲 속의 저 사람들도 그 역사를 알고 있습니다. 그러나 그지난 역사 속 잘못들을 두 번 다시 되풀이하지 않는다면, 석가 공맹들처럼 성인의 말씀을 어기지 않고 그대로 행한다면, 그것은 진정한 인간의 삶이라 할 수 없을 것입니다. 모두가 부처며, 모두가 성인이 되었겠지요. 설사, 모두가 부처요 모두가 성인이 된다고 하면 그 세상또한 얼마나 재미없을까요. 애욕이 근본인 사랑도 없고, 사랑의 자식인 미움도 없고, 괴로움도 없고, 갈등도 없는 세상, 그리하여 모든 근심이 사라진 세상, 불행이 없기에 행복도 없는 세상, 모든 중생이 그렇게 산다면 그것은 지옥보다 못한 삶이 될걸요. 사람도 하나의 미물에 불과합니다. 저 돌탑 아래서 비를 맞는 두꺼비와 하등 다를 바가없지요. 사람을 동물과 분별하면서부터 사람의 불행이 시작되었고, 불행하기에 행복을 찾아 떠도는 길이 곧 인생이 아닐까요?" 임금과그들을 이 깊은 산골로 끌어들인 것은 큰스님이다. 그리고 영의정은과정에 대해서는 잘 몰라도, 결과는 알 수 있었다. 이 깊은 산골에서누군가는 죽는다. "그럼, 임금의 용서를 돕는다는 것이 임금의 죽음인가요. 임금의 편안한 죽음?" 영의정의 물음에 큰스님은 미소만 지었다. "그리고 윤 씨 부인은 왜 이곳으로 동행하라고 하셨나요?"

"게 누구냐?" 영의정의 말을 끊고 큰스님이 문밖을 향해 외쳤다. 그 소리에 열린 문 뒤에서 진명스님이 문을 밀고 섰다. 검보라색 눈 그늘이 더 짙어졌다. 그 사이로 보이는 눈에는 증오가 서렸다. 큰스님을 한동안 노려보다가, 그는 신발을 신지 않고 뛰쳐나갔다. "요즘 마음을 잡지 못해 힘들어하고 있지요. 중질 계속하느냐, 아니면 저잣거리로 내려가느냐 저 시기에 결정 나지요. 저 고비만 넘기면 진짜 중이 되고, 넘기지 못하면 다시 속세를 떠돌 겁니다. 잘 참아야 할 텐데, 걱정입니다."

진명스님은 안개비가 몰려다니는 산 능선을 오른다. 빗방울은 외로 웠나 보다. 만나기만 하면 서로 엉겼다. 산을 오른다. 길은 외길이다. 외길은 나무를 피하고, 바위를 돌아 이어졌다. 길은 가는 곳까지 이어져 있을 것이다. 산길은 가면 길이고 가지 않으면 숲이기 때문이다. 혼자 가니 외길이다. 산속으로 접어들면서부터 안개비가 날린다. 진명스님의 볼에 물방울이 몽글몽글 맺혔다. 떠다니던 안개가 엉겨 붙어 물방울이 되었다. 민머리에 맺힌 물방울이 턱으로 흘러내려 발걸음에 흔들리다가 곧 다른 쪽 볼에 흘러내린 물방울과 만나 무게를 못 이기고 굴참나무 잎으로 떨어졌다. 잎맥을 따라 흐르던 물방울은 잎맥 끝에 달렸던 물방울을 끌어안자마자 돌멩이 위로 곤두박질한다. 물방울이 산산이 부서진다. 깨진 파편들은 제비꽃 위로, 곰취의 넓은 잎 위로, 애기똥풀의 노란 꽃 속으로 다시 흩어진다. 동그랗던 물방울은 긴 궤적을 남기며 흩어졌다.

바람이 잦아들었다. 수평으로 흩날리던 안개비가 수직으로 떨어졌다. 안개비가 가랑비로 변했다. 제비꽃 위로 떨어진 빗물은 제비 꽃술 깊이 갇혔던 물방울과 섞였다. 그 위에 또 빗방울이 떨어졌다. 빗물의 무게에 제비꽃이 고개를 숙이자 꽃 속의 물방울이 흘러내린다. 물방울은 스님이 지나간 발자국으로 흘러들었다. 곰취 잎의 빗방울도, 애기똥풀 꽃 속의 빗방울도 발자국으로 다시 모이자 그들은 또 부둥켜안았다. 진명스님은 발자국만 남기고 숲 속으로 들어갔다. 그 모습은 보이지 않았다. 다만, 숲길 따라 발자국만 길게 이어졌다. 검은 구름이 전나무 끝을 훑었다. 계곡에 돌개바람이 일었다. 빗방울이 길어졌다. 발비가 되었다. 발자국에 고여 있던 물이 가늘고 긴 곡선을 그으며 계곡 아래로 흘렀다. 나무 그루터기에서 내린 물과, 죽은 노루 뼈에 내린 물과, 썩은 낙엽 속에서 비집고 나온 물과 섞이면서 아래로 흘렀다. 돌 틈에 가려, 넓은 나뭇잎에 가려 끊겼다가 이어졌다 하던 물줄기가 자신의 소리를 가지면서 가렸던 나뭇잎을 헤치고 돌을 굴리며 흘렀다. 졸졸졸. 돌돌돌. 줄줄줄. 콸콸콸.

진명스님은 산을 올랐다. 젖은 몸은 무거웠다. 오대계곡이 구름 속으로 사라졌다. 더 내려라 더 내려라. 모두 씻어가거라. 깎아도 깎아도 다시 자라는 머리카락, 밀쳐내도 밀쳐내도 오롯이 들어앉은 번뇌. 진명스님은 그런 마음이 싫었다. 잡으려고 쫓으면 쫓을수록 자신을 조롱하며 비웃는 자신의 마음 때문에 머리가 벗겨지고, 눈가에 짙은 그늘이 드리워도 큰스님 때문에 지금까지 버텼는데, 큰스님마저 자신의 마음처럼 자신을 조롱하고 있었다. 그는 올라갔고, 물은 내려갔다. 적멸보궁 용안수에서 흘러내린 물이, 미륵암 나옹대에서 흘러내린 물이, 서대암 우통수에서 흘러내린 물과 섞였다. 다시 신선계곡에서, 동피골에서, 조계골에서 흘러온 물이 우통수에서 흘러내린 물과 만나 오대천이 되었다. 가사가 젖어 속적삼까지 물이 홍건했다. 발을 옮길 때마다 허벅지가 쓸려 빗물에 쓰라렸지만, 민머리를 때리는 빗방울과 나뭇잎에 떨어지는 요란한 빗소리에 정신이 맑아졌다.

물은 미련 없이 아래로 흘렀고, 진명스님은 미련하게 위로 올랐다. 물은 용안수와 썩은 노루 시체에서 흘러내린 물과 제비꽃에 떨어진 물끼리 엉겨 하나가 되어 큰 물줄기가 되었지만, 스님은 모든 것을 털어버리려 홀로 산을 올랐다. 오대골 따라 흐르던 물줄기는 오대산 아랫마을들을 가로질러 흘렀다. 그 물줄기 따라 들짐승이 모이고, 들이 넓어지자 집이 한두 채 늘어났다. 산맥을 굽이쳐 돌 때마다 물줄기는 넓고 깊어졌고, 물줄기 따라 다닥다닥 백성이 모였다. 어디로 가야 한다는 것을 이미 알고 있는 듯이, 아니 수없이 가봤던 길을 가듯이 그렇게 물은 여유롭게, 때론 굽이치며, 흘렀다. 스님이 오르는 산엔 물길은 있어도, 그가 갈 산길은 없다. 물길은 내려가는 길이다. 물길은 스님의 길이 아니므로 그 길을 피해 산을 올랐다. 숲은 어두웠다. 검은 구름은 검은 안개가 되었다. 빗방울이 태어나는 곳, 빗방울의 자궁

속으로 진명스님이 들어왔다. 그 속은 어둡고 축축했다. 쥐어짜면 금방이라도 썩은 물이 주르륵 흐를 것같이 축축했고, 검고, 무거웠다. 공기가 이렇게 무거울 줄이야. 어깨에 무구가 올라가 있는 것 같다. '나쁜 할머니. 부처님 전에 올릴 반찬을 공양간에서 자기가 먼저 먹었대요. 그리고 자신의 아들을 버리고 궁궐……' 빗소리에 무구의 음성이 섞여 들렸다. 산길도 잃었고, 마음의 길도 잃었다. 비는 더 내리지 않고 달라붙었다. 빗방울이 비집고 나온 땀과 엉겨서 얼굴에 흐르는 빗물은 짰다.

흐른다. 물은 흐른다. 아래로 흐른다. 모인다. 물은 모인다. 아래로 모인다. 아우라지를 지나고, 도담삼봉을 지나고, 청령포 애련한 노산대를 휘돌아 흐른 물과 만나 반도의 중원을 가로질러 흐르다가, 금강산의 옥발봉에서 태백산맥의 서쪽을 따라 내려온 북한강과 두물머리에서 합수, 한양을 지나 서해바다로 흘러갔다. 바다는 세상이었다. 비의 자궁은 스님을 밀어내려고 했다. 그 힘은 은근하고 질기고 강했다. '그렇구나! 내려놓을 것이 없구나. 그런데 아무것도 없는데 너는 왜 그리 무거워하니. 걸음걸이가 왜 그리 무거우냐?' 조실스님의 옛말이 빗소리에 들렸다. '그런 말씀은 이젠 그만하세요. 나가라 한다고 나가는 마음이 아니라는 것을 스님도 다 아시잖아요.' 그는 나무를 부둥켜안고 검은 빗물 자궁의 밀침에 대항했다.

이곳이 어딜까. 눈을 감았다. 진명스님의 볼에 맺혔던 물방울이 도착한 바다는 하나였다. 세상의 모든 것이 모여 하나가 되었다. 이곳이었던가. 그렇게 흘러온 곳이 이곳이었던가. 이젠 어떻게 하나. 흐르지도 않았다. 너무 큰 것은 없는 것이나 마찬가지였다. 무無는 거대했다.

진명스님은 눈을 떴다. 여전히 발아래는 보이지 않았지만, 위에 뜬 무지개는 보였다. 기린봉과 동대봉을 잇는 무지개였다. 스님이 부둥켜안고 있던 나무는 비로봉 정상에 낮게 가지를 뻗은 주목이었다. 발아래 펼쳐진 구름바다는 넓었다. 끝이 보이지 않았기에 얼마나 넓은지 몰랐다. 동대섬, 효령섬, 상왕섬, 두로섬, 기린섬이 하얀 바다 위에 점점이 떠 있다. 스님의 볼에 맺혔던 물방울은 검푸른 태평양으로 흘러갔고, 진명스님은 하얀 바다 위에 있다. 누가 산을 오르라 했는가. 누가 태평양으로 흘러가라 했는가. 구름이 걷히니 아래의 운해도 서서히 사라졌다. 태양은 따스했다. 젖은 가사를 말리고, 젖은 마음을 말렸다. 무지개도 사라졌다.

신선골에서 불어오는 바람은 차가웠다. 스님의 몸을 적셨던 빗물이 스님의 체온과 함께 날아갔기 때문이다. 스님의 민머리에 떨어져 태평양으로 흘러간 그 빗방울은 태양의 유혹에 다시 하늘로 올랐다. 텅 빈 우주, 다다를 수 없는 허무의 차가움에 시린 가슴 데우려고 주변의 물방울들과 서로 엉키어 다시 떨어질 것이다. 수증기의 욕망이 너무 무거워 떨어질 것이다. 그 어딘가로. 그 어디가 어딘지 모른 채. 끝내 우주로 떠났을 수도 있고, 태평양에서 불어온 바람에 실려 온 수증기는 비로봉을 넘지 못하고 또 이곳으로 떨어지겠지. 그리곤 적멸보궁 뒤 바위틈 속으로 스며들어 우통수에서 다시 솟아나 또 오대천으로 모여 한강으로 서해로 태평양으로 흘러가겠지. 그렇다. 세상에 사라지는 것은 없다. 그러나 절대자의 손바닥에서만 사라지는 것이 없을 뿐, 인간은 자신이 인지하지 못하면 사라진 것이나 마찬가지인 것이다. 스님의 민머리에 떨어져 태평양으로 흘러간 물방울이 태양의 유혹에 하늘로 다시 올라가 중국의 서쪽 사막에 떨어진 후, 다시 태양의 부름에 하늘로 올랐다가 언제 또 스님의 민머리로 떨어져 볼에 흐르는 물방울을 만날 수 있을까. 무구는 죽은 할머니를 언제 다시 만날 수 있을까. 그것이 과연 윤회인가? 그것이 과연 인과 연일까. 부질없다. 저잣거리로 내려갈 것이다. 걸었다. 산길을 걸었다. 물길 따라 걸었다. 물 흐르듯이 그렇게 저잣거리로 내려갈 것이다. 물처럼 온갖 것들을 껴안고 욕망을 가슴에 품고 뜨겁게 살다 가리라.

"산에서 내려가겠습니다. 한양으로 돌아가겠습니다." 진명스님은 큰스님 앞에서 무릎을 꿇었다. "정 산에서 내려가려거든 며칠만 있다가 가거라. 지금 네가 준비하는 복장 의식이 얼마나 중요한지 너도 알고 있지 않으냐?" "싫습니다. 더는 그 일은 하지 않겠습니다." "네 이놈, 무엇이 네 마음을 그리 흔드는지는 모르겠지만, 어린애 투정도 아니고 이게 뭔 짓거리냐. 뻔히 현 상황을 알면서, 안 된다. 물러가라!" 단호한 큰스님의 말에 진명스님이 숙였던 고개를 들고 큰스님을 노려봤다. 10여 년을 지켜봤어도 저런 모습은 처음이다. 한동안 서로 노려보다가 큰스님이 먼저 눈길을 옆으로 돌렸다. "지금은 안 된다. 너도 알고 있지 않으냐?" 큰스님이 타이르듯이 말했다. 그러자 거친 음성으로 진명스님이 받아쳤다. "핏물이 상원사 마당을 흥건히 적신 후에요? 저보고 그 모습을 보고 떠나라고요." "네 이놈! 그것이 뭔 말이냐. 핏물이라니?" "저는 다 알고 있습니다. 스님이 이 산속에서 뭔 일을 꾸미고 계신지." "그게 아니다. 두고 보면……." 큰스님은 말을 하다가 스스로 끊었다. "지금 떠나려 합니다." 진명스님이 큰스님에게 3배를 올리자 큰스님은 돌아앉았다. "정 네 마음이 그렇다면 가거라. 다시 오고 싶으면 언제든지 오고." "다시는 오지 않을 것입니다. 기다리지 마세요." "그런 말은 않는 것이다. 오면 오고 가면 가는 것이 사람 발길이다. 조실스님께 인사드리고 가거라." 진명스님이 장지문을 박차고 나갔다. 마당을 빠르게 가로질러 걷는 그를 큰스님은 방안에서 물끄러미 쳐다보았다.

진명스님은 오대산에 온 지 2년 뒤에 조실스님으로부터 부모미생전본래면목 화두를 받았다. 그가 전에 어디에 있었는지 아무도 알지 못했다. 화두와 몇 년을 씨름하다가 등줄기를 타고 올라오는 뜨거운 기운을 잘못 다스려 자신의 머리를 태워 대머리가 되었고, 마음을 태워 그 재가 눈으로 비집고 나와 짙은 눈 그늘이 생겼다. 우통수가 한강의 발원지라고 하지만, 거대한 한강의 물줄기에 비하면 방울방울 솟아나는 우통수의 물은 보잘것없다. 그는 거대한 태평양으로 흐르는 것을 멈추고 우통수로 다시 거슬러 올라가려고 한다. 그의 시원, 우통수를 찾을 수 있을까. 또한, 방울방울 솟아나는 그 시원을 찾아 막는다고 해서 한강물이 줄어들까. 한강물의 시원은 우통수일지 모르지만, 한강물의 근본은 우통수가 아니다.

진명스님이 지나간 자리마다 발자국이 찍혔다. 그의 흥건한 발자국을 보고 있자니 심란했다. 선원 안 빗속의 아늑함이 사라졌다. 발자국의 물기는 스며들고 날아가 한 발 한 발 사라졌다. 그렇게 모든 것은 사라진다. 그가 무릎 꿇었던 자리만 두 개의 둥근 점으로 남았다. 그 점이 마를 때까지 큰스님은 선원 안에 앉아 있었다.

# 10

조용하던 풍경이 딸랑거렸다. 날이 밝았다. 새파란 새벽하늘엔 구름 한 점 없다. 어제 내린 비에 숲 속이 부풀어 올랐다. 양정은 마루에 앉았다. 계곡을 거슬러온 바람이 얼굴을 스치자 정신이 맑아졌다. 굴참나무 잎을 흔들지도 못하는 약한 바람이지만 피부에 닿자 시원했다. 진초록 동대산이 가깝게 보였다. 아름드리 소나무 위로 두 아름드리 전나무가 솟았고, 바닥은 관목들로 우거진 오대골이 초록으로 맑고 싱싱했다. 5월의 푸름은 다 같은 푸름이 아니었다. 연푸름, 짙은 푸름, 빛나는 푸름, 어두운 푸름 들로 수놓았다. 다양한 푸름 사이로 붉은 점들이 선명하게 찍혔고, 흰 무더기 꽃들이 봉우리 중턱에 듬성듬성 흩어졌다.

우뚝우뚝 미끈하게 자라 어찌 보면 거만하기까지 한 오대산 전나무, 죽은 후에도 하얀 줄기와 가지를 푸른 숲에 우뚝 세워 하얀 죽음이 아름다운 구상나무, 소나무같이 사철 푸른 나무이면서도 5월의 싱그러운 숲에도 주눅이 들지 않게 푸릇한 가문비나무, 반면 5월의 싱그러움에 칙칙해지는 소나무, 소나무도 아니고 전나무도 아닌 것이 소나무이면서 전나무인 척하다가 겨울이 되면 잎을 다 떨어뜨리고 자신의 초라한 본색을 드러내는 이깔나무, 단옷날 여인의 풀어헤친 긴 머리를 창포물에 담갔다가 막 꺼낸 머릿결처럼 가지를 축 늘어뜨린 버드나무, 젖빛 부숭한 꽃 꼬투리를 달고 숲에서 큰 키 자랑하는 쉬나무, 흰 꽃무리가 고봉 쌀밥 같아 쳐다보기만 해도 배부른 조팝나무, 5월 초록 능선에 하얗게 돋보이는 개벚 꽃벚 산벚 들, 드물며 굳고 정갈하여 외로운 갈매나무, 벌 나비가 달려들지 않는 꽃을 피우는 백당나무, 그늘을 좋아하며 꽃이 백색에서 황색으로 지조 없이 변하는 괴불나무, 바위틈의 개나리 같은 구슬댕댕이, 산겨릅나무, 딱총나무 등……

이들보다 더 많은 이름 모를 나무들이 5월의 오대산을 채웠다. 풍경 소리만 들릴 뿐 무성한 숲으로 둘러싸인 새벽 산사는 조용했다. 날만 밝았지 숲은 아직 잠 속에 있었다. 정면 능선의 나무들이 선명했으며, 나무 사이로 밤샌 초병들의 기지개 켜는 모습이 간간이 보였다. 나무에 걸린 도롱이만 피곤해 보일 뿐 5월의 새벽 숲은 불끈불끈 힘이 넘쳐 새파란 하늘을 밀쳐냈다. 군막 부근에 있는 계수나무의 연초록 새순이 흐릿해 예뻤다. 늙은 나무에 저런 여리고 순한 것을 만들어

내다니 신기했다. 그러고 보니 지천으로 서 있는 전나무들도 가지 끝마다 연초록의 새순을 여리게 피워내고 있다. 양정은 다시 눈을 감고 생명으로 가득한 숲 속의 공기를 몸속 깊숙이 빨아들이며 두 팔로 파란 하늘을 안듯이 기지개를 켰다. 맑은 물 냄새가 났다. 물 냄새에 뜰에 핀 밤꽃 향이 희미하게 섞였다. 아랫도리에 힘이 불끈 돋아났다. 아무도 보는 이 없지만 민망했다.

살아 있다.

오랜만에 느끼는 살아 있음이다. 그런데 무엇일까. 왜 오늘따라 하늘이 유독 새파랗게 보이고, 숲의 푸름이 짙을까. 어제 비에 하늘이 맑게 씻겨서 그런가. 원래 5월 새벽 산속의 숲은 이런가. 양정은 꼬불꼬불한 오대골을 따라 눈길을 옮기다가 깜짝 놀라 뒤로 주춤했다. 산모퉁이를 따라 길게 이어져 끝내는 쥐색으로 흐려지면서 사라지던 오대골이 뚝 끊겼고, 봉우리 뒤에 봉우리로 물결처럼 이어져 있던 봉우리들도 끊겨 서대 산등성 뒤 기린봉도 보이지 않았다. 하얀 절벽이었다. 하얀 절벽이 파란 하늘을 잘랐고, 초록의 산봉우리를 잘랐다. 하얀 절벽 때문에 하늘은 더 파랬고, 숲은 더 푸르게 보였던 것이다. 양정은 마당 끝으로 걸어갔다. 무엇일까. 약하게 부는 바람에 실려 순백의 벽은 오대골을 타고 올라오고 있었다.

"안개입니다. 산 아래에서는 볼 수 없는 산안개이지요. 아니 산 아래에서도 볼 수 있어요. 대감도 보셨을 것입니다. 높은 산봉우리에 걸린 하얀 뭉게구름, 그 순백으로 몽글몽글 피어오르던 그 뭉게구름이 오대산에 걸린 것입니다." 큰스님이었다. 큰스님은 손가락을 입속에 넣었다 빼서 허공 속에 세웠다. "정남풍입니다. 어제 비가 그리 많이 내렸고, 산 공기가 시원하니 안개가 짙을 듯합니다." 양정도 집게손가락에 침을 묻히고 큰스님처럼 바람을 느껴봤다. 오대골 방향의 손가락 면이 시원했다. "구름이면서 안개이기도 한 저것은 비로봉 상왕봉을 넘지 못하지요. 이곳에 오래 머무를 겁니다." 하얀 벽은 소리 없이 성큼성큼 다가오면서 봉우리를 삼키고, 골짜기를 삼키고, 나무를 삼키고, 바위를 삼켰다. 안개가 덮은 숲과 하늘은 사라졌다. 군막도 사라졌고, 초병들도 사라졌다. 내려다보이던 오대천도 사라졌다. 양정 바로 앞까지 거대한 하얀 벽이 물처럼 흐르면서 다가왔다. 투명하고 하얀 물결이 양정을 덮쳤다. 덮치는 순간 양정은 보았다. 그 무수한 촉수를. 면사처럼 가늘고 하얀 촉수들이 양정의 몸을 감았다. 그것들이 숲을 삼켰던 것이다. "이것이 그리운 임 둥근 얼굴을 파란 하늘에 수놓던 아름다운 뭉게구름의 실체입니다. 오늘 뭉게구름은 산 아래에서 보면 유독 더 고울 듯합니다. 이리 짙으니." 바로 옆에 먹물옷 입고 서 있는 큰스님이 희미해졌고, 목소리만 선명했다. 안개가 그를 덮자 세상은 사라진 것 같았다. "아무것도 보이지 않네요." "아무것도 보이지 않는다고요? 이리 선명한 안개가 보이지 않습니까. 안개의 존재를 무시하면 큰일 납니다. 특히 이런 깊은 산속에서." 동불전쪽으로 걸어가는 발소리에 섞인 큰스님의 목소리가 멀어졌다. 마당의 돌배나무도, 동불전도 사라졌다. 안개는 계속 흘렀다. 흐름의 틈새로 엷어지기도 했지만, 그 엷어짐도 순간이었다. 눈을 감으면 검었고, 눈을 뜨면 그 검은 만큼 새하얬다. 갑자기 몰려온 지독한 안개다. 소갈병 때문에 그렇잖아도 흐릿했던 그의 눈이 안개에 휩싸이자 이젠 아예 연두부 속에 박혀 있는 듯했다.

갑자기 선원 쪽에서 급한 발걸음 소리가 들렸다. 땅을 끌면서 옮기는 소리는 가벼웠다. 요사채 쪽으로 그 소리가 옮겨졌다. 양정은 칼을 뺐다. 하얀 마당은 우주처럼 넓게 느껴졌다. 까치발로 다가갔다. 보이는 상대가 없으니 양정은 자신의 움직임을 느낄 수 없었다. 소리를 향해 발을 옮겨도 정지한 것 같았다. 단지 습관처럼 다리의 근육을 움직일 뿐이었다. 하얀 솜저고리에 피가 배어 나오듯이 상대의 붉은 옷이 희미하게 보였다. 그때야 양정도 자신의 움직임을 느낄 수 있었다. 칼을 두 손으로 움켜쥤다. "호위대장 칼 내려놔. 지금 뭐하는 짓인가. 잠이 덜 깬 건가. 아무리 안개가 짙기로서니 지척에서도 내가 보이지 않나?" 상당군이었다.

"호위대장을 찾던 중인데 잘 만났네, 보듯이 안개가 짙게 몰려왔네. 요사채 호위군사를 더 늘리게. 어둠은 불을 밝혀 몰아낼 수 있지만, 안개는 그렇지 못하네. 짙은 어둠보다 지키기에 몇 배 더 어렵지. 적은 이 기회를 노릴지도 몰라. 알았나?" 상당군은 양정에게 시급할 때는 항상 말을 낮췄다. 상당군도 안개에 겁을 먹고 있었다. 그러나 그는 침착했다. "조총을 든 총통위 100명을 요사채 호위에 투입하게. 짙은 안개 속에서는 조총은 필요 없어. 그리고 군막 주변 경계도 안개가 사라질 때까지 비번 군사를 투입해 강화하게."

양정은 군막을 향해 돌계단을 내려갔다. 오대천에 물 흐르는 소리가 들렸다. 안개는 더 짙어졌다. 머리가 어지러웠다. 길이 보이지 않았다. 심한 갈증이 났다. 그 순간, 비명이 들렸다. 소리 속에 죽음이 서려 있다. 아픈 비명이 아니고 죽음의 비명이었다. 자신의 몸에서 혼을 빼내는 소리였다. 드디어 적이 침입했다. 비명은 오대 봉우리들끼리 주고받으면서 한동안 계곡에 머물렀다. 그 소리를 듣자 양정의 갈증과 어지러움은 더 심해졌다. 스치는 안개에 뒷걸음치는 것처럼 멀미가 일었다. 메아리 때문에 비명의 진원을 가늠할 수 없었다. 비명은 가까운 곳에서 들린 듯했다. 아니 비로봉을 넘어온 듯도 했다. 바람은 계속 불었고, 안개도 계속 밀려왔다.

순간, 안개가 지나가는 틈으로 검은 물체가 보였다. 양정은 칼을 뺐다. "난 호위대장 양정이다. 너는 누구냐?" 대답이 없다. 시야가 흐려지면서 몽롱하게 정신이 잠겼다. 머리를 흔들었다. 안개 속에 하얀 물방울들이 떠다녔다. 떠다니는 물방울 사이로 거무스름한 물체가 또 보였다. 안개가 스쳐간 것인지 자신이 움직인 것인지 알 수 없었다. 물체는 다시 사라졌다. 양정은 사라진 방향으로 발을 빠르게 옮기면서 칼을 내리쳤다. 뒤에서 가냘픈 비명이 그를 따라왔다. 다시 돌아서면서 칼을 휘둘렀다. 두 번 다 뭔가를 자르고 지나갔다. 틈틈이 지나가는 안개 속에 검은 물체들이 보였다가 사라졌다. 그것들이 양정을 포위하고 있다. 그 수는 안개에 가려 가늠할 수 없었다. 칼을 휘둘렀다. 칼끝에 그들이 베어지는 것을 느꼈지만 적은 보이지 않았다. 그들은 양정의 얼굴을 찌르고 옆구리를 찔렀다. 찔리면 그쪽을 향해 칼을 휘둘렀다. 얼굴에 찐득한 것이 흘러 손으로 훔쳐 눈 가까이 가져왔다. 피였다. 다시 적이 양정의 등을 찔렀다. 그는 무릎을 꿇고 돌아서면서 등 뒤의 적을 베었다. '여기서 이렇게 죽다니…… 이 산속에서…….'

그렇다. 그들이다. 계유년과 병자년에 자신의 칼로 죽인 그들이 나무로 환생한 것이다. 수레로 사지를 찢어서 죽이고, 잘라 죽이고, 찔러 죽이고, 베어 죽이고, 목 졸라 죽이고, 가두어 죽이고, 굶겨 죽였으며, 이런 죽음을 보고 슬픔에 가슴이 막혀 죽고, 죽은 자를 따라 스스로 죽은 그들, 계유년과 병자년에 많은 사람이 천명을 다하지 못하고 사라졌다. 그들과 생각을 달리한 당상관들은 시어소 마당에 죽음으로 차곡차곡 쌓였고, 그의 가족들 역시 죽음을 맞았다. 마룻바닥을 떼어내어 그 속에서 서로 엉켜 바들바들 떨고 있는 어린것 중 사내를 골라서 죽였고, 곳간의 가마니를 칼로 찔러 사내인지 계집인지 확인도 안 하고 죽였다.

갈매나무같이 정신이 굳고 정갈한 좌찬성 허후는 스스로 자결했다. 괴불나무처럼 자신의 본색을 지조 없이 바꾸던 조흠은 말죽거리에서 활을 맞고 죽었으며 그의 머리는 잘려 시어소에 쌓였다. 말죽거리에는 그의 몸통이 있었으나 구더기가 허옇게 스멀거릴 때까지 아무도 만지지 못했다. 쉬나무처럼 큰 키로 항상 흔들림 없던 조극관은 궐문에서 격살당했고, 그의 동생 조수량은 여주 신륵사 정자에서 기생과

남한강을 바라보며 술을 먹다가 영문도 모른 채 죽었다. 아직도 모를 듯하다. 이깔나무인지 소나무인지 전나무인지 잣나무인지 알지 못하고 그냥 이깔나무이겠지 하고 죽였다. 이조참의 윤처공과 그의 가족 경위 탁식 효동을 죽였고, 안악군수 이명민은 자결했다. 속에 깃든 꾀와 지식이 커 박달나무처럼 쓰임이 많았던 우의정 이현로도 시어소에서 머리가 부서졌고, 그의 가족 건금 건옥 건철도 사랑채 노란 국화 옆에서 차례로 죽었다. 경성부사 이경유는 한양에서 급파한 자객들에 의해 현지에서 사살되고 그의 가족 물금 수동도 같이 죽었다. 벌 나비가 찾지 않아 백당나무 같던 김연, 한승 같은 무수한 내시들이 죽었다. 무릎 꿇고 죄 없는 죄를 만들어 사죄하던 원구를 시어소 마당에서 죽였고, 안평대군의 심복이었던 조번과 그의 도토리 같던 아들 연동 향동 귀동도 죽었다. 도승지 이석정은 철퇴에 머리가 깨져 죽었다. 산 정상의 거친 주목같이 늠름했던 함길도 절제사 이징옥을 함길도에 군사를 보내 죽이고, 산 정상에서 노란 뚝갈나무 꽃처럼 거칠게 자라온 그의 아들 자원 윤원 철동 성동을 죽였다. 충청도 관찰사 안완경이 사약을 먹고 죽었고, 안평대군의 측근들이던 김정, 박이령과 좌의정의 측근인 양옥, 조석강, 황귀존 들이 죽었다. 사철 푸르면서 5월의 싱그러움 속에서도 주눅이 들지 않는 가문비나무처럼 항상 꼿꼿한 좌의정의 머리를 철퇴로 부수어 죽이고, 그의 가족 김승벽 김승규 김석대 김목대 김조동 김만동을 마당에서 사랑채에서 뒤뜰에서 안방에서 칼로 난자했다. 왕자이면서 조선팔도 최고의 명필가이자 문장가

인 안평대군을 강화도 외로운 섬에 유배 보내 죽였다. 그의 얼굴은 자작나무 표피처럼 희었다. 하얀 죽음이 아름다운 구상나무처럼 하얀 절개로 절대 명분을 지키려던 성삼문 이개 하위지 박팽년 유응부 유성원은 사지를 찢어 죽이는 것도 모자라 그 조각들을 조선팔도에 뿌려 영혼마저 죽이고, 명분도 없고 절개가 무엇인지도 모르는 60여 명이나 되는 그들의 자손들과 연루자들을 죽였다. 젖 빨다 죽고, 엄마 품에서 잠자다 칼을 맞고 깨어나지 못해 죽었다. 이밖에도⋯⋯.

그때 죽은 자들은 다양했고, 기준이 없었다. 소나무같이 가문비나무같이 절개 있이 죽어간 사람도 있었고, 괴불나무처럼 지조 없이 살려고 발버둥 치다가 죽어간 사람도 많았다. 한밤중 자작나무 숲처럼 한양의 하늘은 육신을 찾지 못하는 영혼들이 혼란스럽게 돌아다녀 달도 없는데 훤했다. 개벚 꽃벚 산벚 꽃잎처럼 어둔 밤에 하얀 혼들이 날렸다. 수많은 죽음 중에 왜 죽어야 하는지 아는 자는 몇 안 되었다. 하긴 왜 꽃이 피는지 알지 못하는데 꽃은 피었다.

베어도 베어도 안개 속의 적들은 끝없이 양정을 찔렀다. 보이지 않는 적의 수효는 오대산 나무보다 더 많은 듯했다. 보이지 않음은 무한했다. 볼 수 없는 것은 거대했다. 안개 속의 적들은 백만 대군보다 더 무서웠다. 양정은 그 볼 수 없는 적에 포위됐다. 그들은 계속 양정을 찌르고 빠졌다. 그때마다 양정은 그곳을 향해 칼을 휘둘렀다. 저 비로봉 정상의 노랑 뚝갈나무부터 오대골의 버들대까지 모두 무엇인가가 깃들어 있는 것은 아닌지. 그럼 혹시 저 나무들은 그들이 아닐까. 임금과 자신과 상당군을 이곳까지 오게 한 것도 그들이 아닐까. 그리고 이렇게.

　상당군은 상원사 마당에서 비명을 들었다. 소리의 진원은 북쪽 경계초소였다. 요사채를 호위하는 군사들이 그 소리에 요동했다. 상당군은 자신의 자리에서 절대 움직이지 말라고 호위군사들에게 소리쳤다. 호위대장 양정이 올 시간이 지났는데 오지 않았다. 그는 군막으로 급히 발걸음을 옮겼다. 군막에는 내금위절제사 허규가 있었다. 호위대장을 보지 못했다고 했다. 호위대장에게 내렸던 명령을 허규에게 다시 내렸다. 허규는 먼저 총통위 군사를 이끌고 상원사로 향했다. 그리고 충순위절제사를 시켜 군막 경비를 강화하게 했다. 상원사 북쪽 능선은 험하다. 험한 산속을 뚫고 안개 속에 침입하는 적의 수효는 그리 많지 않을 것이다. 큰 무리를 이끌고 움직이기에는 너무 열악한 날씨다. 또한, 비명은 그 소리가 아군의 소리건 적군의 소리건 초병에게 들킨 것이다. 자신들의 존재를 들킨 이상 다시 돌아갔을 확률이 높다. 그래도 안개가 걷히기 전까지는 안심할 수 없다. 안개는 쉬 물러날 기세가 아니다. 안개 속에서는 적군도 보지 못한다. 서로 조건은 동등하다. 겁낼 필요는 없다. 적도 겁낼 것이다. 안개는 아군만 덮은 것이 아니라 산 전체를 덮었다. 상당군은 남은 초병을 이끌고 상원사 요사채로 향했다. 그곳만 잘 지키면 된다.

　영의정은 비명에 방문을 열었다. 순백의 안개가 방 안으로 흩어지

듯이 스며들었다. 방 안으로 들어온 안개는 흐느적거리다가 금방 사
그라졌다. 모든 세상을 채운 안개지만 방 안에서만은 초라했다. 방은
조물주의 창조물이 아니고 인간이 만든 것이기 때문일 것이다.

안개를 나르는 공기는 차가웠다. 문 앞까지 드리운 소나무의 솔잎
에 이슬이 맺혔다. 이슬은 흐린 안개를 맑게 담았다. 이슬에 비친 안
개는 맑았다. "게 누구 없느냐?" 영의정의 부름에 그의 관노가 부복
하며 문 앞에 섰다. "웬 비명이냐?" "적들이 안개 낀 틈을 타 공격해
오다가 초병과 격전을 벌였나 봅니다." 관노가 머뭇거리자 안개 속에
서 상당군이 대신 대답했다. 안개가 대답하는 듯했다. 상당군은 보이
지 않았다. "적이라뇨?" "글쎄요. 오대산 입구에서 공격해온 그들이
아닐까요?" "대감은 그들이 누구라 생각돼요. 임금을 죽이려는 그들
은 대체 누굴까요." "10여 년 전 그 사건들과 연관된 자들이 아닐까
요?" 상당군의 몸은 유령처럼 흰 안개 속에 불그스름하게 보였다. 얼
굴은 볼 수 없었지만, 말투에 비웃음이 묻어났다. "그들은 아닐 것이
요." "대감은 어떻게 그리 단정하십니까?" "그냥 느낌이." 상당군은
크게 웃었다. 웃음소리는 오대골에 퍼졌다. "느낌이라. 느낌이라. 그
럼 저들은 그때의 귀신이라도 된답니까?" 상당군은 돌아서 안개 속으
로 다시 사라졌다. 목소리만 아니었으면 진짜 귀신이 왔다 간 것처럼
흐릿하게 보이고 흐릿하게 사라졌다. 저들은 과연 누굴까. "난 저들
을 만나보고 싶소." 보이지 않는 상당군의 목소리가 계속 이어졌다.
"만나서 아직도 그 허망한 명분을 놓지 못해 왜 그리 인생을 허비하

는지 묻고 싶소. 대감은 그게 궁금하지 않소. 그것이 삶이 돼버린 자들, 그러기에 아무것도 할 수 없고 그 헛된 명분만 지팡이처럼 잡고 서 있는 사람들, 자신의 입으로 들어갈 보리 한 톨 가꾸지 않는 사람들. 그때 죽은 사람들은 진정한 명분을 위해 죽었지만, 살아남은 저들은 계속 살아남고자 헛된 줄 알면서도 명분을 버리지 못하는 것은 아닌지요. 하하하. 불쌍한 사람들, 불쌍한 사람들." 상당군은 오대산 전체가 들으라는 듯이 소릴 질렀다. 그 소리에 솔잎에 맺혔던 이슬방울이 마룻바닥으로 떨어져 깨졌다.

그들은 상왕봉 아래 나옹대에서 오대골로 밀려오는 안개를 보았다. "우리의 지원군이 몰려오고 있다. 나가서 저들과 함께 싸우자. 안개는 우리에게 하늘이 보내준 천병이니라. 가자!" 그들 중 우두머리격인 사람이 열두 명의 부하를 이끌고 상원사를 향해 내려왔다. 안개는 무섭게 산등성이를 따라 올랐고, 그들은 무섭게 산등성이를 따라 내려왔다. 두 식경쯤 내려오자 안개를 만났다. 안개는 5보 앞 굵은 나무도 잘 보이지 않을 정도로 짙었다. 그래도 내려가기만 하면 되었다. 보이지 않아도 갈 수 있었다. 안개 속에서 그들의 발걸음은 더 빨랐다. 나뭇가지에 얼굴을 스쳤지만 검은 복면을 한 그들에게 깊은 상처를 내지 못했다. 안개가 눈썹에 맺히고 엉겨 물방울이 되었고, 그것이 땀과 섞여 흘렀다. 땀에 눈이 아렸다. 그래도 뛰었다. 이 순간을 오래 기다렸다. 또 한 식경이 지났다. 아무리 내려오는 길이라고 해도 숨이

찼다. 한 식경이 지났다고 한 건 짐작이다. 안개 속을 뛰다 보니 때론 시간이 멈춘 듯했고, 때론 뒤로 가는 듯했고, 시간도 같이 뜀박질하는 듯했다. 안개로 가려진 풍경 속에 시간에 대한 감각도 흐려졌다. 쉬었다. 시간의 개념을 상실하니 장소의 개념도 뚜렷하지 않았다. 상원사에 거의 접근한 것 같기도 하고, 아닌 것 같기도 했다. 다시 내려왔다. 이번에는 걸었다. 뛸 힘이 없었다. 나뭇가지에 입은 상처가 쓰렸다.

급경사를 만났다. 상원사 뒤 가파른 경사면이다. 안개 속이라 상원사는 보이지 않았다. 그들은 몸을 낮추고 주변을 살피며 살금살금 경사면을 내려갔다. 초병들이 있을 것이다. 그들과 만나지 말아야 한다. 초병보다 쟈신들이 먼저 그들을 발견해야 그들 사이로 통과할 수 있다. 귀를 열고, 눈을 열고, 코를 열고, 온갖 감각을 최대한 열었다. 급경사 아래 거무스레한 것들이 보였다. 내려치던 경사에 흐릿하게 보이는 평지다. 상원사다. 안개 속에 보이는 저 거무스레한 것은 상원사 지붕 같았다. 그럼 맨 서쪽이 요사채일 것이고 그곳에 임금이 있을 것이다. 그들은 몸을 낮추고 요사채로 향했다. 초병은 보이지 않았다. 발걸음 소리도 들리지 않았다. 그때였다. 멀리서 비명이 들렸다. 멀지만 날카롭게 들렸다. 분명히 사람 소리였다. 누굴까. 그 소리는 멀었다. 죽어가는 소리였다. 궁금함도 잠시 그들은 모두 칼을 뺐다. "욱!" 그들 중 한 명이 쓰러지면서 빠져나오려는 신음을 꾹 눌렀다. 그래도 비집고 나온 소리가 민망한 듯 머리를 긁었다. 안개가 엉겨 붙은 숲의 바닥은 축축해 미끄러웠다. 미끄러져 부하 한 명이 발목을 삐었다. 더

갈 수가 없어 그 자리에 다리 삔 부하를 혼자 놓고 다시 살금살금 내려왔다. 마지막 심호흡을 한 후 안개 속을 뚫고 요사채로 향했다. 빨랐지만 걸음은 가벼웠다. 마지막 급경사를 펄쩍 뛰어내렸다. 모두 칼을 땅에 박고, 무릎을 꿇으며 착지했다. 그리곤 고개를 들었다. 그러나 그들이 착지한 곳은 상원사가 아니라 옆으로 넓게 가지를 드리운 주목 군락지였다. 주목의 담황색 꽃이 그의 코앞에서 달랑거렸다.

"그럼 여기가 어디란 말인가?"

동봉은 후회했다. 동피골을 떠났어야 했다. 이곳에 너무 오래 있었다. 그들에게 들킨 것이다. 안개를 틈타 그들이 습격해 왔다. 안개에 보이진 않지만, 북쪽 소나무 숲에서 군사들의 발걸음 소리가 들렸다. 사방으로 포위된 것 같다. 동봉은 김 집사와 편대장 네 명을 소집했다. 적에게 포위당했음이 틀림없다. "절대 먼저 공격하지 마라. 현 주둔지가 주변 지역보다 높고 평평하다. 저들이 이곳을 덮치려면 어차피 이곳으로 와야 한다. 경계를 철저히 하고 있다가 우리는 그들을 맞이하여 싸우면 된다. 저들은 이미 우리를 포위했다. 도망하지도 못한다. 죽음을 다해 싸우자. 길이 있을 것이다." 2백의 군사다. 그리고 이곳은 좁은 계곡이다. 1000명의 군사라고 해도 승산이 없는 것은 아니다. 쉽게 당하지는 않을 것이라고 동봉은 마음속을 다잡아봤다. 긴 비명이 하얀 안개를 뚫고 선명하게 들렸다. 그 소리는 날카롭고 선명하게 그의 가슴속으로 들어왔다. 안개 속으로 혼을 보내는 마지막 육체의 발악이다. 무섭다.

남쪽 숲에서 "윽" 하는 비명 같기도 하고 신호 같기도 한 소리가 들렸다. 분명히 짐승 소리는 아니었다. 갑자기 동쪽에서 발걸음 소리가 크게 들렸다. 다가오는 것인지 포위하는 것인지 알 수 없었다. 어둠보다 짙은 안개는 바람 따라 계속 흘러갔고, 흘러간 만큼 흘러왔다. 사라질 것 같으면서 사라지지 않았다. 잠시 후 북쪽 벼루바위 쪽에서 사람이 뛰어내리는 소리가 들렸다. 칼집이 바위에 부딪히는 소리가 발을 디디는 소리에 섞여 날카롭게 울렸다. 몸에 소름이 돋았다. 드디어 공격을 해오고 있다. 모두 칼을 뺐다. 고요했다. 기다렸다. 동봉의 머리에 안개 방울이 엉겨 물방울이 되었다. 물방울이 떨어졌다. 벼루바위 쪽에서 한탄스러운 사람의 소리가 들렸다.

"그럼 여기가 어디란 말인가?"

"너무 많이 내려온 듯합니다. 다시 올라가시지요."

짙은 안개 때문에 우리를 찾아내지 못한 듯했다. 다행이다. 정면충돌은 안 되었다. 오대천이 핏물로 가득할 것이다. 단지 그들만 죽이면 된다. 임금과 상당군과 양정. 산속에서 들려오는 신음 같기도 하고 비명 같기도 한 그 소리는 신호였다. 다시 그 소리가 들리자 그들은 산속으로 들어갔다. 안개가 살렸다. 동봉은 안개가 고마웠다. 기린봉이 보였다. 기린봉을 타고 넘는 산안개는 이젠 안개가 아니라 뭉게구름으로 변했다. 하얀 물결이었다. 초록 봉우리에 하얀 구름은 선명했다. 차차 봉우리들이 하얀 구름을 인 모습이 보였다. 골마다 빽빽했던 안개는 녹듯이 사라졌다. 그들의 임시 거처로 만든 군막이 안개가 걷히자 한눈에 들어왔다. 굽이치는 계곡을 따라 포개진 벼루바위 위로는 가파르지만 낮은 봉우리가 있고, 봉우리 주변 삼면으로 군사들의 임시 군막이 있다. 그리고 벼루바위 바로 아래 주목 군락이 있다. 물가에서 자란 펑퍼짐한 주목들이다.

벼루바위 위 소나무에 기댄 자객이 보였다. 검은 복면을 썼다. 바위 틈에서 자란 소나무의 키는 작았다. 그 뒤로 구름을 머리에 인 비로봉이 보였다. 비로봉을 넘는 하얀 구름이 고왔다. 봉우리에 앉아 있던 검은 복면을 쓴 자가 자신의 주변을 두른 무사들을 둘러보았다. 소나무에 의지한 채 일어났다. 다리가 불편한지 절뚝거렸다. 자신이 들고 있던 칼로 자신의 목을 그었다. 순간이었다. 피가 우통수 샘물처럼 솟아올랐다. 낡은 복면을 벗겼다. 늙었다.


검은 복면을 한 자들은 서대암 우통수 근처에서 자신의 동료가 위엄 있게 자결하는 모습을 멀리서 지켜보았다. 철수하면서 짙은 안개로 말미암아 그를 찾지 못했다. 숭고한 죽음이다. 역사에 길이길이 남을 죽음이다. 그들은 안개 속에서 상원사를 지나 서대암이 있는 능선까지 넘어온 것이다. 그리고 알 수 없는 군사들이 머무르는 동피골까지 갔던 것이다. 임금이 만일에 대비해서 배치한 비밀결사대 같았다. 그는 가슴을 쓸어내렸다. 개죽음을 당할 수 있었기 때문이다. 안개가 도왔다. 고마운 안개다.

상원사에도 안개가 걷혔다. 허규가 피해 상황을 보고했다. "북쪽 5초소의 초병 1명이 죽었습니다. 소피를 보려고 초소를 이탈했다가, 짙은 안개로 자신의 초소로 돌아오지 못하고 헤매다 4초소 초병의 칼을 맞고 죽었습니다. 4초소의 초병도 안개가 너무 짙어 아군인 걸 알아보지 못했답니다." "그럼 자객의 침투는 없었던 거야?" "네! 없었습니다." "안개가 죽였군. 지독하게 밀려오더니만, 그랬었군." 보고를 받는 자리에서 임금이 비로봉을 아직도 넘지 못한 하얀 구름을 바라보며 중얼거렸다. "그런데 호위대장은 어디 가고, 자네가 보고하나?"

이마에 물방울이 떨어졌다. 양정은 차가움에 눈을 떴다. 사스래 나뭇잎 사이로 비집고 들어온 햇빛이 가늘고 길게 숲 깊이 들어왔다. 사선으로 들어온 빛살의 단면은 날카로웠다. 깊은 숲 속에 양정이 누워 있고, 날카로운 빛이 그의 얼굴을 찔렀다. 양정은 주변을 살펴봤다. 주변의 상수리나무와 개암나무가 모두 잘려 있었고, 굴참나무 전나무 신갈나무 따위의 굵은 나무에는 칼자국이 깊게 새겨져 있었다. 물론 그들의 잔가지도 모두 잘렸다. 특히 굴참나무와 전나무에 난 칼자국은 심했다. 양정의 뒤에 있는 밑동이 장정 허벅지 크기의 굴참나무는 얼마나 칼로 찌르고 쳐댔던지 심재心材까지 파여 있었다. 그리고 옆에 있는 굵은 전나무도 칼자국이 촘촘했고, 그 가운데에 양정의 칼이 박혀 있었다. 지름이 10보쯤 되는 크기의 빽빽했던 숲이 둥글게 초토화되어 평평했다. 양정의 옆구리에서는 아직도 피가 흘러내렸고, 얼굴에 흘러내린 피는 굳어 얼굴을 당겼다. 보이진 않지만, 통증으로 보아 등에도 상처가 난 듯했다. 손이 긁히고 찔려 움직이기조차 어려웠다.

칼에 사선으로 베어져 창처럼 뾰족해진 나뭇가지는 양정의 몸을 찌르고 다시 양정은 그 나뭇가지를 사선으로 베어 창을 만들고 하면서 온몸이 자신이 만든 나뭇가지 창에 찔리고 긁히고 베였다. 치열한 싸움이었다. 나무와의 치열한 싸움의 격전지를 양정은 멍하니 쳐다보았다. 아니 나무하고 싸운 것이 아니라 안개하고 싸운 것이다. 오대골을 떠나고 싶다. 어지러움이 심해졌다. 비로봉을 바라보았다. 비로봉에 걸린 뭉게구름이 유난히 하얬다. 하얀 목화송이처럼 몽글몽글 피어올랐다. 구름 정상은 햇빛을 받아 비단처럼 빛났다. 흰 토끼가 귀를 내려뜨리고 두 발을 치켜든 모습 같기도 했다. 그러나 그 모습은 수시로 변했다. 초록의 오대산과 파란 하늘 사이에서 희게 몽글몽글 피어나는 뭉게구름은 고왔다. 진정 저것이 조금 전에 오대골을 휩쓸고 간 그 무시무시한 안개가 맞는가. 한 길 사람 속만 모르는 것이 아니었다.

# 11

"살았다! 오늘도 살았구나. 잘 왔어. 이리 앉아. 예까지 오느라 힘
들었지. 마루에 편히 앉으라니까. 어서 와." 노인은 새실스럽게 마룻
바닥을 손으로 탁탁 치며 앉으라고 재촉했다. "당신은 누구요?" 양정
은 옆구리의 칼 손잡이를 잡고 노인을 노려봤다. 암자 마당에 들어섰
을 때 마루에 가부좌를 틀고 앉아 계곡 아래를 무겁게 내려다보던 노
인이 그들이 들어서자 가볍게 몸을 움직이면서 반겼다. 그는 무거움
과 가벼움을 쉽게 오갔다. 노인은 뜰의 진달래나무보다 작았지만, 그
가지처럼 꼿꼿했다. 얼굴은 검버섯 때문에 벌레 먹은 삼 잎 같다. "난
이 집 주인." "감히 이분이 뉘신 줄 알고……." "아 그러세요. 주인 허
락도 없이 불쑥 찾아와서 죄송합니다." 임금은 양정의 말을 막고 맑
은 표정으로 노인에게 합장의 예를 올렸다. 얼굴은 악의가 눈곱만큼

도 없이 순해 보였으며, 사지엔 임금의 몸을 상하게 할 기운이 없는 늙은이였다. 무엇보다도 머리가 하얬다. 믿지 못할 검은 머리의 짐승이 아니었다.

가파른 산 중턱의 사자암은 솔숲에 묻혀 지척에서도 그냥 지나치기 십상이었다. 단지 상원사와 가느다랗게 이어진 산길이 그들을 안내했다. 가느다랗지만, 그 길은 뚜렷했다. 그 길 끝에 사자암이 있었다. "맹물에 조약돌 삶아 먹고 있었는데, 잘 왔어. 차 마실래? 여긴 차 맛이 좋아. 물이 무겁거든. 무거운 물이 차의 향을 잘 잡아서 향이 머릿속에 오래 남아 머리를 맑게 하지." "네, 고맙습니다." "고맙긴, 산속에 있으니 사람이 그리워. 이렇게 사람 냄새를 맡으면 기분이 좋아. 살아 있음을 느끼지. 오히려 오늘도 살게 해주어서 내가 고맙지. 젊어선 안 그랬는데, 늙으니 점점 더 사람이 그립네." "그럼 저잣거리로 내려가시면 되잖아요?" "내려가봤지. 근데 내려가서 며칠 지나면 다시 산속이 그리워져. 산속 그리움은 사람 그리움보다 훨씬 더 커. 난 어디에 있든 항상 그리워하며 살아야 하나봐. 이젠 저승이 그리워. 곧 갈 거야. 저승은 한 번 가면 다시 올 수 없는 게 좀 흠이긴 하지만, 키키키." 노인이 키득거리자 임금도 따라 미소를 지었다. 처음 보면서 느꼈던 무거움과 가벼움은 삶과 죽음이었다. 노인의 삶과 죽음은 멀리 있지 않았다. 오늘도 그들이 안 왔으면 저승에서 맹물에 조약돌 삶아 먹고 있을 노인이었다. 발밑에서 물 흐르는 소리가 들렸지만, 물줄기는 보이지 않았다. 계곡을 타고 올라오는 바람이 땀을 식혔다. 임금도 눈을 지그시 감고 적삼 속 깊이 바람을 맞이했다. 시원했다. 오랜 만에 느껴보는 평안함이다.

"사자암에 가보시지요. 예서 가깝고 산책길로는 그만입니다." "내 금위절제사 어디 있나?" "제가 모시겠습니다." 호위대장 양정이 나섰 다. "그 몸으로 괜찮겠어요?" 양정은 온몸에 상처가 심했다. 오전의 짙은 안개 속에서 돌계단을 내려가다가 발을 헛디뎌 넘어져 그랬다 고 했다. "겉모습은 흉해도 깊은 상처는 없습니다." 안개가 지나간 오 대골은 깨끗했다. 하늘도 깨끗했고, 마당도 깨끗했고, 숲도 연초록으 로 깨끗했으며, 그곳에 깨끗한 밝은 햇빛이 마당 가득 앉았다. 맑은 숲의 전경을 보면서 상원사 마당을 서성이던 임금에게 큰스님이 사 자암 행차를 건의했고, 임금은 곤룡포를 벗고 호위대장 양정과 사자 암에 온 것이다. 가파른 사면에 난 길은 가늘었다. 사면이 가파르다곤 해도 전나무가 우거져 위험하지 않았다. 오히려 그 사면을 타고 올라 오는 바람은 향긋한 솔 내를 가득 담고 있어 상쾌했다.

"앗 뜨거워. 지금 뭐하고 있어. 찻잔을 내려야지." 노인은 탕관을 들고 댓돌에 서서 소리쳤다. 양정이 두리번거리자 노인이 선반 위를 턱으로 가리켰다. 임금이 양정에게 눈짓을 했다. 양정은 일어나서 찻 잔을 내렸다. "야, 넌 뭐해. 빨리 차탁을 받쳐야지." 임금이 미소를 지 으며 가만히 노인을 쳐다보자 노인이 다시 마루 귀퉁이에 있는 차탁 을 발가락으로 가리키며 소리 질렀다. 순간, 임금은 벌떡 일어나 차탁 을 들고 와 마룻바닥에 팽개쳤다. 차탁 떨어지는 소리에 어디에 숨어 있었는지 다람쥐 한 마리가 쏜살같이 산비탈을 올라갔다. 올라가는 뒷모습이 방정맞았다. "이놈 성질머리하고는, 앉아!" 노인이 소리치자 임금은 앉았다. 그 모습에 양정은 몸 둘 바를 모르고 넘어진 차탁을 세웠다.

노인은 차탁 위에 간장종지 같은 찻잔 세 개와 다관을 놓았다. 다관은 겉면이 거칠었고, 남근처럼 생긴 손잡이만 반들거렸다. 탕관의 뜨거운 물을 다관에 부었다. 흰 명주로 찻잔을 닦았다. 그리고는 기다렸다. 노인이 기다리는 동안 아무도 말을 하지 않았다. 노인의 얼굴에 가벼움이 사라지고 다시 묵직한 기운이 돌았기 때문이다. 다관을 두 손으로 가볍게 감쌌다. 잠시 후 다관의 뚜껑을 열고 차를 넣었다. 노인은 다시 고개를 숙이고 다관을 봤다. 임금은 그냥 그의 행동을 쳐다만 봤다. "됐어." 노인은 잔에 차를 따랐다. 임금은 마셨다. 연초록도 향이 있다면 이것일 것이다. 비릿한 밤꽃 향도 멀리서 났다. 엷은 쓴맛과 떫은맛이 입안을 개운하게 했다.

"차란 놈은 성질이 더러워 물이 너무 뜨거워도, 너무 차가워도 잘 우러나지 않고, 너무 오래 우려도, 너무 짧게 우려도 제맛을 보여주지 않아. 어찌 보면 그 까다로움 때문에 더 매력을 느끼는 것일 수도, 순종하는 여식보다 튕기는 여식을 품었을 때 더 황홀하듯이. 키키키." 임금도 양정도 따라 웃었다. "오늘을 살게 해주어서 고마워." 차를 우려낸 다관에 다시 탕관의 물을 부었다. 그리고 또 기다렸다. 잔에 따랐다. 쓴맛과 떫은맛은 멀었고, 미세한 밤꽃 향은 사라졌다. 안개 낀 5월의 새벽 오대 숲을 응축한 냄새였다. 첫 잔보다 흐렸지만, 혀의 감촉은 좋았다. 다시 차를 우려내어 잔에 따랐다. 초록의 향은 멀리 사라졌고, 새벽이슬에 묻은 것 같은 숲의 향만 가늘게 머릿속을 감돌았다. 혀끝으로는 느낄 수 없는 맛이었다. 다시 우려내고 또 우려냈다. 갓 태어난 강아지의 흐린 입 냄새 비슷한 향을 내며 점차 향이 흐려졌다. 노인은 경건한 의식이라도 치르듯이 계속 차를 우려냈다. 우려낸 횟수가 늘면 늘수록 차 맛은 흐렸고 물은 식어갔다. 임금은 그 흐려지는 차향을 잡고자 한 모금 한 모금을 혀끝으로 헤집었다. 사라지는 것에 대한 집착, 아니면 아무것도 없던 그때로 돌아가고 싶은 욕망.

"마지막이다." 노인은 임금에게 차를 따라주었다. 임금은 마지막 잔을 마셨다. 아무것도 없었다. 아무리 혀끝으로 입안을 헤집어도 향기도 물도 없었다. 입안으로 들어간 찻물은 아무런 감촉도 없이 사라졌다. "찾지 마, 모든 것이 사라졌지, 향도 물도 혀도 없어졌어." 눈을 지그시 감고 마지막 찻물 속에서 무엇인가를 찾으려는 듯이 입을 오물거리는 임금을 보고 노인이 말했다.

"첫 잔의 그 향이 마지막 향을 다 빼앗고, 찻물은 식어 몸에 흐르는 혈의 온도와 같아서 혀로 물의 흐름을 느낄 수 없는 거야. 아무것도 없지." 그랬다. 분명히 찻물을 입안에 넣었는데, 아무것도 느낄 수 없었다. "그만 찾으라니까. 너 그러다가 중 된다. 그것을 찾으려고 하다가 중 된 사람 많아. 그 맛을 찾으면 마음이 극락정토를 넘나든다는데. 키키키." 노인은 옆에 있던 주장자를 들어 임금의 어깨를 내려쳤다. 순식간에 일어난 일이다. 눈을 지그시 감고 있던 임금이 놀란 눈을 동그랗게 뜨고 노인을 쳐다봤다. 양정은 칼을 뺐다.

"그들을 찾아야 합니다." 김 집사의 말에 동봉의 마음은 혼란스러웠다. 용기와 무지는 저잣거리에서 떠도는 말처럼 가슴에서 스칠 듯 스치지 않고 지나는 바라의 틈처럼 가까운가. 용勇과 무無의 거리처럼 우주를 사이에 둔 먼 것인가. 관계 또한 물 위에 떠다니는 촛농인가. 불을 밝히는 촛농인가. 오대산 입구에서 행차를 공격한 그들은 진정한 용사들인가. 귀신에게 혼을 맡긴 채 떠도는 광인의 집단인가. 20명으로 2천여 명이 호위하는 임금을 공격한다는 것은 깊든 가볍든 사유에서 나온 행동이기에는 너무 마구잡이였고, 그렇다고 대놓고 미욱쟁이들이라 몰아붙이기에는 너른 옥수수 밭에서 목표를 향해 치닫던 그들의 행동이 일사불란했다. 20여 명이 소나무 숲에서 횡대로 튀어나올 때는 수천의 군사가 그 뒤를 따를 듯 맹렬하여 호위군사들에게 지레 겁을 주고, 달리며 동그랗게 모인 기마병은 거대한 바윗돌이 되어 목표를 향해 돌진했다.
"죽은 시어머니도 동지섣달 맨발로 물 길을 때는 아쉽다고 했습니다. 그들이 누군지 몰라도 그들도 우리와 오대산에 온 목적이 같음을 안 이상 그들과 손을 잡아야 합니다. 그들은 북쪽 상왕봉 나옹대 부근에 있는 듯합니다." "배필도 없이 10여 년을 떠도는 저에게 시어머니는 비로봉 넘는 구름보다 더 멉니다. 당연히 동지섣달 맨발로 물을 길을 때 시어머니의 필요성이 얼마나 사무친지 가늠이 가지 않습니다."

김 집사에게 생억지를 부려서라도 만나고 싶지 않았다. 근본을 알 수 없는 자들이었다. 그들과 손을 잡고 이번 거사를 치른다면 후세가 어떻게 해석할지 장담할 수 없었다. 현재는 결과만 중요시하지만, 역사는 항상 과정만 중요시했다. 역사 속에서는 항상 인因과 연緣만 뜻을 둘 뿐 과果는 똥 친 막대기 취급을 했다. "대감이 그들과의 만남을 꺼리는 이유를 모르는 바 아닙니다. 그러나 그들과 손을 잡지 않더라도 그들을 꼭 만나야 합니다. 오대산 입구에서 그랬듯이, 그들이 앞으로 어떠한 행동을 할지 모릅니다. 그러면 우리의 계획이 수포로 돌아갈 수 있습니다." 김 집사가 그들의 은신처를 알아냈다. 엊그제 부식 장만하러 진부 장터에 나갔다가 주목을 파는 도끼목수가 그들의 목격담을 늘어놓는 것을 듣고, 곧바로 나옹대로 무사를 보내 그들의 은신처를 확인했다. 목수는 상왕봉에서 주목을 짊어지고 내려오다가 나옹대 근처 계곡에서 연기가 피어오르는 것을 보고 가까이 가보니 칼을 찬 무사 몇이 감자를 구워 먹고 있어서 도망 왔다고 했다. 상왕봉의 주목은 전국의 목수들이 탐냈다. 특히 봉 정상의 사나운 비바람에 땅을 기듯이 자란 주목은 차탁으로 용이하게 쓰여 계곡에서 반듯하게 자란 주목보다 비싼 값을 받았다. 오대산 산하촌인 진부에는 주목을 캐어 연명하는 도끼목수들이 많았다. 진부 장날에는 이곳저곳에 꾸부정하게 누워 있는 주목을 심심찮게 볼 수 있고, 강릉 원주 멀게는 한양의 각수장이들이 모여들었다. 나옹대에서 곧바로 내려치면 상원사다. 요사채는 숲과 맞닿아 있다. 오대산 입구에서의 그 맹렬함으로 내려치면 그들의 목적하는 바가 불가능한 것은 아니다. 가능성이 있으면 내려칠 그들이다. 그들에게 임금을 빼앗길 순 없다. "그럼 그들의 정체나 알아봅시다." 동봉은 김 집사를 비롯한 무사 여섯을 거느리고 나옹대로 향했다. 나옹대는 북쪽 상왕봉 아래 팔부 능선 부근에 있다. 동대산과 상원사 뒤 봉우리 사이에 형성된 신선계곡의 시발점이기도 하다. 상원사를 두른 호위군사를 피하고자 동대봉 중턱으로 돌아갔다. 신선계곡은 숲이 울창하여 음침했다. 신선보다 도깨비가 터를 잡으면 더 어울리는 계곡이었다. 어제 내린 비로 계곡에 내려치는 물살이 바위에 부딪히고 넘으며 허옇게 일었다. 한 시진쯤 오르니 거친 물살은 사라지고 가는 물줄기만 바위틈 속으로 사라졌다 나타났다 했다. 계곡을 덮은 나뭇잎들은 한낮에도 햇빛을 가려 바위마다 푸른 이끼를 키웠다.

한동안 보이지 않던 하늘이 보였다. 주변의 생나무들이 베어졌고, 넓은 바위 위에 그 생나무를 엮은 움막이 있다. 그들의 은신처다. 허술했다. 지은 지 4, 5일 정도밖에 안 되었는지 시든 푸른 잎이 아직도 달려 있다. 어디에 갔는지 아무도 없었다. 동봉은 부하들과 함께 바위에 앉아 그들을 기다렸다. "탁탁 드르륵." 계곡 아래서 무엇인가가 바위에 부딪히는 소리가 들렸다. 분명히 사람의 인기척이다. 한두 명이 아닌 것 같았다. 소리의 정체가 점차 가까워지더니 그들이 보였다. 계곡을 따라 한 줄로 오르고 있었다. 한 발 한 발 옮기는 것이 힘들어 보였다. 모두 고개를 푹 숙였으므로 그들의 정수리만 보일 뿐 얼굴은 보이지 않았다. 발을 옮기면서 무릎을 팔로 누르려고 상체를 숙일 때마다 칼집이 바위에 부딪힌 것이다. 아무도 말을 하지 않았다. 그들이 10보 가까이까지 접근했지만, 어느 누구도 고개를 들지 않고, 넋은 산 아래 놓고 몸만 오르는 것처럼 걸었다. 계속 걸었지만 지친 걸음은 보폭이 좁아 다가오지 못하고 발만 옴짝거리는 것 같았다. 동봉이 바위에서 일어났다.

"난 동봉이오. 당신들의 수장을 만나고 싶소." 동시에 그들이 얼굴을 들어 쳐다봤다. 모두 늙었다. 그리고 동시에 칼을 빼서 두 손으로 움켜쥐었다. 칼을 든 팔이 흔들거렸다. 모두 지쳤다. 온몸의 기를 눈으로 모아 부릅뜨듯이 올려 뜬 눈빛은 보이지 않았고, 올려다보는 이마 주름 골이 눈보다 더 깊고 짙었다. "난 당신들이 필요해서 왔소. 내 보기엔 당신들도 우리를 필요로 할 것 같은데……." "동봉 이놈! 내 익히 네 소식을 들어 알고는 있었는데, 이렇게 얼굴을 보다니. 그 저잣거리에서 유명한 신동 김오세의 얼굴을, 역적의 자손인 도(세종)란 놈에게서 성은을 받았고, 그의 아들 향(문종)이란 놈에게 벼슬을 받았다는 그 위인. 조상이 주신 천능을 그런 역적들을 위해 쓰다가 이젠 그들로부터 버림을 받고 산속을 헤매고 돌아다닌다는 소식을 들었는데, 이런 깊은 산속에서 만나다니. 그래 이렇게 손수 죽으러 찾아온 모양인데 내 기꺼이 죽여주마. 이 조선의 종놈아!" 우두머리인지는 모르지만, 그중 한 명이 잠긴 목소리로 띄엄띄엄 말했다. 그들은 모두 열한 명이었다. 목소리는 목울대도 울리지 못하고 튀며 찢어지며 목구멍을 어렵게 비집고 나왔다. 계곡을 따라 불어오는 돌개바람에도 불안해 보이는 자세였다. 동봉은 계곡 좌우를 훑어보았다. 다른 일행은 없는 듯 바람만 초록 잎을 흔들었다. 칼을 뽑아 들고 그들과 대치하던 김 집사를 밀치고 동봉은 그들을 향해 걸어갔다. 빈손인 동봉의 접근에도 그들은 뒷걸음치다가 그들 중 한 명이 바위에 걸려 넘어지자 그 뒤를 따르던 다섯 명도 줄줄이 바위 위로 넘어지면서 굴렀다.

"더 가까이 오면 진짜로 죽이겠다." "당신들은 누구요? 당신들이 오대산 입구에서 임금 행차를 공격했소?" 동봉은 그들에게 물었지만, 그들의 대답도 듣기 전에 그동안 간직했던 의문이 풀렸다. 오대산문에서 20여 명으로 1000여 명이 호위하는 행차를 공격한 이들의 행동은 용도 무도 아닌 광기였다. 저들의 눈빛에는 광기만 있고 이성은 없었다. 누굴까? 동봉은 궁금했다. "그렇다. 현 조정의 역적들을 등지고 산속으로 떠돈다더니 언제 그 역적들에게 또 빌붙어 이렇게 첩자질하고 다니나. 천하의 동봉이. 내가 누군지 궁금한가. 그럼 가르쳐주지. 난 고려의 충신 '김' 자 '진양'의 손자 '김~대~오' 다."


임금의 옥체를 건드리다니 살려둘 수 없었다. "그냥 앉게!" 칼을 빼들고 선 양정에게 임금이 말했다. 임금을 따라 마신 차 맛은 양정에게는 밍밍했다. 오랫동안 양반 다리로 앉아 있다가 갑자기 일어나자 머리가 어찔했다. 버티고 서 있는 양정에게 임금은 다시 한 번 큰 소리로 앉으라고 했다. "이놈 성질머리도 보통이 아니구나. 사람 여럿 잡았지? 저 눈깔 봐!" "이 조용한 산사에서 소란을 피워 죄송합니다." 임금은 웃으면서 노인에게 사과했다. "그런데 스님입니까?" 걸친 옷은 승복인데, 삼베 같은 머리를 뒤로 질끈 한 번 묶은 것이 헷갈렸는지 임금이 물었다. "예전에 중질했는데, 지금은 안 해." "그러셨군요." 양정은 마루 끝에 걸터앉아 주변을 보았다. 따라온 호위군사들이 암자를 둘렀다. 자신의 침침한 눈에도 저들이 보이는데 이 노인네는 저들을 못 보고 있다. 임금을 유람 온 한낱 유생쯤으로 여기는 듯했다. 아무리 알지 못하고 행한 짓이라고 해도 그렇지 임금의 옥체를 건드린 것은 용서할 수 없는 것인데, 임금은 그를 말렸다. "잘 마셨습니다." "갈려고? 좀 더 있다가 가지 그래? 이곳에 혼자 있으면 살았는지 죽었는지 헷갈릴 때가 잦아. 이렇게 사람이 찾아오면 그제야 내가 살아 있다는 것을 알 수 있지." 그래서 노인은 그들을 보자마자 살았다고 외친 것이다. 암자는 대문이 없었다. 댓돌을 내려와 대여섯 발만 옮기면 소나무 숲이었다. 소나무 숲 아래로 계곡 따라 길게 전나무 숲이 내려다보였다. 임금이 일어나면서 노인에게 인사를 했다. 노인이 인사를 받고 손을 흔들면서 말했다.

"유야, 잘 가."

김진양은 대관령 아래 첫 동네 강릉 성산에서 죽었다. 조선왕조가 들어서며 태형을 받고 강원도로 유배되던 그해를 넘기지 못하고 태형 장독으로 죽었다. 고려의 5백 년 역사는 가늘고 길었다. 충렬왕, 충선왕, 충숙왕, 충혜왕, 충목왕, 충정왕 들은 한 나라의 왕이면서 그 누구에게 충성하였다. 왕명에 쓰인 충 자는 유목국가인 중원의 원에게 충성을 뜻하는 돌림자다. 엄밀히 따지면 고려왕조는 5백 년 동안 이어져온 것이 아니다. 왕이 반도 밖의 그 누구에게 충성했으니 백성은 어찌 되었을까. 치욕이 길면 치욕이 곧 삶이 되는데, 치욕은 끊겼다 이어졌다 하면서 백성의 정신과 육체를 농락했다. 왕이 왕이 아니니, 신하도 진정한 왕을 찾아 원의 조정과 결탁하여 새로운 세력을 형성했고, 나라의 다스림을 받지 못하는 반도의 백성은 이 새로운 세력에게 산맥을 경계로, 강을 경계로 지배당했다. 산맥을 경계로 강을 경계로 다스림을 받는 백성에게는 법이 없었고, 도리가 없었다. 그것은 지배하는 자들의 몫이었다. 백성을 다스리는 그 도당들은 질기게 지독했다. 세금의 명목으로 소출의 8, 9할을 걷어가는 것은 예사였다.

원이 무너지자, 왕명을 고치고, 조정을 수습하여 백성에게 눈을 돌리니, 이미 반도를 조각내어 엉뚱한 세력들이 다스리고 있었다. 왕이 한탄만 하고 있을 때, 지방의 새로운 지식을 가진 자들이 나타나 세력을 키웠다. 백성은 그들을 따랐다. 그 새로운 세력의 중심에 김진양이 있었다. 민심을 얻고, 왕의 신임을 얻은 그 세력은 빠른 속도로 성장하여 백성의 피를 말리던 그 도당들을 몰아냈다. 그러나 그들이 이미 오랜 세월 동안 반도를 엉망진창으로 만들어놓아 수습하는 것이 그리 수월치만은 않았다. 새로운 세력은 이번 기회에 모든 것을 뒤집고, 새로운 세상을 만들어보자는 급진세력과, 새로운 제도를 만들고 그 제도에 새로운 인재를 투입하고 백성을 교화하여 차근차근 5백 년 고려의 전통성을 이어가자는 보수세력으로 나뉘었다. 김진양은 후자에 속했다. 끝내 좋은 세상 만들자는 공동의 목표를 가지고 이들은 싸웠고, 급진세력이 장악하여 김진양은 태백산맥을 넘어와 죽게 된 것이다. 그리고 급진세력은 고려왕조를 무너뜨리고 조선을 세웠다. 급진세력이 일으킨 급물살은 세찼다. 그들은 왕 씨의 마지막 왕인 공양왕을 옥좌에서 끌어내리고, 그 자리에 이 씨를 앉혔다. 그리고 왕 씨와 이 씨는 반도에 공존할 수 없다 하며, 강화도를 내줄 테니 그곳에서 왕 씨는 따로 삶을 유지하라 하였다. 세상이 바뀌어 불안에 떨고 있던 왕 씨들은 이 말을 믿고 강화도로 모였다. 5백 년 동안 반도를 다스린 왕 씨는 많았다. 교접을 하여 낳은 왕 씨도 있었지만, 권력에 가까이 하려는 의도로 만들어진 왕 씨가 더 많았다. 그 많은 왕 씨가 강화도에 모두 모이자 그들을 강화 앞바다에 수장시켰다. 그해 시체를 뜯어 먹은 서해의 통통한 꽃게는 노란 알이 여물게 슬었다. 그물에 걸린 그 꽃게는 소금에 재어, 이 씨 왕궁은 물론, 반도에 흩어져 있는 5일장으로 보냈다.

동봉은 허탈한 표정으로 그자들을 쳐다보다가 돌아서 계곡 아래로 발길을 돌렸다. "원숭이로 태어나면 태어난 자체로서 원숭이가 되고,

뱀으로 태어나면 태어난 자체가 뱀이 되며, 개로 태어나면 태어난 자체로 죽을 때까지 개로 살지만, 인간은 인간으로서 태어났다고 하여 모두가 인간이라 할 수 없는 것이 미물과 인간의 차이점인 것을, 그러기에 인간으로서 태어나 인간이 되기 위한 도리……, 인간으로서의 도리인 충, 효, 신, 의가 저 하늘의 태양처럼 아직도 성성하거늘, 어찌하여 한낱 사리사욕에 정신이 흐려져 당신들은 충을 죽이고, 의를 자르고, 효를 묻고, 신을 버려 인간이기를 포기하느냐. 5백 년 동안 충효로 섬기던 왕조를 무지의 날짐승 같은 힘으로 서해에 수장시키고……. 대역적놈……. 그들을 섬기고……. 고려의 백성…… 불쌍한……." 목울대도 울리지 못하여 찢어지고 째진 음성이 돌개바람 속에 섞여 한동안 들리다가 숲 속으로 사라졌다가 또다시 동봉의 머릿속으로 들어왔다. 멀리서 들리던 음성이 가슴속으로 들어왔다. '숲 속의 거미줄보다도 더 가는 끈을 잡고 저들은 지금 뭐하자는 것인가.' 벌써 70여 년이 흘렀다. 아니 전설이 된 줄 알았는데 100년도 안 되었다. '5백 년의 정통성을 지키려 하는 저자가 저리 무모해 보이는데, 고작 80년도 안 되는 정통성의 무너짐에 분노하고 한탄하며 10여 년을 방랑생활을 하는 나는…….' 동봉은 뒤돌아 상왕봉을 바라보았다. 충, 효, 신, 의 네 글자가 오대산 속을 날아다녔다. 그냥 소리로만 허깨비처럼 날아다니는 듯했다.

임금은 내려오던 길을 멈추고 돌아섰다. 돌아보면서 스친 상왕골

계곡이 빙그르르 돌았다. 어쩔했다. 손으로 소나무를 짚었다. 송진이 끈적였다. 노인은 댓돌에 서서 휘청거리는 임금을 바라보고 있다. 계곡 바람에 가볍게 펄럭이는 먹물 옷과 다르게 그의 눈빛에 측은지심이 스쳤다. "내 이름을 어찌……. 그럼 짐이 누군지 알고 있었단 말인가." 임금은 소나무에 기대고 눈을 부릅뜨며 들이질렀다. "그럼 내가 바보냐. 조용한 오대계곡을 이렇게 소란스럽게 만들어놓았는데, 그것도 모를까봐. 호랑이도 없는 이 산속에 뭐가 무서워서 저리 졸개들을 끌고 다니는지. 그리고 엊그제 진명이가 와서 말하더라, 니 왔다고. 하여튼 잘 가. 한양 가기 전에 시간 되면 또 와. 하긴 오늘 밤도 어떻게 될지 모르는 늙은인데……." "저 무례한 놈을 제가 잡아오겠습니다." "그만두어라!" "전하!" "그만두래도!" 임금은 잡았던 소나무에서 손을 떼면서 상원사로 발길을 다시 옮겼다. '유가 누구인가? 유는 내가 아닌가. 그럼 나는 어디에 갔다 온 걸까. 난 수양대군도 아니었고, 전하도 아니고 임금도 아니다. 난 유다. 몇십 년 만에 찾은 나인가. 나는 나다.' 임금은 속으로 웅얼거리며 비척비척 산을 내려왔다.

유란 이름을 가장 많이 불러준 사람은 그의 어미도, 아비도 아니다. 그렇다고 하여 그의 형제들도 아니었다. 왕족으로 태어나면서부터 얻게 된 벼슬의 이름으로만 불리었다. 하지만 홍위만은 유란 이름을 좋아했었다.

"유 숙부 어디 가요?" "홍위구나. 인왕산에 호랑이 잡으러 간다." "내가 김 내관에게 물어봤는데, 인왕산에 호랑이 없대요." "내 잡아오면 어쩔래?" "그럼 같이 가요." "안 돼." 안 되었다. 당연히 안 되는 일이었다. 숙부란 호칭도 안 되었고, '홍위'라는 이름을 부르는 것도 안 되었다. 그때 홍위는 여섯 살이지만 세자였고, 그는 대군이었다. 그러나 홍위는 외로웠다. 그는 글을 깨치면서부터, 아니 옹알이할 때부터 할아버지인 세종에게서 왕의 수업을 받았다. 그러나 홍위는 마음이 여렸다. 계절의 지나다님을 지나치지 않고 유심히 봤다. 뜰에 핀 매화를 보고, 진달래를 보고, 목련을 보고, 수국을 보고, 국화를 보고 그냥 지나치지 않았다. 굴뚝 뒤에서 울고 있는 궁녀를 보면 자신도 눈물을 흘렸다. 이유야 어쨌든 그 모습을 보고 멀리서 눈물을 흘리는 그였다. 그런 어린 상왕만은 살리고 싶었다. 그러나 그가 살아 있으면 앞으로 얼마나 많은 백성들이 헛된 명분 속에 죽어가야 할까 생각하면 괴로웠다. 어린 상왕이 영월로 유배되었어도, 상왕 복위 시도는 끊이지 않았다. 성황당에 치성 드리듯이, 부처 앞에서 머리 조아리듯이, 부모님 묘 앞에서 3년 시묘하듯이, 백성들은 어린 상왕을 마음속으로 보듬기 시작했다. 이룰 수 없기에 염원은 간절했다. 백성의 간절한 염원은 임금의 마음을 찢었다. 결단을 내렸다. 끝내 임금은 어린 조카를 죽였다. 그때 임금의 눈에 서린 핏발은 그가 죽을 때까지 가시지 않았다.

윤 씨 부인은 조가비 같은 돌을 돌탑 위에 올리고, 합장하며 나무를 올려다봤다. 굴참나무 줄기는 검었다. 검은 가지 끝에 연녹색 잎이 드문드문 붙어 있었다. 잎을 달지 못한 삭정이도 많았다. 죽어가는 나무였다. 그 뒤로 전나무가 쓰러져 썩어가고 있었다. 초록의 이끼가 나무통을 감쌌고, 이끼 위로 풀과 어린 나무들이 자랐다. 썩어 뚫어진 구멍은 새끼 곰이 지나다닐 수 있을 만큼 컸다. 그 속에 다람쥐와 이름을 알 수 없는 검은 새가 자리를 번갈아가면서 들락날락했다. 새는 썩은 나무 속에서 애벌레를 찾았고, 다람쥐는 자기가 숨겨놓은 열매를 찾는 듯했다. 새가 썩은 나무를 부리로 쪼자 하얀 애벌레들이 나무 속에서 굴러떨어졌다. 어디서 지켜보고 있었는지 애벌레 무리를 향해 열댓 마리의 새들이 삽시간에 모여들었다. 새들이 모여들자 개암나무 숲에서 오소리가 다가왔다. 새들이 날아갔다. 새들이 날아간 자리를 오소리가 앞발로 긁었다. 썩은 나무는 쉽게 찢겼다. 찢긴 썩은 나무 속에는 애벌레 무리가 하얗게 고물거렸다. 썩어 쓰러진 나무는 죽은 것이 아니라 또 다른 세상을 만들어 온갖 생명을 키우고 있었다.

윤 씨 부인은 합장을 하고 고개를 숙였다. "살아 있을까. 살아 있으면 지금 어디서 무엇을 할까." 윤 씨 부인은 영의정의 집에 들어오고 5년이 지난 어느 날, 보은에 갔었다. 보고 싶었다. 아들의 얼굴을 한 번 보고 싶었다. 자신이 어머니라고 밝힐 수 없지만, 손이라도 한 번 만져보고 싶었다. 그러나 아들을 맡긴 그의 노비는 그가 간다고 했던 보은 태평에 없었다. 태평 마을 사람들에게 혹시 스쳐 지나가지는 않았나, 잠시 살다가 다른 곳으로 이사하지 않았나, 물어도 한결같이 그해는 물론 그 이후로도 그런 사람이 동네에 찾아오지 않았다 했다. 그때, 찾기를 포기하고 법주사에 들렀다. 심란한 마음을 달랠 겸 해서였다.

"그 아이에게 다가가지 마세요. 그 이유는 부인이 더 잘 아실 것입니다. 그럽다 하여 다가가면 그 아이는 죽습니다. 핏줄에 끌려 애련함에 다가가면 그 아이의 몸속에 흐르는 따뜻한 피는 차갑게 식습니다. 아이는 건강히 잘 있습니다. 어디에 있느냐고 묻지 마세요. 알고 있으면 더 고통스러울 뿐입니다. 때가 되면 부인과 만나게 해드리겠습니다. 이 모든 것이 믿기지 않겠지만 믿으셔야 합니다. 그래야, 둘 다 살 수 있으니까요." 윤 씨 부인은 아무 말 없이 한양으로 돌아왔다. 그때, 그렇게 돌아오는 마음은 편했다. 믿었다. 그러나 그때가 언제인가. 윤 씨 부인도 늙어간다. 그럼 그때의 만남이란 저승에서의 만남인가. 윤 씨 부인은 다시 돌멩이를 집어 조가비 같은 돌 위에 올려놓으려는데, 돌탑이 무너졌다. 그 순간 무엇인가가 관자놀이로 날아왔다. 아찔했다. 고개를 돌렸다. 무구였다. 그녀의 발밑에 떨어진 것은 돌배 크기의 돌멩이였다. "왜 할머니 돌탑을 무너뜨렸어!" 무구가 사자암으로 이어진 길 위에 서서 증오 가득한 얼굴로 그녀를 향해 독장쳤다. 관자놀이에서 볼을 따라 무엇인가가 흘렀다. 윤 씨 부인은 무구의 행동을 그냥 쳐다만 봤다. 볼을 따라 흐르던 것이 턱에 한동안 머물다가 버선 위로 떨어졌다. 피였다. 떨어진 피는 하얀 버선으로 스며들었다. 버선은 순간 겨울에서 봄으로 발갛게 피어났다. 그녀는 무구 곁으로 한 발 한 발 다가갔다. "오지 마! 이 악마야." 무구는 뒤로 물러서면서 다시 돌멩이를 들어 그녀에게 던졌다. 이번에는 너무 큰 돌멩이라 그녀의 발아래로 떨어졌다. 그녀는 아랑곳하지 않고 무구 곁으로 계속 다가갔다. 무구는 뒷걸음쳤다. 증오로 가득했던 무구의 얼굴은 어느새 겁에 질려 있었다. "내가 왜 저 애의 악마가 되었을까?"

"대감, 내가 누군 줄 아나?" "전하, 그것이 무슨 말씀이신지요?" "내가 유일세. 하하하." 임금이 내려온다. 임금의 목소리가 숲에서 들렸다. 그는 숲을 향해 물었다. 웃음이 먼저 내려오고 그의 질문이 뒤따라오더니, 몸은 야위었지만 밝게 웃으며 전나무 뒤에서 임금이 나타난다. 오랜만에 보는 밝은 용안이다. 처음 옥좌에 올랐을 때도 저렇게 밝지 않았다. 한 나라의 군주가 귀신을 향해 머리 조아리고 오솔길을 따라 흔들흔들 웃으며 내려온다. "백성의 어버이이시며, 이 나라의 주인인 옥체이며 보체寶體입니다. 대왕이십니다." "아냐, 난 향의 아들 유야. 도의 동생이지. 방원이 내 할아버지고, 알겠나?"

무구는 할머니의 돌탑을 무너뜨린 그녀가 미워 홧김에 돌을 던졌는데, 그만 그녀의 머리에 맞았다. '고양이처럼 죽으면…….' 무구는 그 생각을 털어내고자 고개를 흔들었다. 돌을 맞은 그녀는 정신을 잃었는지 피 흘리는 얼굴로 멍하니 무구만 바라봤다. 다행히 죽지는 않았다. 그러나 그녀의 피 묻은 얼굴은 사천왕상보다 더 무서웠다. 그녀가 그의 곁으로 다가왔다. 그녀의 혼은 동대봉 소나무에 매어두고 몸만 내려온 듯 두 눈의 초점이 흐렸다. 무구는 다시 돌을 집어던졌다. 그래도 물러나지 않고 계속 걸어왔다. 무구는 돌아서서 숲 속으로 뛰었다. 계속 뛰었다. 그의 어깨를 그녀가 금방이라도 잡을 듯하여 뒤도 돌아보지 않고 뛰었다. 피로 얼룩진 얼굴, 초점을 잃은 두 눈, 땅을 끌 듯이 걷던 귀신 같은 걸음걸이. 무서웠다. 돌부리에 걸려 넘어져도 다시 일어나 뛰었다. 할머니에게서 말로만 듣던 지옥의 악마 같았다. 무구는 지쳐 쓰러졌다. 뛰어올라온 길을 봤다. 그녀는 쫓아오지 않았다.

적멸보궁.

이곳은 악마가 접근 못하는 곳이다. "스님, 이곳엔 왜 부처님이 없나요?" "부처님이 없는 것이 아니라 진짜 부처님이 있는 곳이다. 상원사와 월정사의 부처님은 가짜고 이곳에 계신 부처님이 진짜란다." 무구는 적멸보궁 문을 열었다. 역시 부처님은 없었다. 보고 싶다. 한 번만이라도, 어디에 있을까.


윤 씨 부인은 숲 속으로 사라지는 무구를 흐려진 눈으로 보았다. 닦지 않은 눈물 때문에 무구가 초록 안개 속으로 녹아드는 것 같았다. 무구가 사라지자 그녀는 눈물을 닦았다. 눈물을 닦은 손등에 핏물이 묻었다. 왼쪽 관자놀이를 만져봤다. 머리에 피가 엉겼다. 그제야 통증이 느껴졌다. 고개를 들어 하늘을 봤다. 아름드리 전나무 숲 사이로 보자기만 한 파란 하늘이 보였다. 두 손으로 얼굴을 닦았다. 피와 눈물과 땀이 섞여 눈이 아렸다. 피는 계속 흘러내렸다. 그녀는 왼손으로 상처 부위를 누르고 군막으로 내려갔다. 돌탑에서 쓰러진 돌들이 길을 막았다. 그녀는 발로 돌을 돌탑 근처로 모았다. 다시 쌓았다. 썩은 나무에서 벌레를 파먹던 오소리는 나무에 그의 발톱 흔적만 남기고 어디론가 사라졌다. 다람쥐는 여전히 나무의 뚫린 구멍에서 무엇인가를 열심히 찾고 있다가, 그녀가 쳐다보자 다람쥐도 그녀를 쳐다봤다. 앞발을 입에 대고 무엇인가를 열심히 씹는 듯 볼이 오물거렸다. 그녀를 쳐다보는 다람쥐의 눈은 새까맣고 맑았다. 그녀는 쌓던 돌을 다람쥐에게 던졌다. 쏜살같이 개암나무 숲으로 사라졌다. 보고 싶다. 한 번만이라도, 어디에 있을까.

　동봉은 동대 능선으로 향하지 않고, 곧바로 상원사로 내려왔다. 나옹대 능선을 따라 내려오면 상원사가 있다. 상원사 뒤 봉우리 정상에 섰다. 정상 부근에는 도토리나무와 키 작은 굴참나무가 섞여 있다. 그 아래로 소나무 숲이 있고, 소나무 숲 아래에 펼쳐진 전나무 숲 속 망루가 멀리 보였다. 망루 바깥에도 호위병이 있다고 했다. 그러나 그들은 숲에 가려 보이지 않았다. 산 사면을 조용히 내려갔다. 그들보다 먼저 그들을 발견해야 한다. 망루와 바깥 호위병과의 거리가 50여 보 된다고 했다. 예견되는 지점이 가까워졌다. 한 걸음 한 걸음 조심조심하였다. 소나무와 굴참나무가 우거져 관목은 드문드문 자라 시야가 어느 정도 확보되었다. 잎 넓은 개암나무 숲에 몸을 가리고 멈추었다. 김 집사가 조심스럽게 동봉의 옆구리를 치며 손가락으로 무엇인가를 가리켰다. 소나무에 걸어놓은 도롱이였다. 호위병들은 보이지 않았다. 그러나 그 근처에 있을 것이다. 그들의 정체가 드러날 때까지 기다렸다. 드디어 도롱이를 걸어놓은 소나무에서 오른쪽으로 3보 정도 떨어진 떡갈나무 숲에서 호위병 두 명이 일어나 똑같이 기지개를 켰다. 김 집사를 오른쪽으로, 문경무사를 왼쪽으로 보내 호위 간격을 알아보도록 했다. 김 집사와 문경무사가 돌아왔다. 호위 간격은 약 40보 정도 되었다. 김 집사가 칼을 뺐다. 그러자 나머지 무사들도 칼을 뺐다. "공격." 김 집사의 명령에 무사들이 고함을 지르면서 호위병에게 달려들었다. 호위병들은 벗어놓은 칼을 잡기도 전에 무사들의 칼에 찔렸다. 그러나 단칼에 죽이지 않았다. 칼에 찔린 호위병은 주변 호위병들에게 도움을 요청하듯이 괴성을 질렀다. 죽음 직전의 소리는 간절했다. 주변의 호위병들이 그들을 향해 돌진해 왔다. 그 호위병들도 두 명씩 짝을 지어 양쪽에서 다가왔다. 그들을 숨어서 기다리던 무사들이 그 호위병들을 찔렀다. 역시 그들도 단칼에 죽이지 않았다. 그들 역시 소름 끼치는 괴성을 질렀다. 그 소리는 서대 능선에 부딪히고, 동대 능선에 부딪히고, 북대 능선에 부딪혀 상원사 골을 빠져나가지 못하고 맴돌았다. 모두 죽음이 가득 서려 있는 비명을 들었을 것이다. 동봉은 개암나무 숲에서 이를 지켜봤다. 일행은 다시 산으로 올랐다. 죽지 못한 그들은 계속 소리를 지르며 도움을 요청했다. "내가 호위 초병을 공격하여 위험을 조성할 테니, 대감께서는 그것을 빌미로 임금을 설득시켜 작전을 수행하면 됩니다." 생각보다 작전은 수월했다.

달이 없어 별이 밝았다. 한양에서 보아온 총총한 별들이 아니었다. 별빛들이 검푸른 하늘에 층층이 번졌다. 밝아서 가깝고 크며 흐려서 멀고 작게, 군단을 이루어 소란스럽고 때론 흩어져 외로운, 각양각색의 별빛 때문에 오대산의 밤하늘은 평면이 아니라 거대한 입체였다. 그는 달 없는 산길을 걸었다. 숲은 검었지만, 숲 속으로 난 좁은 길이 희미하게 보였다. 초병이 있는 곳에서 큰기침을 했다. 초병은 어둠 속에서 그에게 부복했다. 축시경에 지나갈 것이니 그리 알라고 초병에게 미리 귀띔을 했다. 계곡의 밤은 바람 한 점 없었다. 가끔 밤새가 푸덕거릴 뿐 숲은 고요했다. 낮보다 더 길이 길게 느껴졌다.

어두운 숲길을 오래 걸어와서 그런지 달빛도 없는 암자의 마당이 희읍스름하게 선명했다. 댓돌 위로 올라가면서 칼을 뺐다. 지붕 위에서 날짐승의 발소리가 부산하게 들렸다. 다람쥐인지 들쥐인지 고양이인지 알 수 없었다. 칼은 빛나지 않았다. 불당 문을 열었다. 검은 그림자가 동쪽 벽을 보고 앉아 있었다. 문이 열리는 소리를 들었을 것인데 그는 돌아보지 않았다. 뒷모습을 보니 낮에 봤던 노인이다. 꽁지머리가 어둠 속에서도 보였다. 정면의 목불상이 그를 내려다보고 있었다. 목불상이나 노인이나 그의 출현에 별로 관심이 없는 자세였다. 칼을 휘둘렀다. 낮에 보았던 대로 그의 몸은 여위어 잔뼈가 잘리는 느낌이 그대로 손바닥에 전해졌다. 칼이 그의 몸을 지나가다가 큰 뼈에 걸렸다. 너무 깊게 박았나 보다. 늙어서 굳은 등뼈에 걸린 것이다. 칼을 비틀어 뺐다. 그는 이미 죽은 듯이 신음 소리조차 없다. 그러나 그의 몸을 빠져나오는 피가 따뜻한 것을 보니 이미 죽지 않고 지금 그의 칼에 죽어간다는 것을 알 수 있었다. 그의 몸을 한 번에 베지 못한 것은 요즘 힘이 부쩍 달리는 원인도 있다. 그는 칼이 자르고 간 쪽으로 쓰러졌다. 가부좌를 튼 다리는 그대로였고, 상체만 접히듯 쓰러졌다. 그는 돌아섰다. 다시 목불상을 보았다. 여전히 목불은 그에게 관심 없다는 듯이 방바닥만 내려다봤다. 양정은 목불상을 향해 낮고 위엄 있게 말했다. "임금은 조선이다. 그 옥체는 5백만 백성을 아우르는 어버이시다. 누구도 업신여길 수 없으며, 어느 누구도 상하게 할 수 없다. 그것은 조선을 업신여기는 것이고, 조선을 상하게 하는 것이나 마찬가지이다. 난 임금을 지키는 호위대장이다. 너에게 부처가 있듯이, 나에게는 임금이 있다."

# 12

창하가 명주 장갑 낀 손으로 나무 상자를 열자 가는 숨결에도 날아갈 것 같은 금가루가 소복했다. 부분을 개금한 경험은 있어도 등신 전체를 하는 것은 처음이었다. 발원자가 임금이라 달랐다. 금가루를 막자사발에 덜어 아교를 섞었다. 마른 붓을 손끝으로 건드렸다. 휘어진 붓털이 얇은 명주 장갑 낀 손끝에도 느껴지지 않을 정도로 부드러운 세모필이었다.

다섯 번의 옻칠을 한 불상은 검었다. 붓으로 금가루를 찍어 반가부좌한 발부터 칠했다. 붓이 지나가는 곳마다 검었던 발이 황금빛으로 깨끗이 씻겼다. 검은 불상을 정성 들여 닦듯이 금가루를 칠했다. 진흙을 뚫고 피어나는 연꽃처럼 검은 목불이 금빛으로 피어났다.

빛이 물에 꺾이고 나무에 잘리고 처마에 가리고 지붕 아래 숨고 하늘로 흩어지는 것까지는 그런대로 참을 수 있었지만, 아침 점심 저녁의 길이와 농도가 다른 변덕은 도저히 감당할 수 없었다. 그래서 그는 달빛조차 숨은 밤에 열두 개 호롱불로 작업장의 어둠을 밀어내고 목상을 깎았다. 밤의 형체는 침묵이다. 바람 없는 호롱불은 공간을 꼭 잡아 마음의 손의 흔들림을 막았다.

"왜 볼을 이리 도톰하게 했느냐?"

그때 큰스님의 꾸지람에 창하는 상왕산 마애불을 떠올렸었다. 끝도 시작도 아니었다. 그리운 그 님은 두세 보 앞에서 그와 같은 미소를 머금고 있었다. 7백 년 만의 만남인가. 그가 못 보고 혹시나 스쳐 지나갈까봐 살구씨 같은 눈을 한 번도 감은 적이 없는 듯 실핏줄이 다 터져 회색이었다. 그런 그가 다시 손끝 스칠 틈도 없이 서서히 노을 따라 서해로 스며들려고 하자, 그는 그리운 님의 정수리를 정으로 찍어 바위에 가두었다. 끝도 아니고 시작도 아닌 그 순간. 7백 년 만에 그리던 그 님을 만난 그 순간의 미소를 바위 속에 가두고, 그가 대신 노을 속으로 사라졌다가 때론 정승 등극에 웃으며, 때론 반도의 우두머리가 되었다가 문둥병에 괴로워하며, 생자식을 가슴에 묻고, 자신의 눈앞에서 죽어간 오랜 벗들의 기억을 가슴에 차곡차곡 쌓은 무거움에 쑤시는 허리를 짚고 노을 따라 그리운 님이 보고 싶으면 찾아왔고, 그의 님은 항상 그를 반겼다. 서해 마애불의 올똑한 살구씨 눈에 오랜 그리움의 끝이 서려 있었다. 방긋 반기는 미소에 저절로 벌어진 입꼬리가 볼을 밀쳐, 그렇잖아도 도톰한 볼은 더 부얼부얼했다. 길고 긴 그리움이 끝나는 찰나의 형체가 바위에 영원으로 포착된 그 상왕산 강댕이골 마애삼존불처럼, 볼은 물론 입과 눈도 그렇게 중생을 영원히 반갑게 맞이하는 형체로 새기고 싶었다. 아름다운 것은 언젠가 멸하듯이 그리움도 번뇌의 탑을 쌓는 시작이라지만, 강댕이골의 마애불은 그리움을 물리치지도 피하지도 않고 기다렸다. 세상을 창조하며 소멸하는 빛이 꺾이고 가리고 숨고 흩어져도 억겁 기다림의 끝에 맞이하는 님의 반가운 얼굴을 굳은 바위에 가두어, 보는 이로 하여금 항상 긴 기다림 끝에 그 님을 만나는 순간의 행복을 안겨주었다. "서해 강댕이골의 마애불을 보신 적 있으신지요?" 그때 큰스님으로부터 임금이 살아온 긴 이야기를 듣고 물었다. "보았다." "그 모습을 담고 싶었습니다." "그런데 왜 코는 이리 오뚝하게 세웠느냐?" "서해는 얕고 동해는 깊습니다. 상왕산은 낮고 오대산은 높습니다." "그 석공이 자연을 본받고자 코를 낮춘 것은 맞으나, 내 생각엔 바다와 산이 아닌 듯하다. 긴 노을이 아닐까?" "마애불은 남동쪽을 보고 있습니다. 노을이 마애불의 얼굴을 비추지 못할 것입니다." "노을은 빛과 달리 꺾을 수도 가릴 수도 숨길 수도 없는 것이다. 추녀 밑으로 띠살 창 안으로 가슴속으로 어디든 축축이 스며드는 것이 서해의 노을이다. 마애불은 바위다. 우둘투둘한 바위에 붉은 바다 노을이 스며들면 얼굴에 혈이 돌아 낮은 코가 입과 눈과 어울리게 살아난다. 마애불은 서해의 노을이다. 동해에는 있을 수 없는 것이다. 진정 그 모습을 담으려면 서해로 가라." "서해로 간다고 해도, 그 미소를 담지 못할 것입니다. 그 석공의 재주는 따를 수도, 흉내 낼 수도 없는 천능입니다."

"그 마애불과 이 목불의 얼굴은 닮았다." "누가 봐도 서해 석불과 이 동자상은 닮은 곳을 찾을 수 없습니다. 서해 마애불은 마음속 깊은 곳으로부터 번진 미소가 있고, 이 동자상은 마음속 깊은 곳으로부터 울고 있습니다." "마애불이 웃고만 있더냐? 내가 본 오시의 끝머리엔 체념의 표정이었고, 미시엔 코뼈가 허물어지고 입술이 부르튼 문둥이의 모습이었다. 그리고 그 누군가는 벌에 쏘인 입술로 뾰로통한 표정을 짓고 있다고 했다. 내 그 모습 보진 못했지만, 난 그 모습 또한 사실이라고 믿는다. 노을 속 미소의 아름다움에 체념과 흉함과 뾰로통함을 다 묻어버렸지. 강댕이 계곡물이 메마르고, 굴참나무 잎이 다 떨어진 늦가을, 계곡 너럭바위 위에서 뒹굴뒹굴하며 하루 종일 마애불을 올려다봐라. 하루에 보이는 표정의 변화에 생로병사가 깃들어 있는 것이 마애불이다. 마애불의 하루가 인간의 일생과 다르지 않음을 볼 수 있지. 삶이란 원래 울고 웃는, 괴로워하고 삐치며 사는 것이다. 모든 것이 잠시 스쳤을 뿐이다."

7백 년이 잠시라는 것인지, 울고 웃는 것이 잠시라는 것인지. 아니면 7백 년 동안 윤회하면서 문둥이로 잠시 살았다는 것인지, 동해에서 솟아오른 해가 서해로 지는 것이 잠시라는 것인지. 스님의 말은 모호했다. 그러나 묻지 않았다. 대화는 이미 서해와 동해를 오가고, 7백 년을 오가며 삶의 본질을 더듬고 있었다. 스님이 자꾸만 동해와 서해로 흐트러뜨리는 대화를 창하는 다시 동자상으로 잡아왔다.

"또한, 저는 태양빛 속에서는 작업할 수 없습니다. 그러나 그는 산 중턱 바위 절벽에 매달려 마애불을 새겼습니다. 저는 이렇게 움막을 쳐 빛을 피했고, 그는 수시로 변하는 빛을 가두어놓고 작업을 했습니다." "빛을 통해 사물을 인지하는 인간은 어느 누구도 빛의 울타리에서 벗어날 수 없다. 마음으로 사물을 느낄 수는 있어도 보지는 못한다. 당연히 그 석공도 빛을 다스리지는 못했다. 때론 꺾이고 가리고 숨고 흩어지며 짧아지고 길어지는 빛의 심술 아래서 비를 눈을 바람을 등지고 깎은 것이 아니다. 인생의 끝물인 노을 속에서만 돌을 쪼갰다." "하루 중 노을이 스며드는 시간은 길어야 두 식경입니다. 그 노을 또한 매일 생기는 것이 아니라 어쩌다 한 번씩 물들 뿐입니다. 그 노을 속에서 평생을 작업해도 눈깔 하나 새기지 못했을 것입니다." "그렇다. 그 미소를 새긴 석공에게 마애불은 미완의 작품이다. 분명한 것은 마애불의 얼굴만은 노을 속에서 새겼다는 것이다. 나머지 몸피와 오른쪽 보살입상과 왼쪽 반가유상은 그의 자식이 또 그의 자식이 새기지 않았을까?" "말이 안 됩니다. 태양의 기울기에 따라 체념하고 뾰로통하게 삐치고, 웃고……" "그럼 노을 물든 마애불의 그 오묘한 미소가 말이 되느냐? 그리고 다가가면 금방이라도 부드럽고 따스하게 어루만져줄 것 같은 손가락과 살아 있는 어린아이 손등을 잘라 붙인 것 같은 이 동자상이 나무로 깎은 것이라 하면 누가 믿겠느냐?" 산적이 목불이 된 것도 말이 안 되고, 문둥이 자식이 임금이 발원한 불상을 조상하는 것도 말이 안 되기는 마찬가지다. 세상은 사리를 분별하여 말로 만들 수 있는 것보다 무분별하여 말로 만들 수 없는 것들이 더 많았다.

"정말일까. 그것을 먹었을까? 한티고개 그 사람의 말이 맞는 걸까?" 도톰한 볼을 칠하다가, 다시 꿈에서 보았던 검은 솥뚜껑 밖으로 삐져나온 오동통한 뽀얀 어린 손등이 떠올랐다. 부처님의 볼과 끓는 솥 안에서 허물어지는 어린 손. 전혀 어울리지 않을 것 같은 두 인식은 그의 머릿속에서는 서로 이끌었다. 꿈이 생生 속을 파고들어 그의 마음을 흔들었고, 생 또한 꿈속의 끔찍한 모습을 끄집어내어 그의 앞으로 자꾸 가져왔다. '왜 자꾸 그자의 괴이쩍은 눈동자가 떠오르는 걸까? 그자의 말이 사실이라 해도 자신이 죽인 생명이 한둘인가?' 라고 생각하면서 마음을 달래 밤도 아니고 새벽도 아닌 그 공간을 그의 마음에서 밀쳐내려 했지만, 목불을 깎으면 깎을수록 생각은 머릿속에 돌덩이처럼 각인되었다.

"참말로 괴상타. 진명스님은 자신을 벗어나 자신의 본질을 보지 못해 저리 머리카락이 다 빠지고, 당신은 오롯한 자신의 본질을 보고 이리 괴로워하니……. 진명스님의 본질은 바람이고, 창하의 본질은 도깨비라도 되는가? 나무아미타불." 그때 보기 힘든 호령봉 붉은 노을을 쳐다보던 큰스님에게 용기를 내어 자신의 속내를 털어놓자 스님은 노을과 대화하듯 말했다. 마애불의 미소가 등색 초롱 불꽃에 어렸다. 금가루에 씻긴 볼은 갓난아기의 엉덩이처럼 여리면서 고왔다.

작은 언덕만 올라도 서해가 보이고 마애삼존불상이 있는 강댕이골의 기억. 그때 깨어보니 햇빛에 눈이 부셨다. 진달래꽃은 졌고, 그 자리에 돋아난 싹이 능선을 제법 푸르게 꾸몄다. 그는 두리번거리며 엄마를 찾았다. 햇볕이 따스했다. 때까치 한 마리가 소나무 위에서 그를 바라보았다. 그는 미소를 지었다. 10여 보 앞 바위 위에서 누룩뱀 한 마리가 따스한 햇볕을 쬐고 있었기 때문이다. 그는 살며시 다가가 뱀의 목을 움켜쥐었다. 봄이라 뱀은 힘이 없었다. 누룩뱀은 흙내 때문에 별로 달갑지 않았다. 그러나 얼마 만에 보는 살아 있는 뱀인가. 솔가지를 긁어모아 불을 지피고 뱀을 통째로 구워 먹었다. 그는 엄마가 떠날 줄 알았다. 산으로 다시 올라갔을 것이다. 엄마는 더 이상 산에서 내려가면 안 된다. 누룩뱀이 있다는 것은 마을이 가깝다는 것이다. 밤새 깔고 누웠던 거적때기를 둘둘 말아 어깨에 멨다.

엄마와 함께 12년을 지냈어도 그는 엄마 얼굴을 몰랐다. 해 뜨면 엄마는 천으로 얼굴을 칭칭 동여매어 눈도 입도 코도 보이지 않았다. 동여맨 천 조각에서는 진물이 흘러 배였다. 마른 진물 위에 또 진물이 배어들어 얼굴에 동여맨 천을 벗을 때는 늙은 나무껍질처럼 붉은 피딱지가 군데군데 묻었다. 밤에 천을 벗었어도 엄마의 얼굴은 없었다. 코도 없고, 입도 없고, 귀도 없고, 머리카락도 정수리 부분에 몇 가닥만 남아 있었다. 뭉그러진 벌건 살덩어리가 그냥 엄마의 몸통 위에 있었다. 녹아버린 입술 사이의 누런 이빨 세 개와 굵은 핏발이 번개처럼 서린 두 눈과 함께. 그때 엄마는 개심사 뒷산을 넘어 보원사가 있는 강댕이골로 갔을 것이다.

엄마는 아버지를 보원사 뒷산에 뿌렸다. 그의 아버지뿐만 아니라 인근의 문둥이는 다 그곳에서 생을 마감했다. 죽고자 산을 넘다 언덕에서 죽으면 죽으러 가는 그들이 죽은 몸뚱이를 그곳까지 끌고 갔다. 손발이 녹아들어 몸뚱이만 남아도 기어 오고 굴러 와서 그곳에서 죽었다. 문둥이들은 진달래꽃이 온 산을 덮을 때 많이 죽었다. 진달래는 문둥이들에게는 죽음의 꽃이다. 뱀은 돌 틈에서 그때까지 겨울잠을 자고 있었고, 보리에 핀 꽃도 채 떨어지지 않은 시기다. 겨우내 한두 톨씩 세어가며 아껴 먹던 보리와 도토리도 이때쯤이면 바닥났기 때문이다. 삶으면 기름이 자르르한 뱀은 문둥병에 최고였다.

아버지도 보원사에서 죽었다. 보원사가 있는 강댕이골은 상왕산의 끝 마루에 있어 산세가 순한 흙 골이다. 그 골 따라 토굴이 길게 팔부 능선까지 들어섰다. 높지 않은 봉우리에서 내려친 골이지만 토굴이 촘촘하고 작아 얼핏 봐도 30여 개가 넘었다. 그 골 맨 위에 보원사가 있었다. 절이라고 하기에는 너무나 초라한 너와집이었다. 대웅전 겸 요사채로 쓰는 건물 안에는 못생긴 목불상이 모셔져 있었다. 그 건물 옆에는 너른 공터가 있었다. 그 공터에서는 진달래꽃이 필 때면 연기가 끊이지 않았고, 스님의 목탁 소리도 골 따라 길게 메아리쳤다. 썩은 살도 타는 냄새는 누릿했다. 그때 아버지를 태우는 연기는 흐트러짐이 없이 곧장 하늘로 향했다. 맑은 하늘이었다.

실은, 그들은 구르고 기어서 보원사로 죽으러 간 것이 아니다. 살려고 간 것이었다. 새로운 삶, 부처님의 공덕으로 다음 생에는 진달래가 아름다운 세상에서, 긴 손가락으로 자식의 머릿결을 쓰다듬는 꿈을 간직하고 그렇게 다음 생을 갈망하며 그곳으로 모여들었다. 꿈이 목탁 소리처럼 공허할지 모르지만, 믿고 싶었다. 아니 그들의 비참한 현실은 그것을 믿지 않을 수 없게끔 하였다. 그러므로 토굴에 가득한 죽음의 그림자는 희망이었다. 기쁨이었다. 어머니도 그 기쁨을 찾아 굴러가고 기어가고 있을 것이다. 다음 생에는 강댕이골 입구에 있는 마애불처럼 구족한 신체를 가지고 태어나 그와 같은 행복한 미소를 지으며 평생 살 수 있게끔 바라며.

사지가 잘려나가고 코가 녹아들어도 성기만은 멀쩡한 것이 문둥병이다. 그러기에 문둥병 균은 죽지 않는다. 남자들은 발가락이 썩어 발목이 절굿공이처럼 뭉그러져도 새벽 찬이슬 맞은 성기는 빳빳했고, 여자들은 코가 떨어져 나가고 귀 뼈가 허옇게 드러나도 달을 거르지 않고 아랫도리가 축축해져 비릿했다. 풀풀 풍기는 암내에 그래도 인간이랍시고 티끌만큼 간직한 이성마저 마비시켜 그렇게 혐오하던 자신의 분신을 또 만들어내곤 하였다. 지겨운 본능이며 삶들이었다. 그도 강댕이골에서 그렇게 태어났다. 그러나 그의 엄마는 악독했고, 아버지는 지독해 그가 태어나자마자 그를 버렸다. 떡갈나무 아래 버려진 그는 떡갈나무 잎에서 떨어지는 이슬을 받아먹으며 한나절을 울었다. 그 울음이 얼마나 컸던지 그의 부모가 상왕산 너머 반대편 골짜기에 숨어 있어도 들렸다고 했다. 이승을 떠나지 않는 한 들렸을 것이다. 그의 부모는 다시 상왕산을 넘어와야만 했다. 그의 엄마는 그가 태어났을 때 이미 젖이 뭉그러졌다. 어미의 젖이 없으니 먹을 것이 없었다. 그의 아버지가 뱀 삶은 물을 떡갈나무 잎에 묻혀 입에 대자, 그는 그것을 게걸스럽게 빨아먹었다고 했다. 뱀 삶은 물은 젖빛처럼 희고 고소했다. 그는 다행히 태어나면서부터 뱀 삶은 물을 잘 먹었다. 아버지는 수리부엉이 수놈처럼 뱀을 찾아 상왕산을 성치 않은 팔다리를 끌며 날아다녔다. 한여름과 초가을 뱀이 많이 잡히는 계절에는 틈틈이 껍질을 벗겨 응달에 말렸다. 겨울과 이른 봄을 대비해서였다. 그는 그렇게 자랐다. 이빨이 나면서부터 뱀을 구워 살점을 떼먹고, 조금 더 자라면서 통째로 씹어 먹기도 했다. 노릇하게 잘 구워진 뱀은 뼈째 오래 씹으면 고소했다.

그는 부모의 움막 옆 떡갈나무 아래에 조그마한 자신만의 움막에서 도토리를 보면서 혼자 눈 맞추고, 혼자 머리를 가누고, 혼자 뒤집고 기었다. 한 번도 엄마나 아버지의 품에 안겨보지 못했다. 그는 누구나 그렇게 자라는 줄 알았다. 문둥병은 진물로 다른 사람에게 옮기는 병이었다. 그의 부모는 그것을 누구보다도 잘 알았다. 알고 있다고 해도 실천하기 어려운데, 그의 부모는 악독하고 지독하게 그것을 실천했다. 문둥병 균이 인간의 근본인 부정과 모정을 양손에 들고 이들에게 대들었지만, 이들은 그것을 물리쳤다. 10여 년 동안 삶아 먹고, 고아 먹고, 구워 먹은 뱀 때문인지는 모르지만, 그에게서는 문둥병의 증세가 나타나지 않았다. 그리고 그에게 마지막 유언을 남기고 그의 아버지는 죽었다. "용천골 거북바위 밑에 뱀 굴이 있다. 올겨울에 용천폭포가 얼면 그때 가서 바위를 뒤집고 뱀을 잡거라. 폭포가 얼기 전에 바위를 뒤집으면 안 된다. 뱀에게 물릴 수 있다. 꼭 꽁꽁 얼어야 하느니라. 알겠느냐? 그리고 너는 산에서 내려가거라. 어디를 가든 뱀을 끊지 마라. 문둥병은 10년 후에도 너의 몸을 뚫고 나올 수 있다. 명심해라." 그해 겨울, 용천폭포가 얼기를 기다렸다가 거북바위를 뒤집었다. 거북바위를 뒤집자 검은 흙이 있었다. 거북바위의 밑은 반들거렸다. 흙을 손으로 걷어내자 누룩뱀, 능구렁이, 독사, 살무사, 꽃뱀들이 오색 새끼줄 뭉텅이처럼 둥글게 엉켜 있었다. 그는 뱀들이 엉킨 뭉텅이를 작대기로 꿰어 준비해간 망태기에 넣어 짊어지고 왔다. 뱀들은 움직이지 않았다. 날씨가 무척 추운 날이었다. 그 뱀들을 겨우내 먹고 일부는 말려서 바랑에 넣고 엄마와 함께 산에서 내려왔던 것이다.

마을은 둥글었다. 밭을 일군 동산에는 무덤이 다닥다닥 붙어 있었다. 보리밭 가운데 무덤이 있었고, 묵정밭 가에도 무덤이 있었다. 모두 마을을 닮은 둥근 무덤이었다. "마을의 제일 큰 집을 찾아가거라. 그곳이 유 참판댁이다. 그 집에서 네 능력껏 빌어먹어라. 보다시피 네 어미와 나는 너를 더 이상 돌볼 수 없다. 살아야 한다. 멀쩡하게 인간으로 한평생 살아보아라. 네 어미 아비 몫까지. 알겠느냐?" 그는 제일 큰 집을 찾아 들어갔다. "올해는 웬 비렁뱅이들이 이리 극성인겨, 아직 보리이삭에 핀 꽃도 떨어지지 않았는데, 원 참." 하면서 후려친 작대기에 등을 맞았다. 아버지의 말대로 죽은 척 빌붙어보려고 했지만, 큰 집 긴 담에 늘어져 봄빛 바라기를 하는 거지들의 무리를 보고 그는 다시 산으로 향했다.

강댕이골로는 안 갔다. 이젠 그는 문둥이가 아니다. 아니 태어나면서부터 문둥이가 아니었다. 단지 엄마 아버지가 문둥이일 뿐이었다. 그는 상왕산을 넘기로 했다. 그는 상왕산 한티고개 정상에서 쉬었다. 한티고개는 해미현과 예산현의 경계다. 고개 정상에는 장승이 세워져 있었다. 모두 못생겼다. 눈꺼풀이 녹아 밤에도 눈을 못 감던 아버지의 마지막 모습처럼 그렇게 큰 눈을 부라리고 있었다. 멀리 바다가 보였다. 바다와 자신이 들렀던 동네의 넓은 들과는 소나무 숲으로 경계를 이루었다. 들이 해수면보다 낮게 보였다. 소나무가 없으면 거대한 바닷물이 그 넓은 들을 금방이라도 삼킬 듯했다. 계곡 깊숙이 들어선 화전민의 촌가가 발아래로 보였다. 고개 정상에는 아직도 진달래가 피었다. 서늘했다.

순간, 누군가 몽둥이로 그의 머리를 때렸다.

"……."

소나무가 갑자기 쓰러져 바닷물이 그 넓은 들로 들이치는 꿈을 꾸다가 정신을 차렸다. 그러나 그는 눈을 뜰 수 없었다. 다시 눈동자에 힘을 주어 눈을 뜨려고 했으나 눈꺼풀은 열리지 않았다. 정신이 그의 몸에서 빠져나갔다. 다시 정신이 돌아왔을 때는 머리가 흔들렸다. 눈을 떴다. 흔들리는 듯 머리에서 느껴지는 통증은 괴롭다기보다는 기분 나빴다. 오른팔은 꺾여 옆구리에 눌려 있었다. 뼈가 살을 찢는 듯 통증이 밀려왔다.

"너 문둥이지?" 몽둥이로 머리를 때린 산적이 그의 눈을 보고 놀란 듯이 말했다. 그에게서 빼앗은 보퉁이를 뒤집어 잡동사니들을 다 헤집어놓았다. 물론, 말린 뱀도 나뭇가지처럼 너부러져 있었다. 이자가 어떻게 자신이 문둥인 것을 아는지 그는 깜짝 놀랐다. 그러나 그는 아버지의 마지막 말을 떠올렸다. "넌 문둥이가 아니다." 그렇다. 그는 어디를 봐도 문둥이가 아니었다. 그는 대답하지 않았다. 산적은 주섬주섬 보퉁이에 물건을 다시 집어넣고, 그를 향해 등을 내밀었다. 산적의 등에 업혀서 고개를 내려갔다. 예산 쪽이다. 그는 상왕산을 넘은 것이다. "네 눈을 보고 알았다. 빛나는 눈. 회백색인 네 눈. 백일은 지나고 돌이 되기 전의 남자아이를 하루 반나절을 삶아 먹은 눈. 너는 백일이 지나고 돌이 되기 전에 그 아이를 먹었지. 그러니 넌 기억이 없을 거야." 마을도 아니고 그렇다고 움막도 아니었다. 계곡과 계곡 사이에 보洑가 있었고, 그 보 바로 위에 그들의 은신처가 있었다. 담도 나무로 세웠고, 지붕도 나무로 엮은 집이 다섯 채 있었다. 한티고개를 넘는 보부상과 서해에서 잡힌 생선을 이고 지고 넘나드는 사람을 상대로 도적질하는 일당이라는 것을 한눈에 알아보았다. "내 눈을 보아라." 머리의 상처에 짓이긴 뭔가를 발라주면서 산적이 눈을 들이밀며 말했다. 그를 업고 온 산적의 눈이 회백색이었다. 그는 그때까지 자신의 눈을 유심히 본 적이 없었다. 그러므로 자신의 눈이 갈색인지 적색인지 흑색인지 알지 못했다. 그러나 산적의 눈을 보고 자신의 눈이 어떤지 알 수 있었다. 그래서 산적은 그를 업고 온 것이다. 눈이 같아서.

그때 상처는 머리보다 팔이 늦게 나았다. 팔의 뼈가 붙자 산적은 그에게 창을 주었다. 그는 그들의 심부름을 하면서 틈만 나면 창을 잡았다. 산적은 보름달이 뜬 다음 날 아침이면 어김없이 그의 창 솜씨를 점검했기 때문이다. 점검이지만 실전처럼 했다. 점검 때마다 산적은 그의 몸을 베고 찌르고 때렸다. "고통스러우면 나를 베어라." 옆구리 상처를 감싼 손가락 사이로 피를 흘리며 넘어질 때도, 칼등으로 어깨를 맞아 기절했다가 깨어났을 때도, 창끝에 허벅지가 찔려 피가 솟구쳐 고통스러워 할 때도 어김없이 이렇게 말했다. 고통은 그의 회백색 눈동자를 더욱 맑게 했고, 죽지 않으려고 하나로 집약된 사고는 머릿속을 깨끗하게 했다. 그리고 그 명징한 머리의 판단보다 손놀림이 더 빨라졌다.

뱀 물이 먹고파 떡갈나무 아래서 울던 모습이 지금도 가끔 스친다. 그 모습이 자신의 기억인지 아버지의 말씀인지 헷갈렸다. '너의 울음소리는 종소리처럼 질기고 길었다. 너는 갓난아기 때부터 생을 꼭 잡고 있었지. 삶에 대한 집착이 강했다. 그래서 나는 너를 살렸다. 너는 자신의 운명을 스스로 결정한 흔하지 않은 사람이다.' 그때 아버지의 말엔 부모의 의무가 없었다. 당연히 태어나면서부터 그의 주변에서 어슬렁거리는 죽음에 대처하는 본능은 그의 사고를 앞질렀다. 그는 산적의 의도대로 훌륭한 상왕산의 주인이 되어가고 있었다.

할미꽃을 감싼 솜털 같던 그의 콧수염이 3월의 새 솔잎처럼 굵게 돌아난 어느 날, 그는 드디어 산적을 베었다. 산적이 쓰러졌다. 그러나 너무 깊이 베어서 산적은 죽었다. "네 손가락 하나하나에 뱀의 날렵한 본능이 있다. 넌 사람이 아니다. 뱀이다. 아기를 잡아먹은 뱀. 난 네 손에 죽을 줄 알았다." 그가 죽어가면서도 희미한 미소를 지은 채 말했다. 굵어지는 팔뚝과 허벅지만큼 창 놀림도 힘 있고 더 날렵해졌다. 이젠 그는 상왕산의 완전한 주인이 되었다. 한티고개 회백색 눈하면 상왕산 호랑이도 피해 다닌다고 해미현은 물론 멀리 천안까지 소문이 났다. 아버지의 유언대로 뱀은 끊이지 않고 먹었다. 구워 먹고, 삶아 먹고, 고아 먹고.

그는 일행들과 함께 서해에서 넘어가는 생선을, 예당평야에서 넘어가는 쌀을 갈취하며, 반항하면 죽이고 어쩌다 젊은 여식이라도 만나면 욕보이면서 그렇게 세월을 보냈다. 그들 누구도 과거도 미래도 생각지 않았다. 참 삶으로 존재했었다.

그러다가 어느 때부터인지는 확실치 않지만, 상왕산 어느 산골에서 죽어갔을 어머니가 자주 보고 싶었다. 아마 불상 조상 일을 시작한 이후부터일 것이다. 밤도 아니고 아침도 아닌 새벽에 꿈도 아니고 생시도 아닌 정신으로 자신을 쳐다보는 고통을 겪으면서 어머니에 대한 그리움이 생겼다. 한 번도 안아주지 않은 어머니에 대한 애틋함이 있을 턱이 없다. 혼자 자라온 그는 외로움이 무엇인지 모른다. 단지 그때 자신이 갓난아기를 먹었느냐고, 그것이 묻고 싶었다. 자신이 가야 할 길을 가고 있지 않기에 받는 죄, 그의 참 삶인 산적질을 그만둔 죄인 듯. 나무를 깎으면서부터 밤도 아니고 아침도 아닌 새벽 같은, 꿈도 아니고 생시도 아닌 것같이 흐릿하게 머릿속에 들어앉은 어설픈 지식에 싹튼 분별은 그를 괴롭혔다. 그러고 보니 죄는 세상에 존재하는 게 아니라 스스로 만들고 부수고 하는 것인가 보다.

금가루에 반짝이는 붓을 내려놓고, 그보다 가는 붓을 집었다. 종지에 만들어놓은 붉은 안료를 찍어 홍순부紅脣部를 칠했다. 진달래 꽃잎 같은 입술. 그는 아직도 분홍빛 진달래꽃을 보면 허기진다. 세월이 흐르면 그 시간의 흐름 속에 대부분의 기억과 형체가 흐려지고 허물어져 흩어지는 것이 정상인데, 시간이 흐르면 흐를수록 더 세밀해지는 기억. 나가라고 나가라고 두 눈 똑바로 뜨고 노려보며 소리치지만, 오히려 두 눈 똑바로 뜨고 쳐다봐서 더 깊숙이 각인되는 잡념처럼. 그때의 기억이 그렇다. 검은 안료로 머리까지 채색을 마친 그는 세 발 뒤로 물러났다. 누런 이를 가린 진달래 꽃잎 같은 입술에 명확하지 않은 아득히 먼 그리움이 비쳤다. 큰스님 말씀대로 마애불과 닮았다. 기쁨과 슬픔이 닮았다는 것은 말이 안 되지만, 기나긴 기다림의 끝에 만난 기쁨과 기나긴 괴로움 끝에 맞이하는 아득한 절망은 서해와 동해처럼 먼 줄 알았는데 가까웠다. 자신의 손으로 깎고 채색을 했지만, 왠지 이번 목불은 자신이 만든 것 같지 않았다. 작품이 빼어나서 그런 것도 아니고, 그렇다고 흠이 많아서 그런 느낌이 든 것도 아니다. 진정한 인간의 모습이었다. 상왕산 마애불 석공의 모습, 자신이 살아온 모습, 부모가 살다 간 모습, 무구가 살아가는 모습, 임금이 살아온 모

습, 윤 씨 부인이 영의정이 상당군이 호위대장의 모습이 그곳에 다 깃
들었다. 그리고 그 모두의 모습은 한 사람으로 모였다. 그랬던 것이
다. 죽더라도 이 불상이 눈 뜨는 모습을 봐야 한다. 점안식에 꼭 참석
할 것이다. 떠나지 않을 것이다.

그자의 발걸음 소리가 들린다. 올 줄 알았다. 낮에 봤던 그자의 눈
빛, 기다렸다. 두렵지만, 가야 할 길, 갈 것이다. 그 길로 들어가면 어
처구니없다는 것을 느껴도 언젠가는 반드시 가야 할 길이다. 끌려가
지 않을 것이다. 삶도 어차피 어처구니없던 것 아니었던가. 그가 문을
연다. 바람에 흔들리는 그의 도포 자락 소리가 들렸다. 잠시 후 맞이
할 세상은 어떠할까. 처음 이승에 왔을 때, 치를 떨며 울었던 것이 전
생을 떠나는 두려움 때문이었을 것이다. 그러나 이승에서 이렇게 살
았고, 지금 두려움에 치를 떨며 울면서 왔던 이승에 대한 미련 때문에
이리 또 두려워하지 않는가. 그곳도 그럴 것이다. 그럼 생의 이전은
무엇이었기에 이승에 오는 것을 그리 두려워했던가. 생의 이전을 알
지 못하듯이 생의 이후도 알지 못하면서 이렇게 두려워하는 것은 또
무슨 조화인가. 왜 삶은 지겨워도 생은 지겹지 않은가. 왜 이빨이 다
빠지고, 골이 부서져. 허리가 굽어도 생이 지겹지 않은가. 왜 저자가
든 칼이 두려운가. '70년 산속에서 무엇을 배웠는가. 무엇을 비웠는
가. 먹고 배설하고 먹고 배설하듯이 법문을 익히고 비우고 익히고 비
우고, 그렇게 비웠건만 이마에 흐르는 땀은 무엇인가. 축축이 젖은 겨

드랑이, 70년 수행이 치욕으로 다가온다. 살아볼까. 이미 늦었다. 그가 칼을 높이 치켜든다. 달 없는 숲 속의 방 안에서도 그 그림자가 벽에 어린다. 흐트러지지 말자. 마지막 자존심이다. 그런데 왜 땀이 이렇게, 그동안 대중을 향해 죽음은 삶의 일부분이요, 그러기에 누구나 맞이하는 하나의 절차일 뿐이라고 두려워할 것도 그렇다고 즐거워할 것도 아닌 그냥 지나쳐 흐르는 하나의 삶이라고. 하루에 2만여 번의 날숨과 들숨이 반복되다가 어느 순간 나간 날숨이 들어오지 않으면 그것이 죽은 것이라고. 죽음을 두려워하고 멀리하고 피해 다니다 언젠가 죽음이 갑자기 찾아오면, 낯선 죽음 앞에서 두려움 가득한 마음으로 생을 마감할 거라고. 그러기에 항상 죽음을 가까이 두고 피하지 말고 두려워하지 말라고 그래야만 죽음이 자신을 찾아와도 낯선 두려움이 없어 그의 손에 악다구니를 쓰며 끌려가지 않고, 그가 내민 손을 미련 없이 잡을 수 있다고, 행복하게 이승을 떠날 수 있다고. 산속에서 나름대로 70여 생 동안 죽음을 곁에 두고 친하게 지낸 나도 죽음이 똑바로 쳐다보며 긴 손을 내밀고 있는 이 순간 두려움에 선뜻 그 손을 잡는 것을 머뭇거리는데, 평생 죽음에 대한 두려움에 잊으려 하고 피하며 삶을 유지하다가 갑자기 죽음을 맞이하는 중생의 두려움은 얼마나 클까. 안타깝다. 그 순간, 칼이 왼쪽 어깨부터 몸을 사선으로 자르며 몸속 깊숙이 들어왔다. 뜨거웠다. 죽음은 불인가. 지옥과 천당은 없다고, 생의 윤회의 수레바퀴 속에서 그렇게 돌아다닐 뿐이라고 다음 생을 위해 악업을 짓지 말라고 그렇게 배우고 가르쳤건만,

이 뜨거움은 무엇인가. 산을 오르내리며 다 부스러진 줄 알았는데 아직 부서지지 않은 몸이 있는 걸까. 뜨거운 칼이 몸을 자르다가 중간에 멈추었다. 차라리 지나가지. 칼이 멈춘 자리는 더 뜨거웠다. 비우고 비우고 비웠건만 칼로 달구어진 몸은 열 때문에 터질 듯이 부풀어 오른다. 칼이 빠르게 몸을 베고 지나가는 느낌보다 잠시 몸속에서 멈춘 느낌이 더 정신을 맑게 하고, 몸속에서 천천히 빠져나가는 칼의 질감에 신경들이 놀라 검은 방 안을 하얗게 채운다. 칼이 오랫동안 몸속에 있었던 것처럼 살들은 빠져나가는 칼을 쉽게 놓지 않는다. 그래도 그는 비틀면서 서서히 뺐다. 왜 이렇게 하얗지. 어둠은 낮도 아닌 하얀 세상이 되어갔다. 느껴지지 않는 다리, '당신은 어디에 계신가요. 너무 어처구니없습니다. 원래 이런 것이었나요.' '맞다, 내 말하지 않았더냐. 아무것도 없다고 그러니 어처구니도 없는 게 당연하지.' 몸은 흙과 물과 불이 되고 영혼은 바람이 되어 그렇게 흩어져 또 무엇인가의 흙이 되고 물이 되고 불이 되고 바람이 되어 그렇게 다시 모여들어 무엇인가가 될 것이다. 슬픔은 그 무엇이 되는 것이 아니라 억만 개로 흩어진 그것들은 그렇게 흩어져 억만 개의 또 다른 그 무엇들로 스며들고 뭉쳐져 또 다른 존재를 만든다는 것이다. 그것이 진정한 사라지지 않는 존재인가. '그것이 진정 당신이 말한 윤회인가요. 그렇게 흩어지는 것과 사라지는 것이 뭐가 다른가요. 이제야 알았습니다. 생에 왜 이리 집요하게 집착하는지. 지저분하고 따분한 삶을 유지하는 생에 왜 이렇게 집착하는지.' 칼을 든 그가 부처를 쳐다본다. 그의 손에 들린 칼은 깨끗하다. 몸을 갈라 피를 방바닥에 흐르게 한 저 깨끗한 칼, 칼이 지나간 자리에서 피가 나왔다. 칼은 피를 앞질러 가서 피가 묻지 않았고, 살들이 칼을 움켜잡아 그의 몸을 천천히 빠져나가는 칼의 피를 닦았다.

몸이 뜨겁다. 아니 차갑다. 무엇일까. 알지 못하겠다. 다시 검어졌다. 머리는 화로를 인 듯이 뜨겁고 발은 얼음 속에 묻힌 것처럼 차갑다. 너무 차고 뜨겁다. 뜨거움과 차가움을 섞어 원래의 체온으로 돌리고 싶지만 피는 더 이상 돌지 않고 몸을 빠져나갔다. 몸을 누이고 싶다. 방 안을 흐르는 아직 식지 않은 따뜻한 피 위로 누이고 싶다. 그러나 가부좌를 튼 다리는 얼어서 풀리지 않는다. 그가 문을 열고 나간다. '너도 나가라. 너무 뜨거워, 너무 차가워. 너도 나가라. 제발! 나무아미타불 나무아미타불, 빨리 나가라.' 죽음의 과정은 70년 동안 닦아 온 그의 정신을 겁탈하고 욕보이려 했다. 나가야 한다지만 고루하고 심심했던 삶을 쉬 버리지 못하는 저 불쌍한 영혼, 그것도 정이라고 그 잘리고 부서진 삶을 붙들고 쉬 나가지 않고 있다. 너에게 부처가 있다면, 나에게는 임금이 있다. 나가면서 지껄이는 그의 말이 머릿속에 맴돌았다. 그래서 어쨌단 말인가. '부처를 죽이라 했지, 조사를 죽이라 했지, 법문을 없애라 했지, 나를 죽이라 했지, 누가 네 몸을 자르라 했느냐.' 제가 자른 것이 아니라 저자가 자른 것이라 변명하고 싶었지만, 굳어진 입술, 풀리지 않는 가부좌, 쉬 나가지 않는 정신, 70년 동안 배운 지식은 잘린 몸에 고통으로 고스란히 살아난다. 지옥의 두려

움, 아귀의 두려움, 불의 바다, 차라리 그런 것들을 몰랐으면, 아무것
도 몰랐으면, 그랬으면, 그렇게 그냥 갔으면. 억만 개의 원소로 흩어
진 몸은 언제나 다시 만나나. 부질없다. 만날 수 없겠지. 그렇겠지. 그
런데 그것이 이 순간에 중요한가. 그럼 무엇이 중요하지. 하얀 공간에
검은 점들이 산란한다.

그렇게 밀쳐대도 나가지 않으려던 혼이 우두커니 바라본다. 어디로
가느냐? 물으려 입을 열려 해도 입은 열리지 않았다. 그도 나의 물음
을 알면서도 대답하지 않았다. 다시 잡고 싶다. 뜨거움에 차가움에 검
고 흰 것이 순간적으로 바뀌며 내 몸을 휘감아, 그 괴로움에 내 짧은
손톱으로 가슴을 박박 긁어내는 고통이 있다 해도 저 멍하게 나를 바
라보는 영혼을 다시 잡고 싶다. 그러나 보내야 한다는 것을 누구보다
도 잘 알고 있다. 이제야 가는구나. 잘 가거라. 순간이었지. 잠깐. 아
주 잠깐 스쳐 지나가듯이 그렇게 가는구나. 잘 가라. '문수보살님 문
수보살님 강경하세요. 저는 어디로 가는 겁니까?' '가긴 어디로 가겠
느냐. 오대산 속으로 흩어질 것이며 이곳에 머무를 것이다.' '또 이곳
에 머문다고요. 너무 지겹지 않을까요. 고루하지 않을까요.' '아니
다.' 문수보살이 어느새 자신이 되었다. 자신이 묻고 자신이 대답한
다. 네가 알고 있는 억겁의 세월 동안 한 알의 개암 속을 다 보지도 못
하는 것이 존재인 것이다. '그것은 방편이 아니었던가요. 진리를 위
한 방편.' '아니다. 저 우주가 너무 넓어서 보이지 않는 것이 아니다.
그렇다고 너무 작아서 보이지 않는 것도 아니다. 존재의 방법은 존재

의 가짓수만큼이나 된단다. 존재하는 모든 것들 하나하나가 우주를 품고 있단다.' 곧, 가뭇없이 사라지는 의식 속으로 어스름한 그 무언가가 다가왔다. 그는 알지 못함의 두려움, 무지의 두려움에 찡그렸던 미간의 주름을 펴고 70생의 마지막 날숨을 있는 힘껏 내뱉었다.

# 13

"조실스님이 사라지셨습니다." 진명스님이 사자암 쪽에서 상원사 마당으로 급하게 들어섰다. 승당에서 큰스님이 문을 밀치며 나왔다. "사라지다니?" "아침에 문안인사 차 가보니 불당을 깨끗이 치우고 스님은 보이지 않았습니다. 산책하러 가셨나 하고 적멸보궁까지 올라가 봤는데, 안 계셨습니다."

소란스러움에 임금이 요사채 문을 열었다. 임금은 호위대장을 당장 불러오라고 소릴 질렀다. "네가 그랬지. 어디에 계신 거냐?" "불당에 계실 것입니다." "뭐라 불당! 불당에 없다 하지 않느냐." "분명히 불당에 계실 겁니다."

"이실직고하여라." 임금의 다그침에 양정은 밤에 있었던 일을 세세히 말했다. 그의 말은 임금과 달리 차분했다. 진명스님과 큰스님도 들었다. "전 단지 그분이 스님인 줄 모르고, 전하의 옥체를 상하게 하여 그랬을 뿐입니다. 저는 전하 호위 책임을 담당하는 호위대장입니다." 임금은 어이가 없다는 듯이 고개를 틀며 한숨을 쉬었다. "그럼 시신은 어디에 숨기셨소?" 큰스님이 근엄하게 물었다. "지금 말씀 올린 대로 저는 스님을 베고 그냥 나왔습니다. 스님은 불당에 쓰러지셨고요." "불당 안은 깨끗했습니다. 불당 안에서 큰스님을 칼로 해쳤으면 핏자국이라도 있어야 하는데, 금방 청소한 것처럼 깨끗했습니다. 물론 시신도 없었고요." "당장 바른 대로 대지 못할까. 시신을 어디에 숨겼느냐." "믿어주십시오. 저는 단지 전하의 옥체를 건드려서 스님을 베었습니다. 그리고 곧바로 나왔습니다." "왜 그런 짓을 했느냐. 누가 시키더냐?" 양정은 숙였던 고개를 천천히 들면서 임금을 노려봤다. 작정한 눈빛이다. "전하는 조선이십니다. 사사로움에 얽매여 부처귀신에게 머리를 숙이는 것은 군왕으로서의 올바른 행동이 아닙니다. 정 부처를 버리지 못하신다면 금강산에서 전하가 말씀하셨던 대로 옥좌를 내놓으시고, 이 산속에 남으시지요. 귀신에 머리 조아리는 군왕을 의지하며 팍팍한 삶을 유지하는 백성이 불쌍할 따름입니다." 그동안 마음속에 담았던 것을 다 토해내었다. 다시 고개를 숙였다. 문지방을 잡은 임금의 손이 부르르 떨렸다. "상당군을 불러와라." 상당군이 임금 앞에서 부복했다. "이자를 당장 목을 쳐야 옳겠지만, 이곳에서 그렇게 할 수는 없고, 포박하여 가두어라. 이 무례한 놈."

상당군은 호위대장 양정을 공양간 옆 고방에 가두었다. 나무문 틈으로 들어온 햇빛에 창이 없어도 어둡지 않았다. 상당군은 양정의 옆에 앉았다. "그래 임금의 옥체를 주장자로 내려쳤다 이거지. 그래서 그 노인네를 죽였고." 상당군의 물음에 양정은 대답하지 않았다. "호위대장 잘못이 아니오. 호위대장이 잘못이 있다면 그때 그 자리에서 그자를 칼로 베지 않았다는 것이지." 양정은 미쳐가고 있었다. 산속에서 뭔가에 혼을 빼앗긴 듯 이상한 행동들을 하고 있다. "분명히 호위대장이 그 노인을 죽였소. 그럼 시신이 어디에 있을까?" 상당군은 양정의 말을 믿고 싶었다. 시신은 어디로 갔을까. 누가, 왜 치웠을까. 양정의 칼을 맞았으면 방 안에 피가 흥건했을 것인데 그 피들은 어떻게 된 것일까. 혹시 양정이 또 뭔가에 홀린 것이 아닐까. 그럼 그 노인은 어디로 사라진 것일까. 상당군은 가능성 있는 경우를 머릿속에 떠올리며 정리해봤지만 아무런 꼬투리도 잡히지 않았다. "편히 쉬게, 불편한 것이 있으면 밖에 호위병이 있으니 그를 통해 나를 찾게." 말아서 세워놓은 멍석에 등을 기대고 넋 나간 듯이 앉아 있는 양정을 보고 측은함을 느꼈다. 임금과 양정 둘 다 제정신이 아님은 물론 서서히 죽어가고 있다. 계유년과 병자년 사건에 대한 죄책감 때문이라는 것을 그도 알고 있다. 그러면 그 모든 일을 계획하고 임금의 권력과 양정의 칼을 빌려 거사를 치른 자신은 지금쯤이면 지옥의 불구덩이에 빠져 허우적거리고 있어야 한단 말인가. 공과 사를 구분 짓지 못하고 괴로워하는 그들이 불쌍했다. 초점이 밖으로 향하지 못하고 자신의 머릿속을 헤집는 흐린 눈으로, 멍석에 기댄 양정의 몸은 밤새 비 맞은 도롱이처럼 축 처져 안쓰러웠다.

왜 저리 변했을까. 왜 생각을 깊이 할까. 그때는 안 그랬는데. 개경 경덕궁직으로 있을 때였다. 이른 봄 산골마을에 난 황톳길을 걷고 있었다. 그때의 그 길은 선명했다. 그 선명했던 황톳길 위에서 양정을 처음 봤다. 그때 그는 보리밭을 오랫동안 쳐다보았다. 보리밭 가에는 굵은 바위들이 밭의 경계를 쳤다. 굵은 바위틈으로 비집고 나온 진달래가 봉오리 졌다. 곧 피어날 듯했다. 그러나 보리밭은 파랬다. 그 파란 보리밭에서 한 젊은이가 돌을 골라내고 있었다. 맑은 날이라지만 초봄이라 바람은 차가웠다. 찬바람에 아랑곳하지 않고, 젊은이는 팔뚝을 걷어붙였고, 큰 돌을 어깨에 멜 때는 꿈틀거리는 복근이 보였다. 밭 뒤로는 아름드리나무들이 빽빽이 들어섰다. 개경에서 가깝지만 골이 깊은 곳이었다. 젊은이는 산에 불을 지르고, 굵은 나무뿌리를 캐어내고, 바위를 골라내고, 곡괭이로 땅을 뒤집고 또 뒤집어 밭을 만들었으리라. 굵은 팔뚝과 꿈틀거리는 복근이 이를 말해주고 있었다.

"나이는?" "스물아홉입니다." "혼인은?" "아직입니다." "양친은?" "두 분 모두 건강하시고, 땔감 거두러 산에 올라갔습니다." "지금 참봉 자리에 사람이 필요한데, 자네는 어떤가?" "네?" "지금 결정하라는 것은 아니네, 양친이 오시면 상의해서 생각 있으면 개경으로 나를 찾아오게." "제가요? 저를 어떻게 알고요. 오늘 처음 봤잖아요. 그런데……." "오전 내내 봤네. 궁이 예서 그리 멀지 않으니 양친 모시는 것은 어렵지 않을 듯." 그리곤 곧바로 돌아서 계곡 아래로 내려갔다.

그는 내려오면서 보리밭을 다시 보았다. 아직 진달래가 피지 않은 초봄의 들 한 귀퉁이를 차지한 파란 보리밭은 도드라졌다. 양정의 말은 보리 싹처럼 짧고 선명했다. 짧지만 정신의 모자람이 없는 말투였다. 말이 짧은 사람은 말이 바뀌지 않는다. 그리고 말이 행동을 지배한다. 정신의 모자람만 없으면 된다. 공자에 흐려지지 않은 정신, 석가에 기대지 않은 육체를 가지고 있었다. 그의 육체와 정신은 곧게 혼자의 길을 가고 있었다. 그는 그런 사람이 필요했다.

예상대로 양정은 진달래꽃이 필 때 산에서 내려왔다. 또 한 명의 동행이 생긴 것이다. 그의 길을 같이 갈 동행인. 이렇게 그는 사람을 찾아다녔다. 이번엔 큰 것을 건졌다. 흐뭇했다. 약속대로 그는 양정에게 북문을 지키는 초관 자리를 주었다. 초관 자리를 주었지만 근무에서는 제외시켰다. 그리곤 개경 최고의 무사인 백악을 붙여주었다. 백악의 칼 솜씨는 나무랄 데 없고, 그를 잘 따랐는데, 생각이 많았다. 양정이 백악의 칼 솜씨를 모두 물려받자, 그는 백악을 함경도로 보내고, 그들은 한양 궁궐로 들어와서 계유년과 병자년 사건을 일으키고 양정은 병조참의가 되었다.

나라의 난을 수습한 것인지 일으킨 것인지 알 수 없었지만, 그 사건 이후 양정은 정난공신이 되어 조선팔도 최고의 실세로 군림하다가, 2년 동안 어머니 시묘를 마치고 돌아왔다. 그때 양정의 몸은 부쩍 부풀어 있었고, 무엇보다도 눈빛이 흐렸다. 공맹이나 석가의 사상에 흐려진 눈빛. 생각이 많아졌다는 것이다. 상당군은 백악을 보낸 것처럼 양정도 자신의 곁에서 보낼 때가 되었다고 생각했다. 양정은 지금 멍석에 기대어 돌아갈 수 없는 청보리밭을 생각하고 있을 것이다. '왜 사람들은 이렇게 선명한 현실을 놔두고 퇴색하여 흐릿한 과거를 자꾸만 현실로 끌어오려고 할까.' 상당군은 갈 수 없는 곳을 포기하지 않고 멍한 눈길로 그리워만 하는 양정이, 임금이, 영의정이, 아니 조선팔도의 지식인이랍시고 과거의 명분에 묶여 있는 그들이 다 불쌍했다.

진명스님은 보퉁이를 메고 불상 작업장의 문을 열었다. 황금색 불상이 누워 있다. "스님 어디 가세요?" "산에서 내려갑니다. 그동안 고마웠습니다." 누워 있는 불상의 얼굴을 황색 보자기로 가렸다. 가슴이 갓난아기처럼 도톰하고 부드러웠다. "복장물 준비와 의식은 어떻게 하시고요." "큰스님도 계시니 알아서 하시겠지요. 그게 그리 중요한가요." 창하가 회백색 눈을 부릅뜨고 그를 쏘아봤다. "뭐라고요? 난 일곱 달 동안 통나무를 자르고 깎아 목불을 만들었습니다. 복장 의식 끝날 때까지는 아무 데도 못 갑니다. 이 불상에 생명을 준 다음에 어디든 가십시오." "나무토막에 무슨 생명이 깃든다고 그러십니까?"

"그럼 무엇이 생명이냐?" 큰스님이었다. 큰스님은 작업장을 나와 돌계단 위에 섰다. 진명스님도 그 뒤를 따라 나왔다. "그래 어디로 갈 거냐. 갈 곳은 정한 것이냐?" 뒤에 서 있는 진명스님은 아무런 대답을 하지 않았다. "저들을 보아라." 마당에는 임금, 영의정, 상당군이 나란히 서서 오대골을 내려다보고 있었다.

"그동안 난 저들을 가까이서 오래 보아왔다. 물론 그때의 사건이 일어날 때도 궁궐에서 저들을 지켜봤지. 그리고 10여 년이 흘렀다. 그런데 저들은 같은 사건을 모의하고 일으켰으면서도 그 사건을 놓고 각기 생각이 다르구나. 임금은 그때의 일로 스스로 큰 죄를 만들어 용서해달라고 저리 부처님을 붙잡고 애걸하고, 영의정은 그때의 일이 잘못되었으니 되돌리고 싶어하며, 상당군은 그때의 사건은 나라의 정치이며 그 속에 나타난 어쩔 수 없는 것이므로, 죄도 잘못도 없다고 생각한단다. 그런데 말이다, 다 생각이 다른데 말이다, 난 누구의 생각이 옳고 그른지 모르겠구나. 저들 각자가 알고 있는 지식이 이 세상에 존재하는 지식에 비해 얼마나 될까. 나 또한 이 세상에 존재하는 것들을 얼마나 알고 있을까. 저 무수한 나무 스치는 바람 밤하늘의 별들 개미들 다람쥐들 오소리들 빈대들 구더기들 돌멩이 바위 물고기 진딧물 등 존재하는 것들은 저리 많은데 나는 저들 중 한 가지도 제대로 알지 못하겠구나. 부처님도 다만 연기, 즉 모든 현상은 원인인 인과 조건인 연의 상호 관계에서만 존재할 뿐이라고 했는데, 저들은 똑같은 원인에 저리 맞이하는 결과가 다르니 그것도 의심이 되는구나. 그러니 나는 세상은 그냥 존재만 있을 뿐이라 생각한다. 너도 그냥 세상에 존재한 것뿐이었다. 저 숲 속의 아름다운 자연 속에서, 낮은 곳으로 흐르는 물같이 마음을 비우고, 안분지족하며 자라는 나무와 같이 욕심 없이 사는 삶이야말로 옳은 삶이라 하지만, 본질을 잘 보아라. 오대산에 왜 미끈하게 우뚝 선 전나무가 많은 줄 아느냐. 부처님의 가피를 받은 성지라 그렇다고들 하는데, 산세가 둥글어 흙이 기름지니 숲이 우거져 햇빛에 대한 집착 때문에 그렇게 웃자란 것이다. 동네 입구에 홀로 가지를 넓게 펴고, 그 아래 넓은 그늘을 만들어 시원한 바람을 일으키는, 그 둥그런 느티나무가 나무의 본모습이란다. 저 미끈하게 하늘을 향해 뻗은 전나무는 애욕의 결과니라. 몇 백 년을 서로 얼굴 마주 보며 그렇게 서 있는 친구의 그늘에 가리지 않으려고, 아니 그를 가려서 죽이지 않으면 자신이 죽기에 미끈하게 키가 큰 것이지. 나무의 생태는 안분지족과 거리가 멀다. 나무에게 인간처럼 칼을 휘두를 수 있는 손이 있고, 움직일 수 있는 발이 있다면 이 넓은 오대산에 한 그루의 나무도 살아남지 못했을 것이다. 모두 죽이겠지. 바위틈 속에서도, 물속에서도 자라고 비로봉 정상에서 비수같이 차고 날카로운 북풍을 맞으면서도 지독하게 자라는 게 나무다. 인간보다 생에 대한 집착이 훨씬 독하지. 물도 계곡을 따라 졸졸 흐르지만, 이것들도 모이면 들을 삼키고, 집을 삼키지 않더냐. 저기 거만하게 내려다보는 비로봉의 뭉게구름도 물이니라. 너의 지식을 죽여라. 나무에 씌운 안분지족의 거짓을 지워라. 낮은 곳으로 흐르는 물에 씌운 겸손의 가식을 지워거라. 자연은 자신의 처지에 만족하지도, 흐르는 대로 그냥 있지도 않는단다. 다만, 할 수 없어서 그렇게 있을 뿐이지. 할 수 없기에 더 치열한 생존만 있을 뿐이란다. 존재만이 진실이다. 그래서

난 말이다. 임금의 마음이 신체를 용서하게끔 돕고 싶었을 뿐이다. 임
금의 의지에서 벗어나 날뛰는 그의 마음을 달래야만 임금은 살아날
수 있다. 그래서 이 산속으로 끌어들인 것이다. 너는 묻고 싶겠지. 용
서하게끔 돕는다면서 왜 그들의 적들을 함께 끌어들였느냐고, 죽음
만이 용서의 기회냐고. 너의 의심도 이해 못 하는 것은 아니다. 그러나
스스로 용서하려면 반드시 선행되어야 할 일이 있단다. 먼저 그들로
부터 용서를 받아야 한다. 그렇지 않으면 스스로 용서를 할 수 없단
다. 그러나 그들이 용서할지 아니면 용서를 하지 않고 이 계곡에서 임
금을 죽일지 난 모르겠구나. 그것은 그들의 선택이다. 난 다만 그들이
용서할 수 있게끔 최대한 노력할 뿐이다. 그것이다. 너의 마음속에 나
무토막에 생명이 있다고 믿으면 있는 것이다. 그렇게 믿고 네가 나무
토막에 생명을 불어넣으면, 난 눈을 띄우리라. 꼭 그렇게 하자. 임금
을 비롯해 여기에 모인 모든 사람이 서로 용서하는 모습, 그 모습이
난 간절하구나. 어린 무구나 윤 씨 부인이 무슨 죄가 있겠느냐.

　저 아래 돌탑 옆을 지나는 저 스님을 보아라. 짐이 얼마나 무거워
보이느냐. 무엇을 찾아가는지. 걸음걸이의 무거움으로 봐선 마음 둘
곳을 정하지 못하고 떠난 길인 것 같구나. 찾지 못한 것인지. 찾은 것
을 버리지 못한 것인지. 타오르는 마장을 다스리지 못해 머리가 벗겨
져 반들거리는 것이 너도 보이지 않느냐. 저 번들거리는 머리에 저 스
님의 고뇌가 고스란히 서려 있구나. 저 스님도 속세를 버리고 숲 속에
서 오랜 세월을 보내 나무를 닮아 지독하게 생을 유지하고 있구나. 아

주 지독한 나무처럼 어디에선가 뿌리를 박고 자신의 분신인 번뇌와 치열한 생존경쟁을 벌이다가 끝내는 번뇌에 눌려 떠나는 것 같구나. 너도 저 스님처럼 마음 붙일 곳 없이……." "스님, 저분이 작은 스님입니다." 큰스님은 뒤를 돌아보았다. 뒤에 있는 줄 알았던 진명스님은 없고, 창하가 난감한 표정으로 서 있었다.

"그랬구나."

방태산 돈점박이가 코를 벌름거렸다. 싱싱한 피 냄새가 동풍을 타고 비로봉을 넘어왔다. 백암산 어미에게 쫓겨난 1년 6개월짜리다. 어미와 떨어져 굶주려 있던 그는 비로봉을 넘었다. 등에 검은 매화무늬가 선명했지만 새까만 밤이라 매화무늬는 보이지 않았다. 계곡을 내려와 냄새의 진원지에 도착했다. 돈점박이는 암자 옆 참나무 위로 올라가 갈라진 가지에 배를 깔았다. 배고픔에 달려왔지만 이곳은 자신의 구역이 아니다. 주변을 살폈다. 밤에 나무 위에서 동그랗게 빛나는 두 눈에는 맹수의 무서움보다 두려움이 더 깃들어 있었다. 암자 안에는 하얀빛들이 부지런히 돌아다녔다. 너구리 가족이었다. 어미 둘에 새끼 여섯이었다. 한동안 경계를 하던 돈점박이가 나무에서 내려와 열린 불당 안으로 들어갔다. 너구리 가족은 돈점박이를 보고 피했다. 몸에서 갓 흘러나온 피는 싱싱했다. 비스듬히 앉아 있는 스님의 목을 물고 문밖으로 끌고 나오다가 문지방에 걸렸다. 발톱을 세워 몸을 고정하고 턱에 힘을 주어 당겼다. 시체가 칼이 지나간 자리를 경계로 두 동강이 났다. 그는 물었던 목을 놓지 않고 그대로 비로봉 위로 올라갔다. 오른팔만 덜렁거리는 상체는 그렇게 비로봉의 어둠 속으로 사라졌다. 역시 싱싱한 피 냄새를 맡고 몰려온 승냥이 네 마리가 암자 아래서 이를 지켜보다가 돈점박이가 사라지자 잽싸게 불당 안으로 뛰어들었다. 이들은 서로 먹이를 차지하려고 남은 시체를 물고 으르렁거렸다. 네 마리가 오른쪽 다리, 왼쪽 다리, 왼쪽 팔, 잘린 틈으로 비집고 나온 갈비뼈를 각각 물고 당겼다. 사방에서 시체를 물고 흔들어 그나마 남아 있던 내장이 모두 쏟아졌다. 한참 동안의 실랑이에 드디어 시체는 네 동강이 났다. 그중에 왼쪽 다리를 물었던 승냥이의 살점이 가장 컸다. 그들도 각자의 먹이를 물고 계곡 아래로 사라졌다. 물러났던 너구리 가족들이 다시 불당 안으로 들어갔다. 김이 모락모락 나는 내장은 수놈이 게걸스럽게 먹어치웠다. 암놈과 새끼들은 바닥에 흘린 싱싱한 피를 핥아 먹었다. 그러나 마른 노스님의 몸에서 흘러나온 피는 그리 많지 않았다. 너구리 가족은 돈점박이가 물고 사라진 길을 따라가면서 군데군데 흘린 내장과 피를 찾아 그들도 숲 속으로 사라졌다. 피 냄새를 맡고 모여들었던 오대산의 온갖 동물들은 그냥 침만 삼키고 마당에서 돌아섰다. 깨끗하게 치워진 불당 안으로 새벽 시원한 계곡 바람이 들어왔다. 오대산의 거대한 '자연에게 초라한 늙은 시체 한 구 치우는 것은 일도 아니었다.

# 14

임금의 연이 들렸다. 옥계에 달린 붉은 수술이 흔들린다. 동쪽 북쪽 망루가 철거되었고, 초병들이 떠난 임시 초소는 붉은 황토 흙만 초록 숲에 흉물스럽게 드러났다. 상원사 입구의 군막도 철거했다. 긴 각角이 울렸다. 그 소리는 오대골을 가득 채우고 비로봉을 넘어갔다. 곧 이어진 피리 소리의 날카로움에 숲 속의 다람쥐들이 나뭇가지 위에서 움츠렸다. 둑, 황룡기, 청룡기, 백호기 따위의 온갖 기들이 올랐다. 오대천을 따라 난 길로 행차가 길게 상원사를 빠져나가고 있다. 저잣거리의 행차보다도 더 요란했다. 척후들도 피리 소리에 북소리에 발을 맞추며 몸을 맡겼다.

"저자가 떠난다." 북쪽 상왕봉 8부 능선 나웅대 근처에서 늦잠을 자던 김대오가 오대골을 울리는 요란한 행차 소리에 잠을 깼다. 그들은 칼을 들고 동대봉 능선을 따라 월정사 쪽으로 뛰었다. "이곳까지 죽으러 제 발로 들어왔는데 살려 보낼 순 없다. 오대산 입구에서 친다. 급습하면 저들의 수괴를 죽일 수 있다. 그만 죽이면 된다. 그리고 이승을 떠나 선조를 떳떳이 만나자." 뛰었다. 소나무에 손을 긁히고, 돌부리가 발바닥을 찔러도 뛰었다. 늙은 몸으로 미친 승냥이처럼 숲 속을 날듯이 동대봉의 능선을 따라 내려왔다. 행차는 척후병을 두지 않았다. 죽음을 각오하면 그를 죽일 수 있다.

"전하! 이곳은 깊은 산중이라 옥체가 위험합니다. 남은 일은 남은 자들에게 맡기고 이젠 떠나셔야 합니다. 어제도 적이 습격하는 것을 초병이 미리 발견했기에 망정이지 만약에 경계를 뚫고 적이 침입했으면 어찌 되었을지 생각만 해도 끔찍합니다. 그리고 그 짙은 안개를 보셨잖습니까. 이곳은 그런 무시무시한 산안개가 자주 몰려온다고 합니다. 울창한 숲과 하루에도 몇 번씩 변하는 변덕스러운 날씨 그리고 달도 없는 짙은 어둠 때문에 아무리 철통같은 경계를 한다고 해도, 그 경계에 구멍이 숭숭 뚫릴 수밖에 없는 곳입니다. 지금 전하의 옥체를 노리는 자들이 숲 속에 깔렸습니다. 어둠과 울창한 숲과 짙은 안개에 몸을 숨기고 침입하는 저자들을 막지 못할 수도 있습니다." 옆에서 듣고만 있던 상당군도 영의정의 말에 덧붙여서 떠나야 할 것을 간곡히 말했다. "나는 못 가요. 점안식을 봐야 해요. 이젠 죽음이 두렵지 않소." "전하! 전하는 조선입니다. 전하가 그리 약한 모습을 보이면, 조선의 백성……." "전하, 그럼 이렇게 하시면 어떻겠습니까?" 영의정이 상당군의 말을 가로챘다. 삐뚜름하게 앉아 띠살 창에 눈길을 두었던 임금과 그 임금 앞에서 두 손을 바닥에 대고 부복하고 있던 상당군의 눈길이 영의정에게 몰렸다. "지금 숲 속에는 전하의 옥체를 노리는 자들이 얼마나 있는지, 그들이 누구인지 알지 못합니다. 그들을 유인하는 것입니다." "어떻게?" "행차가 오대골을 떠나는 것입니다. 빈 연으로 행차의 대열을 갖추어 요란하게 떠나는 것입니다. 그러면 숲 속에서 전하를 노리는 저들이 어느 지점에서 공격해 오겠지요. 제 생각에는 아마 오대산 입구가 될 듯합니다." "호위군사들이 다치기라도 하면……." 상당군도 영의정의 말에 솔깃한 듯 덧붙였다. "그 정도야 감수해야지요. 그리고 적들이 공격해 오면 연을 버리고 흩어졌다가, 적들이 연 주변으로 모였을 때 다시 공격하면 아군의 희생을 줄이고도 적들을 일망타진할 수 있습니다. 적들이 노리는 것은 전하의 옥체입니다." "임금의 연을 미끼로 하여 적을 유인한다 이거지." "네, 지금 적들은 어느 산등성인지 모르지만, 이쪽을 계속 감시하고 있을 것입니다. 임금의 행차 대열이 뜨면 금방 그들이 알아채고, 공격해 올 것입니다. 그들이 충분한 공격 준비를 할 수 있게끔 행차 속도를 늦추며 유람하듯이 하고요." "그럼 전하는 어디에 모시고요?" "전하는 그냥 이곳에 계시면 됩니다. 혹시 모르니 곤룡포를 벗으시고, 비단 저고리만 입으면 저들 누구도 알아보지 못할 것입니다. 만일에 대비해서 전하를 호위할 군사 몇은 평복으로 갈아입고 잔류하고요."
"너무 위험하지 않소. 혹시 이 사실이 저들에게 알려진다면 치명적인
데." 상당군은 영의정 의견에 동의하지만, 그래도 걱정된다는 투로
가볍게 질문을 던졌다. "대감 말이 맞습니다. 그래서 여기 계신 전하
와 대감, 그리고 절제사 장군들에게만 이 사실을 알리고 나머지는 실
제로 임금이 떠나는 것으로 하면 됩니다.""그래 그들은 분명히 미끼
를 물 거야." 임금은 환한 미소를 지었다. "오대산 입구까지 행차했다
가 설령 그들이 공격해 오지 않는다 해도 다시 돌아와서 호위하면 됩
니다. 오대산 입구까지 오가는 데 두 시진이면 충분합니다. 그동안만
전하는 왕이 아닌 노복 몇을 거느린 유생 노릇을 하시면 됩니다.""그
럼 내금위 2백을 평복으로 갈아입히고 전하를 호위하게 하면 되겠네
요.""대감, 그것은 안 됩니다. 그 많은 평복을 당장 구할 수 없을뿐더
러, 아무리 평복을 입었다고 해도 2백 명의 젊은 남자들이 절 주변을
서성이면 저들이 눈치를 챌 수 있습니다. 그러면 더 위험합니다.""영
의정 말이 맞소. 속이려면 확실히 해야죠." 임금이 영의정을 거들었
다. "내금위 중에서 정예 30명을 선발하여 전하 호위를 담당케 하는
것이 어떠한지요.""전하의 옥체를 깊은 산속에서 30명이 지킨다고
요?""짐은 떠날 것인데, 30이든 다섯이든 뭔 상관이 있겠어요. 하하
하." 상당군의 심려에 임금은 아무것도 아니라는 듯이 웃었다.

    상당군은 행차 중간에 섰다. 앞에 둑이 있었고, 홍기와 백기와 청기

를 든 병사가 길 양옆으로 나란히 걸었다. 둑 뒤에는 백호가 펄럭였다. 호랑인지 고양인지 분간할 수 없는 펄럭임이다. 오대골을 타고 올라오는 바람에 말은 고개를 숙이고 걸었다. 그러나 상당군은 고개를 치켜들고 길 양옆으로 가파르게 우거진 숲에서 눈길을 떼지 않았다. 적들이 언제 공격해 올지 몰랐다. 우거진 초록 숲 안은 대낮인데도 어두웠다.

"전하, 초병들이 떠난 산사가 고요합니다. 산사 본래 모습을 찾은 듯 성스럽습니다. 이래서 스님들이 산속을 그리워하나 봅니다." 임금이 열린 방문으로 들어오는 시원한 바람에 얼굴을 디밀었다. "그러게요. 바람도 달콤하네요. 잠시 왕의 신분을 버렸으니 범부로서 숲 속을 걸어봄도 좋을 듯싶소." 임금은 조실스님이 문득 그리워져 사자암으로 향했다. 그곳에 가면 조실스님이 또 그를 반길 듯했다. 그를 그렇게 맑은 모습으로 반긴 사람은 없었다. 그리고 들을 수 없다는 것을 알면서도 자신의 이름을 한 번 더 듣고 싶었다. '유야.'

무구는 고양이를 안고 적멸보궁에서 내려오다가 행차를 보았다. 광대 패거리처럼 요란했다. 부처님오신날이 아직 3일이나 남았는데 벌써 떠난다니 이상했다. 진명스님이 부처님오신날 오후에 임금이 떠난다고 했었다. 고양이가 갑자기 무구의 가슴을 할퀴며 발버둥 쳤다. 적멸보궁에서 사자암 쪽으로 내려오는 가파른 언덕이다. 무구는 고양이를 놓쳤다. 고양이는 찔레나무가 우거진 숲으로 달아났다. 어린 것이 빨랐다. 무구는 뒤쫓았다. 찔레나무 숲에 숨었던 고양이를 잡았다. 찔레 가시에 손등이 찔려 피가 흘렀다. 피를 옷에 닦고 고양이를 다시 안았다. 그래도 고양이가 발버둥 치며 무구의 가슴을 계속 할퀴었다. 무구가 고양이를 두 손으로 움켜쥐고 돌아서려는 순간, 이상한 것들이 보였다. 검은 바윗덩어리들이 계곡 경사면에 동글동글 모여 있었다. 무구는 조금 더 내려가 보았다. 칼을 차고 검은 복면을 쓴 무사들이었다. 이렇게 많은 무사가 이 숲 속에 있다는 것은, 그렇다. 임금을 해치려는 것이다. 그러나 임금은 떠났다. 무구는 어리석은 자들이라고 생각하며 그들에게 들키지 않도록 몸을 낮게 숙이고 다시 능선을 올랐다. 능선으로 오르자 시원한 바람이 불어왔다. 피는 멎었지만, 가시가 박혔는지 상처 부위가 쑤셨다. 무구는 뛰었다. 임금이 떠났기에 더 스님들이 위험할 수 있었다. 임금과 함께 무사들이 모두 떠났기 때문이다. 무구는 사자암을 거치지 않고 숲을 가로질러 직접 상원사로 뛰었다. 가파른 능선 아래 초록 숲 사이로 하얗게 늘어선 사람들이 보였다. 누구인지 알 수 없었다. 검은 갓과 날리는 하얀 도포 자락만 내려다보였다. 저들은 누굴까. 그럼 무사들은 저들을 노리는 것일까. 무구는 다시 뛰었다.

영의정이 앞섰다. 임금은 뒤를 따랐다. 그리고 평복을 입은 호위무사가 임금 뒤를 따랐다. 모두 하얀 옷을 입었다. 푸른 숲에 흰색은 시원했다. 임금이 숲 속 공기를 깊이 들이마시는 소리가 두세 보 앞을 걷는 영의정에게까지 들렸다. 그러나 영의정의 손은 질퍽했다. 창하가 작업장에서 이들을 지켜보다가 영의정이 쳐다보자 하던 일을 계속했다. 우람한 창하 팔뚝에서 밀리는 대팻밥의 나뭇결이 둥글둥글 투명하게 일어났다. 영의정은 서대암에서 동봉과 약속은 했지만, 막상 닥치고 보니 차마 임금에게 말도 붙여보지 못했는데, 임금은 그런 영의정의 마음을 헤아리기라도 한 듯이 서대암으로 스스로 향했다. 잔뜩 긴장한 상태로 앞서던 영의정이 나무뿌리에 발이 걸려 휘청거리며 넘어지려 하자 임금이 그의 손을 잡았다. "영상, 왜 이리 손에 땀이 흥건한가요? 몸이 편치 않소?" "아닙니다. 아직 덜 마른 이슬에 스쳤나 봅니다." "영상은 나라의 보배요. 조심하시오." "송구합니다." 지금이라도 늦지 않았으니 돌아가야 하나, 라고 마음을 잡아보지만 이 또한 입 밖으로 나오지 않고 영의정은 휘청휘청 그냥 걸을 뿐이었다.

"정말이야?" 창하는 무구의 말을 듣고 선원 앞마당으로 나왔다. 그 많던 군사들은 감쪽같이 사라졌다. 오대골 멀리 행차 대열의 꼬리가 산기슭을 돌아 사라지고 있었다. 그들은 지금 임금을 노리는 것이다. 요사채로 갔다. 양정을 지키는 무사 몇이 흰 도포를 입고 담을 친 돌 위에 앉아 있다. 도포 속에서 칼끝이 비집고 나왔다. "호위대장을 만나야 해요." "안 된다." "전하가 위험해요. 당신들 지금 임금이 어디 계신지 알기나 해요." "전하는 이미 떠났소." "아니오. 전하는 지금 숲 속에 있소. 자객들이 전하를 해치려 한단 말이오." 소란을 듣고 충순위절제사가 임금이 기거하던 요사채에서 나왔다. "무슨 일이냐?" 창하가 자초지종을 짧게 말하자 장군은 양정이 갇힌 고방 문을 열어 주라고 명령했다. 양정은 갑자기 열린 문에 눈이 부신 듯 손으로 얼굴을 가렸다. "장군, 지금 전하가 위험하오. 자객들이 임금을 죽이려고 해요." "전하가 위험하다니, 그리고 무슨 자객이……." "급하오, 가면서 이야기합시다." "어디에 간단 말이오." "빨리 칼 차고 일어나시오!" 창하는 부하에게 명령하듯이 양정에게 소리쳤다. 양정도 시급함을 느끼고 벌떡 일어났다. 양정과 요사채 주변을 지키는 호위군사는 대략 20여 명 되었다. 창하는 그들을 집합시켰다. 그리고 요사채 마루에 기대어 있던 창을 들었다. 오랜만에 느껴보는 살기였다. 창을 쥐자 피가 활발하게 그의 몸을 돌았다. 손가락 끝의 뱀 대가리들이 다시 고개를 들었다.

동봉은 서대암을 내려와 사자암과 상원사 중간 숲 속에 있었다. 2백의 무사는 눈만 말똥말똥 뜨고 있을 뿐 숲 속은 고요했다. 호위군사 철수작전이 성공했다. "한번 해보지요. 그러나 임금 설득은 쉬워도, 상당군이 보통 아닙니다. 그는 날짐승의 본능을 가지고 있지요. 하여튼 설득이 성공하면 망루 초병을 철수시킬 것입니다. 그때 행동을 하시지요." "철수작전이 성공하면 꼭 임금을 그곳까지 모시고 와야 합니다. 행차가 떠난 지 반 시진까지 기다렸다가 오지 않으면 상원사로 쳐들어가겠습니다. 그리하면 절간에서 피를 보게 됩니다. 저는 그것까지는 원치 않습니다. 꼭 모시고 나오세요." 그는 임금을 데리고 나왔다. 하긴 상원사에 있어도 위험한 건 마찬가지였다. 능선에 그들이 있다. 모두 흰 옷을 입어서 누가 누군지 구별이 안 되었다. 그러나 자세히 보니 두 명의 흰 옷이 햇빛에 빛났다. 비단옷이다. 저 둘 중의 한 명이 임금이다. 그럼 한 명은 영의정. 그들은 계곡에서 능선을 넘어가는 시원한 바람을 느끼고 있었다. 모두 마음을 풀어헤친 근심 없는 자세인데, 비단옷을 입은 한 사람만 유독 경직된 자세로 눈길을 이곳저곳으로 옮기느라 머리를 바삐 움직였다. 그가 영의정이었다.

김대오 일행은 오대산 입구의 전나무 숲에 도착했다. 다행히 행차가 느려 시간을 벌 수 있었다. 그들은 전나무 한 그루씩 잡고 오르려 했으나 쉽지 않았다. 두 자 정도 오르다가 쭈르륵 미끄러지고, 다시 미끄러지곤 했다. 안 되겠다 싶어 그들 중 한 명이 목말을 태웠다. 그렇게 일곱 명을 전나무로 올리고, 넷은 길가 바위 뒤에 숨었다. 척후병을 두지 않아 들킬 염려는 없었다. 북소리와 피리 소리가 가까워졌다. 가슴이 뛰었다. 자신들을 천당으로 안내하는 소리였다. 천당에서 떳떳이 조상을 맞이하는 소리였다. 두문동에서 죽어간 그리운 그들을 오늘은 만날 것이다. 순간 구름이 하늘을 가렸다. 먹구름이었다. 높고 우람한 산일수록 생긴 것답지 않게 날씨 변덕이 심했다. 오랜 세월 살아오면서 변하지 않은 자신의 마음이 자랑스러웠다. 한 가지 명분을 지키며 평생 살아온 인생이 뿌듯했다. 몸이 산산이 부서져도 좋으리라. 그자만 지옥으로 보낼 수 있다면.

영의정은 능선에 서서 주변을 둘러보았다. 그와 약속한 장소에 임금이 왔다. 찔레 덩굴 아래에 그들이 보였다. 그가 쳐다보자 그들이 공격했다. 무사들이 임금을 감쌌다. 칼끼리 갈리는 소리가 소름을 돋게 했다. 선별된 무사들이지만 상대 수가 월등히 많다. 임금은 겁에 질려 사방에서 달려드는 자객들을 보고 핏발 선 두 눈을 동그랗게 뜨며 주춤거렸다. 그 순간 자객의 칼이 영의정 어깨를 베었다. 영의정은 쓰러지면서 상처를 손으로 잡았다. 피가 손가락 틈으로 빠져나와 옆구리를 타고 흘렀다. 하얀 적삼에 붉은 피가 배었다. 영의정은 임금을 보았다. 임금 옷도 하얀 비단 저고리였다. 자객들은 누가 임금이고 누가 영의정인지 분간할 수 없었던 것이다. 둘 다 죽일 심산이었다. 그러다가 영의정이 쓰러져도 호위무사들이 임금 주변만 호위하자 그때야 그들도 눈치 채고 임금만 공격했다. 임금 곁을 지키던 무사들도 한둘씩 쓰러졌다. 칼을 맞고 쓰러져 있는 영의정을 그가 바라보았다. 그는 뒷짐 지고 싸움을 먼 풍경 바라보듯이 구경했다. 조금만 참으라는 듯이, 미안하다는 듯이 오른 손바닥을 펴서 땅을 누르듯이 손짓을 했다. 임금도 칼에 찔렸는지 오른쪽 팔에 붉은 피가 흘렀다. 갓은 벗겨져 금으로 두른 상투가 드러났다. 호위무사들은 맹렬했다. 그러나 한둘씩 쓰러졌다. 허둥대던 임금이 나뭇등걸에 걸려 넘어졌다. 임금 목을 향해 자객이 칼을 내리꽂았다. 임금은 눈을 감고 뒹굴었다. 눈을 뜨자 다시 칼이 임금 배를 향해 내려왔다. 그 칼을 피하려고 상체를 일으키다가 칼에 허벅지를 베였다. 임금은 기어서 도망갔다. 하얀 비단옷이 팔 허벅지 배 등을 비집고 나온 피와 흙이 섞여 누렇게 변했다. 끝내는 임금을 호위하던 무사들도 다 쓰러지고, 기어가는 임금 곁에는 배가 갈라져 흘러내리는 내장을 한 손으로 받치고, 한 손으로는 칼을 든 무사 한 명만 남았다.

영의정은 머리가 어지러웠다. 너무 많은 피를 흘린 듯했다. 정신이 가물가물했다. '임금은 저렇게 죽는구나. 저승에서 만나면 뭐라 말하지. 또 그때의 그들을 만나면 뭐라 말할까.' 영의정은 지옥에 가고 싶었다. 그들은 모두 천당에 있을 것이다. 작은 이슬방울들이 바람에 날리기 시작했다. 영의정의 팔뚝에 하얗게 이슬방울들이 앉았다. 팔뚝에 맺혔던 이슬방울들이 서로 끌어당기더니 물방울이 되었다. 영의정은 팔뚝에 맺힌 맑은 물방울을 보았다. 눈물에 흐려진 숲이 어른거린다. 곧 물방울은 다른 물방울들과 모이더니 팔뚝을 주르륵 흘러내리면서 핏빛으로 변했다. 그 물은 손등의 굵은 핏줄기를 타고 흘러 검지 끝으로 떨어졌다. 손등에 굵은 핏줄로 이어진 작은 실핏줄이 보였다. 작은 실핏줄 사이로 모세혈관이 있을 것이다.

살가죽이 밀리거나 찢기면 안 되기 때문에 칼의 날이 예리해야 했을 것이다. 칼날로 등가죽을 십자로 베고, 그 가죽을 군사 넷이서 두 손으로 벗겼다. 벗겨진 속살에 붉은 피가 몽글몽글 피어났다. 유응부의 넓은 등에 순간적으로 홍매화가 가득 피었다가 졌다. 몽글몽글 피어오른 핏방울들이 모여 그의 등을 타고 흘렀다. 그것은 찰나였고, 어둠 속의 일이었지만, 그에게는 영원히 기억되었고 그 기억은 점차 밝아졌다. 유응부는 신음을 삼켰고 또 삼켰다. 삼킨 신음은 몸에 심한 경련을 일으켰다.

바람에 이리저리 날리던 이슬방울들이 점차 굵어지더니 빗방울이 되었다. 영의정의 몸속으로 빗물이 스며들었다. 영의정의 눈앞에 빗물과 핏물이 섞인 물이 고였다.

벗겨진 등에서 흘러내린 유응부의 붉은 피는 성삼문의 뚫린 허벅지에서 나온 피와 섞여 흐르다가 박팽년의 찢어진 옆구리에서 흘러내린 피와 섞였다. 핏물은 다리가 꺾이고, 팔이 비틀려 땅바닥에 쓰러져 있는 이개의 얼굴에 모여, 그의 입속으로 눈 속으로 스며들었다. 붉게 달군 쇠꼬챙이로 이개의 어깨를 후볐다. 이개는 경련도 일으키지 않았다. 이를 멀리서 지켜보던 대신들은 그가 지독하다고 했지만, 이개는 이미 정신이 나가 있었다. 이번에는 식은 쇠꼬챙이로 다시 옆구리를 찔렀다. 피가 솟구쳤다. 얼굴에 모였던 피와 섞였다. 고였다. 핏물이 고여 웅덩이가 되었다. 웅덩이가 넘쳤다. 다시 흘렀다. 하위지가 고문하던 양정을 향해 고개를 돌렸다. 그리고 웃었다. 하위지의 눈은 눈알이 뽑혔다. 눈알 없는 눈으로 그를 봤다. "인간 잡는 백정놈아 지옥에나 가라" 하며 입안에 가득한 피를 양정의 얼굴에 뱉었다. 양정은 칼을 빼어 그의 팔을 잘랐다. 비릿한 피가 솟구쳤다. 검은 피였다.

의금부 마당이 검었다.

계곡에서 강한 바람이 밀려왔다. 바람에 실려 온 빗방울이 영의정의 얼굴을 적셨다. 검은 구름의 밑은 젖무덤처럼 축 늘어져 전나무 숲을 쓸었다. 곧 한바탕 소나기가 쏟아질 것이다. 눈앞에 노란 애기똥풀 꽃이 아른거렸다. 눈물 속으로 노란 꽃이 흐려졌다. 흐려지면서 퍼지는 노란색은 초록 숲을 덮었다. 초록 숲을 노란 안개가 덮었다. "모두가 사라졌으면……." 아무도 듣지 못하는 말을 웅얼거리고 영의정은 눈을 감았다.


상당군은 산허리를 지나가는 짙은 구름 그림자에 하늘을 봤다. 검은 구름이 오대골로 몰려왔다. 금방이라도 굵은 빗방울을 쏟을 듯했다. 구름에 실려 온 바람이 거대한 전나무를 흔들었다. 전나무를 지나가는 바람 소리가 스산했다. 월정사가 가까워지고 있다. 굵은 전나무 숲 속에 스님의 무덤들이 모여 있는 부도 군이 보였다. 종 모양도 있었고, 계란을 세운 것 같은 조그마한 부도도 있다. 파란 이끼가 두텁게 부도를 덮었다. 1000여 년 전에 세워진 월정사, 그럼 저 부도도 1000여 년 동안 저 숲 속에서 답답한 이끼를 두르고 있었을 것이다. 성긴 이끼와 풍화의 흔적을 보니 종 모양이 오래된 것 같고 계란 모양은 근래에 세운 듯했다. 1000년이라, 인생 수명 60이라면, 열일곱 생이 거듭되는 긴 세월이다. 그 많은 세월이 자신에게 주어진다면 어떨까. 그럼 저 한해살이 애기똥풀은 자기보다 60배의 긴 세월을 사는 우리를 보고 무슨 생각을 할까. '자신이 영의정이라도 된 것처럼 허망한 1000년을 가늠하다니 나도 늙어가는 건가. 아니면 웅장한 산세에 잠시 마음을 빼앗긴 것인가.' 상당군은 부도 군을 보며 잠깐 스친 1000년의 세월 속에서 영의정의 촉촉한 눈빛을 떠올리는 순간, 문득 무엇인가를 깨달은 듯, 말고삐를 당겨 멈췄다. "그렇다. 왜 그것을 놓쳤을까. 영의정. 영의정이었다. 돌아가야 한다." 상당군은 내금위절 제사를 찾았다. 그리고 그를 선두로 기병대 150을 다시 상원사로 돌렸다. 상당군도 그들을 따랐다. 나머지는 행차를 계속했다.

"한 놈은 호위대장 양정이고, 한 놈은 누군지는 알 수 없으나 창끝에 살기가 가득합니다. 저들과 맞섰다가는 오대골에 핏물이 가득 흐를 것입니다. 임금은 온몸에 난 상처 때문에 오대골을 빠져나가지 못하고 죽을 것입니다. 이만 철수하시지요." 2편대장이 동봉에게 귓속말로 이야기했다. 임금의 하얗게 빛나던 겉적삼은 황적색의 호위병처럼 변했다. 김 집사가 임금을 포위한 무사들을 헤치고 겁에 질려 머리를 감싸고 엎드려 있는 임금 곁으로 가 그의 목을 치려고 상체를 숙인 순간 숲 속에서 창이 날아와 김 집사의 이마에 박혔다. 김 집사는 신음도 내지 못하고 앞으로 쓰러지다가 창 손잡이가 나뭇가지 사이로 끼어 그의 머리를 받쳤다. 비스듬히 서서 죽은 김 집사의 입가에는 미소가 번졌다. 정확히 이마에 박힌 창과 온화한 미소. 2백여 명의 무사가 주춤했다. 머리에 박힌 창보다 눕지 못하고 웃으며 죽은 공포가 무사들을 주춤하게 했던 것이다. 숲 속에서 창의 주인이 뛰어나왔고, 그의 뒤를 이어 양정이 나타났다. 창 주인은 머리에 박힌 창을 발로 걷어차 올렸다. 창이 하늘로 치솟자 김 집사의 머리가 반으로 갈라지면서 임금이 쓰러졌던 자리로 고꾸라졌다. 이미 임금은 양정 뒤를 따라온 호위무사들이 지키고 있었다. 그는 떨어지는 창을 보지도 않고 손으로 잡아 돌렸다. 그 옆에 양정이 섰다. "저들이 일당백이라도 된단 말이냐?" "물론 우리 무사들이 저들을 죽일 수 있겠지요. 그러려면 많은 희생이 따릅니다." "당연한 것 아닌가?"

창하가 상왕산에서 한참 창을 돌릴 때 자주 보았던 모습이다. 창날이 두개골 깊숙이 박히면 이따금 죽을 때 온화한 미소를 머금는 모습. 두개골이 깨져 얼굴에 피가 흥건해도 상왕산 마애불보다 더 행복한 미소를 지으며, 부처보다 더 인자한 미소를 지으며 죽었다. 하지만 저자들은 그 미소를 처음 보는 듯, 겁에 질린 얼굴로 주춤거렸다. 행복하고 인자한 미소가 두려운 자들. 창하가 기회를 놓치지 않고 창을 힘껏 휘두르자 주춤거리던 2백여 명의 무사들이 뒷걸음쳤다. "뭣들 하는 짓인가! 자네들이 진정 반도의 인류를 되찾고자 모인 무사들이 맞는가? 저들이 일당백이라도 된단 말이냐? 당장 공격해! 저 수괴의 머리를 잘라 그들을 그렇게 했듯이 한양 저잣거리에 걸어놓을 것이다."

충순위절제사를 선두로 행차는 월정사를 지나 오대산 입구 전나무 숲에 도착했다. 임금 연이 전나무 숲 중간을 조금 더 지났을 때, 나무 위에서 큰 보퉁이가 떨어지듯이 자객들이 연 주변으로 떨어졌다. 20척 내외의 높이에서 떨어진 자객들은 그 충격으로 연 옥계 위에서 굴렀고, 땅바닥에 떨어지면서 넘어졌다. 작전대로 호위군사들은 연을 내려놓고 사방으로 흩어졌다. 동쪽 절벽 위에서도 자객들이 연 주변으로 뛰어내렸다. 연 위에서 굴러떨어진 자객들은 땅바닥에 주저앉아 일어나지 못했다. 뛰어내린 충격으로 발목을 삐었는지 발목을 두 손으로 움켜쥔 자가 있는가 하면, 일어났어도 허리를 한 손으로 감싸고 꾸부정하게 칼로 지팡이 삼아 뒤뚱뒤뚱 걸었다. 모두 검은 복면을 써, 누가 누구인지 알 수 없었다. 충순위절제사는 이 광경을 지켜볼 뿐 공격명령을 내리지 않았다. 좀 더 구경하고 싶었다. 그들은 기어가고 칼로 지팡이 삼아 엉금엉금 연으로 다가가 연의 문을 열었다. 연에 아무것도 없는 것을 확인하고 그들 중 한 명이 복면을 벗었다. 늙었다. 그리고 충순위절제사를 향해 쩔뚝거리며 칼을 들고 다가섰다. 눈에는 분노가 가득했지만, 다리는 그 분노를 따르지 못했다. "발사." 충순위절제사의 명령이 떨어지자 화살이 바람을 가르는 소리가 날카롭게 들렸다. 그들의 몸에 뭉텅이로 자라난 싸리나무 군락처럼 화살이 박혔다. 죽어가면서 뭐라고 중얼거린 듯한데 충순위절제사는 알아들을 수 없었다.

사자암 쪽에서 말발굽 소리가 들렸다. 산 능선이 흔들렸다. 한두 마리가 아니었다. 먹장구름을 타고 오는 건가. 설마 이 숲 속에 말이, 하고 의심하는 순간, 히이잉! 말 울음소리들이 선명하게 들렸고, 그 소리와 동시에 개암나무를 헤치고 기병대의 선두가 그들이 대치하는 곳에 도착했다. 내금위절제사였다. 그의 말에는 무구도 같이 타고 있었다. 산을 흔드는 말발굽 소리에 임금을 포위했던 무사들이 허둥대다가, 숲 속을 헤치고 온 말들을 보자 반대편 사면을 구르며 뛰며 숲속으로 도망갔다.

상당군은 말에서 내렸다. 임금은 넋이 나간 표정이지만 정신은 있었다. 빨리 모시라고 지시하고, 영의정 곁으로 갔다. 영의정은 피를 너무 많이 흘려 정신을 잃었다. 아까부터 따라다니던 먹장구름에서 드디어 소나기가 내렸다. 하늘도 웅얼거렸다. 번개는 보이지 않았다. 능선에는 30여 구의 시체들이 너부러져 있었다. 모두 싱싱했다. 싱싱한 피비린내를 풍겼다. 싱싱해서 역겨웠다. 빗방울에 얼굴이 젖어가는 영의정을 보면서 상당군은 깊은 생각을 했다. 영의정은 치우침이 없다. 그는 항상 중간이다. 그는 조선에서 제일가는 유학자이며 역사가이며 외교관이다. 그의 절친한 집현전 학우들이 한쪽으로 치우쳐 목숨을 잃을 때도 그는 살아남은 자다. 영의정에게는 길이 없다. 바람 부는 대로 흘러간다. 그것이 진정한 그의 삶이며 길이다. 그랬던 그가 오늘 아침에는 명확한 길을 이야기했다. 임금의 가상 행차. 그 말은 그의 입에서 나왔지만, 그의 생각이 아니다. 그 말 속에는 너무나 선명한 길이 보였기 때문이다. 누굴까 그에게 그 길을 가르쳐준 그 사람.

빗방울이 굵어졌다. 무성한 잎을 때리는 빗방울 소리가 요란했다. 그 요란한 만큼 빗물은 고였고, 능선에 뿌려진 피에 섞인 빗물은 능선 전체를 연분홍빛으로 감쌌다. 곧 그 물은 계곡 아래로 흘렀다. 오대천으로 흘렀다. 물은 오대산 입구에 쓰러진 그들의 피와 섞여 반도의 산하를 굽이굽이 돌아 한강을 지나 서해로 흘러갈 것이다.

임금을 수행한 어의가 임금의 누렇게 물든 옷을 벗겼다. 허벅지에 손가락 두 마디 정도의 길이만큼 칼에 베인 상처만 있을 뿐 별다른 상처는 보이지 않았다. "허벅지에 약간의 상처만 있을 뿐입니다." 걱정하는 상당군을 보고 어의가 말했다. "그럼 저 적삼을 흥건히 적신 피들은 다 무엇이란 말이요?" "온몸을 뚫고 나온 종기가 터져 번진 피고름입니다. 자객들의 급습으로 놀라 심장이 요동쳤을 것이고, 혈관의 압력이 높아져 피가 피부가 약한 종기를 뚫고 나온 것입니다. 또한, 전하의 옥체가 넘어지고 구르면서도 종기가 터졌고요. 썩은 피고름을 다 빼냈으니 깨어나시면 한동안 몸이 개운하실 겁니다. 저도 이런 치료의 필요함을 느끼면서도, 귀한 옥체라 차마 못하였는데, 좋은 치료를 하고 오셨네요." "영의정은 어떻소?" 상당군이 파리한 얼굴로 누워 있는 영의정을 의뭉한 눈빛으로 바라보며 물었다. "상처는 깊지 않은데 피를 너무 많이 흘리셨습니다. 탕제를 준비하라 시켰습니다. 그것을 복용하면 곧 나아지실 것입니다. 이만한 것이 다행입니다."

진명스님은 걸었다. 오대천 물소리가 세찼다. 엊그제 내린 비가 아직도 수그러들지 않고 오대천으로 흐르고 있는지 바위를 휘돌아 흐르는 물살이 하얗게 일었다. 멀리서 나팔 소리가 들렸다. 진명스님은 오른쪽 귀를 자꾸 새끼손가락으로 후볐다. 벌레가 들어갔는지 상원사 계단을 내려올 때부터 계속 간지러웠기 때문이다. 길가 검은 벚나무 가지에 달린 잎이 푸르게 무성했다. 자세히 보니 그 잎 속에 검은 버찌들이 다닥다닥 열렸다. 진명스님은 나뭇가지 하나를 휘어잡고 버찌를 한 손 가득 땄다. 걸으면서 하나씩 입에 넣었다. 첫맛은 씁쓰름했다가 입안에서 씨만 남으면 달곰씁쓸하게 맛이 엷어졌다. 마지막 버찌를 입안에 넣었다. 손바닥은 보랏빛으로 물들었다. 손금에 배어든 물은 진했고, 손가락 끝으로 갈수록 색은 엷어졌다. 손바닥이 큰 보라색 제비꽃처럼 활짝 피었다. 눈가에도 이런 물이 들어 있다. 같은 색인데, 눈가의 색은 흉했다.

진명스님은 월정사 대웅전으로 들어갔다. 석가모니불에 합장했다. 대웅전 석가모니불은 부처의 32상三十二相 80종호八十種好의 구족한 존엄성하고는 거리가 멀었다. 흔히 저잣거리에서 볼 수 있는 포근함과 인자함이 얼굴과 몸체에 깃들어 있어 언제 봐도 편했다. 부처의 상보다 인간의 모습을 더 닮게 안치했다. 얼굴과 신체가 둥글둥글 후덕했다. 그에게 대웅전 부처님은 아버지요 어머니요 그리운 연인이었다. 부처님을 보며 젊음에 들끓는 마장을 물리치기도 했고 존재의 허전함을 달래며 10년을 지냈다. 그는 부처님께 3배를 올리고, 마지막으로 부처님 얼굴을 올려다봤다. 눈초리 아래로 흘러내리다 굳은 검은 점이 있었다. 부처님이 울고 있었다. 다시 합장하고 그 앞에 무릎을 꿇었다. 바닥에 합장한 채 세운 엄지손가락에 이마를 대었다. "부모미생전본래면목. 부처님 죄송합니다. 저는 자신 속에 부처가 있다는 것만 믿고, 어리석게도 저를 부처로 착각했습니다." 요란한 나팔소리가 가까이 들렸다.

진명스님은 부처님의 검은 눈물을 닦아주려고 불단 위로 올라갔다. 손바닥으로 살며시 문질렀다. 지워지지 않았다. 손가락에 침을 묻혀 문질렀다. 색이 엷어지면서 검붉게 번졌다 '피눈물을 흘린 것이다. 저자들 때문이다. 이대로 돌아설 순 없다. 막아야 한다. 그 살육을 막아야 한다. 그것을 알리고자 부처님이 나에게 이런 모습을 보여준 것이다. 목숨 걸고 막으리라.' 뻔히 보이는 불의 앞에서 도망치려던 자신이 부끄러웠다. 그는 일어났다. 오랫동안 숙이고 있어서 얼굴이 붉었다. 분노로 미간이 찌그러졌고, 보랏빛 눈 그늘 속의 눈동자는 붉게 충혈되었다. 서쪽 문으로 보이는 하늘에 낮은 먹구름이 꿈틀거렸다. 멀리서 급한 말발굽 소리와 말 울음소리가 들렸다. 그 소리에 섞여 나직한 무슨 소리가 들리는 것 같았는데 소리의 정체를 알 수 없었다.

큰스님은 사자암 마당에서, 열린 불당 안을 쳐다보고 있었다. 아래서 올려다보니 하얀 뒤통수가 추녀 끝에 닿았다. 단전에 모은 것인지, 아니면 주장자를 앞으로 들었는지 두 손은 보이지 않았다. 너무 진지한 자세라 무구는 그냥 지나치려고 사자암 오른편 숲으로 들어 갔다. 한바탕 휩쓸고 간 소나기에 숲은 젖어 있었다. 떡갈나무 잎 사 이로 다시 스님을 보았다. 바람에 흔들리는 흰 수염이 귀밑으로 간간 이 보였다. 소나무 뿌리가 감싼 바위를 지나 적멸보궁 가는 길로 다 시 들어섰다. 이젠 사자암이 내려다보였다. 스님 모습도 정면으로 보 였다. 스님은 주장자는 어디에 버렸는지, 칼에 몸을 의지하고 흔들림 없이 그렇게 서 있었던 것이다. 무섭지는 않았는데, 칼과 스님은 어 울리지 않았다.

시체들은 치워졌고, 붉은 피도 소나기에 씻겨 보이지 않았다. 다만, 싸리나무와 개암나무만 조금 전의 그 흔적을 알리기라도 하듯이 꺾 여 있었다. 무구는 무서움에 적멸보궁을 향해 뛰었다. 적멸보궁에는 월정사 무학스님이 있었다. 목탁을 두드리며 알아들을 수 없는 진언 을 읊조렸다. 무구는 그의 의식이 끝날 때까지 뒤에서 기다렸다. "무 구 왔구나. 고생했다." 무구는 복장 의식 준비 때문에 상원사에 계신 나옹스님이 적멸보궁에 계신 무학스님께 갖다 드리라는 나무 상자를 전해주고 다시 내려왔다. 시체들이 있던 곳을 뛰어 내려오다가 멈추 어 사자암을 내려다보았다. 여전히 스님은 불당 안을 쳐다보고 있었 다. 무구는 숲 속으로 향하지 않고 길을 따라 살금살금 내려왔다. 저 렇게 넋 놓고 있으니 조심만 하면 들키지 않고 사자암을 통과할 수 있 을 것 같았다. 사자암 마당에 서 있는 소나무까지 내려왔다. 예상했던 대로 스님은 뭔가에 혼을 빼앗긴 것같이 지척에 있는 그를 알아보지 못했다. 그 순간, 무구는 비에 젖어 미끄러운 떡갈나무 잎을 밟고 넘어졌다. 넘어지는 소리와 무구의 짧은 비명이 차례로 울렸다. 그래도 스님은 돌아보지 않고 그대로 서 있었다. 무구는 일어나 엉덩이를 손으로 털고 다시 내려가려다가 스님의 행동이 이상해서 스님 곁으로 다가갔다. 공부를 많이 한 큰스님들은 앉아서도 죽는다는 말을 할머니에게서 들은 것이 생각났다. 혹시 스님도 너무 공부를 많이 하여 서서 죽은 것은 아닌지 걱정이 되었기 때문이다. 무구가 가까이 다가가도 스님은 돌아보지 않았다. 무구는 한 발짝 뒤에 서서 일부러 발로 땅바닥을 긁었고, 가끔 들었던 큰스님의 밭은기침 소리를 흉내도 내어봤지만, 스님은 돌아보지 않았다. 진짜로 서서 죽은 것인가 하고 무구는 스님 앞으로 가서 스님의 얼굴을 봤다. 눈은 붉어져 있었고, 눈가의 가는 주름은 눈물에 젖어 있었다. 눈물은 볼을 따라 흐르지 않고 주름 속으로 스며들어 눈 주위를 벌겋게 적셨다.

"큰스님 왜 울어?"

"조실스님 보고 싶어서."


진명스님은 상원사 돌계단을 올라와 마당을 봤다. 이곳저곳에 핏자국이 있다. 이미 그들의 살생은 시작되었다. 선원 문을 열었다. 큰스님은 없었다. 동불당에도, 불상 작업장에도, 선원에도 없다. 무구가 어느새 마당을 지나쳐 계단을 내려가고 있다.

"큰스님 어디 계시냐."

"사자암에."

진명스님은 큰스님이 들고 있는 칼을 빼앗았다. "저도 이젠 그냥 보고만 있지 않을 것입니다. 제가 부처님 성전을 지키겠습니다. 저자들이나 숲 속에서 저자들을 노리는 자들 모두 다 오대골에서 쫓아버리겠습니다." "내가 잘못했구나. 난 이렇게 될 줄 몰랐다." 큰스님은 그에게 칼을 빼앗기고도 계속 불당 안을 쳐다보았다. 바락바락 소리 지르며 서투른 칼을 들고 대드는 진명스님에겐 관심 없다는 듯이 계속 불당 안에 눈길을 둔 채 큰스님은 미동도 하지 않았다. 그런 그의 모습에 분노가 조금 가라앉았는지 진명스님은 집었던 칼을 숲 속으로 던졌다. "어떻게 된 것입니까. 왜 이자들이 이 깊은 산속에 와서 서로 죽이는 것입니까?" "다 내 탓이다. 난 저들이 너무 불쌍했다. 그래서 숲 속에 숨어 있는 자들이나, 부처에 애걸하는 자들 모두 남은 생 편하게 살다 가게 하려고 내 편협하고 알량한 지식으로 꾀를 냈었구나. 너도 어느 정도 알고 있겠지만……."

큰스님은 숲 속 그들이 살아온 이야기와 상원사에 있는 임금을 비롯한 그들의 살아온 이야기를 시작했다. 여전히 눈길은 불당을 향해 있었다. 그리고 그가 왜 이곳에 그들을 불러들였는지 오랫동안 이야기했다. "난 그렇게 하면 모두 마음의 평화를 찾고 서로 용서할 줄 알았다." "아직 어떻게 될지 모르지 않습니까. 부처님오신날은 모레입니다." 진명스님은 오전과 달리 긴 이야기를 바로 뒤에서 듣고 있었다. "그런데 이렇게 사람들이 죽어가는구나." "그런데 왜 칼을 짚고 계셨습니까?" "저 칼이 이름 모를 무사의 가슴에 꽂혀 있더라. 그래서 이 칼이 지은 죄가 얼마나 되나 조실스님께 물어보려고 했지." "칼이 죄가 있겠습니까? 있다면 칼의 주인이 죄인이겠지요." "그럼, 칼이 죄가 없다면 칼의 주인도 죄가 없어야 하지 않을까?" "그래도 이성을 가진 사람하고 칼하고는 비교가……." "그렇지. 그런데 그 이성이 누군가에게 또는 어떤 사상에 조종된다면, 그도 칼과 같지 않을까?" "짐승이라면 몰라도 인간이라면……."

"너도 인간과 짐승이 다르다고 생각하니?"

"……"

"그랬구나."


큰스님 혼자 말끝을 흐리면서 웅얼거리는 것 같아 진명스님은 대답하지 않았다. 언제 소나기가 내렸느냐는 듯이 마당에 고인 웅덩이에 햇빛이 반짝거렸다. 진명스님도 한동안 주춧돌에 앉아 있다가 자신이 다시 돌아온 사연을 큰스님에게 들려주었다. "그래, 부처님이 피눈물을 흘렸다고, 그런데 눈물만 흘리고 부처님이 뭐라고 말하지 않더냐. 분명히 뭐라고 했을 것인데, 너는 듣지 못한 것 같구나." 그러고 보니 말 울음소리에 섞여 무슨 소리를 들은 듯도 했다. 둘은 불당 안으로 들어갔다. 20년간 조실스님이 이곳에서 기거했건만, 그의 흔적은 그와 함께 사라져 아무것도 보이지 않았다. 어찌 보면 그는 자신의 몸뚱어리 하나만 가지고 있었는지도 모른다. 다만, 찻잔 탕관 다관 차통 따위의 다기들이 선반 위에 가지런히 놓여 있었다. 조실스님은 유난히 차를 좋아하셨다. 유생이든 나무꾼이든 누구든지 이곳에 오면 손수 차를 대접했다. 그 차가 그리웠다. 큰스님이 말없이 선반 위에 있는 차탁을 내리자 진명스님은 다기들을 차탁에 놓고 탕관에 물을 끓여왔다. 찻잔에서 가냘픈 김이 간신히 빠져나오다가 사라지곤 했다.

"네가 들고 있는 화두를 타파하면 어떻게 되느냐? 나는 사판事判이라 모르겠구나."

"화두를 타파하여 깨달은 자는 마음의 흔들림이 없음은 물론, 그 속에 깃든 사고 또한 모든 사물이 평등해서 선과 후가 없고, 가난함과 부자가 없고, 대립과 갈등이 없으므로 평화로운 세상만 있을 뿐이라 했습니다. 본인 스스로 따뜻한 물속에 들어가 봐야 그 물의 따뜻한 정도를 알듯이 깨달음 또한 말로써 글로써 설명할 수 없다고 했습니다."

"말로써 글로써 설명할 수 없고, 행동으로도 보여줄 수 없는 그 깨달음으로 어떻게 중생을 구제할 수 있겠느냐? 흔들림 없는 마음, 해탈, 심심일여, 세상만물평등, 억겁의 시간과 공간들은 너의 말대로 말·글·행동 따위의 온갖 방법으로써 설명할 수 없어 너무나 아득하고, 중생은 이렇게 코앞에서 시뻘건 피를 뿌리고 있구나."

"그 소리가 무엇인가요?" 진명스님은 대웅전에서 나올 때 말소리에 섞여 희미하게 들렸던 소리가 궁금해서 다시 물었다. "글쎄 나를 죽여달라는 애원이 아니었을까." "죽여달라는 애원을요?" "니들 이판 理判이 자주 말하잖니 '부처를 죽여라!' 라고." "부처를 죽이라뇨?" "정신 차려라 이놈! 너의 그 깨달음에 대한 집착도 범부들의 애욕과 하등 다를 바 없는 것이다." 그 순간 진명스님의 머릿속에서 바라 맞 부딪치는 소리가 울렸다. 진명스님은 정신이 번쩍 났다. "하여튼 차 는 식어가고, 나는 여기에 있고, 내 앞에 네가 있는데, 이보다 더 중요 한 것이 있단 말인가? 지금보다 더 중요한 그 무엇이 과연 있단 말이 다." 북대암에 놓고 왔던 그의 마음이 내려와 그를 혼내고 있었다.

# 15

내일이다. 털을 하얗게 쓴 말발도리나무 잎이 동봉의 시야를 가렸
다. 두릅나무의 무성한 잎에 가린 잔가시가 바라 긴 손등을 찔렀다.
빽빽한 싸리나무 군락이 걸음을 막았다. 생강나무 노란 꽃이 아직 지
지 않았고, 그 위로 참나무가, 참나무 위에 전나무가 있다. 숲은 층층
을 이루면서 무성했다. 하늘은 맑았지만 보이지 않았다. 숲을 뚫고 들
어오는 빛도 약했다. 그러나 두 손에 들린 황동 바라는 하얗게 빛을
밀어냈다. 밀려난 빛은 눈을 찔렀다. 날이 선 바라의 둥근 면에는 숲
이 어른거리지도, 그의 얼굴이 비치지도 않았다. 아무것도 얼씬 못하
게 날이 섰기 때문이다. 동봉은 바라를 가슴에 모았다. 무릎을 굽혔
다. 싸리나무가 엉덩이에 눌려 꺾였다. 소리를 읊조리지 않았다. 엇갈
리게 바깥으로 휘돌리며 머리 위로 바라가 올라갔다. 노란 꽃을 단 생

강나무의 가지들이 우수수 떨어졌다. 외로 돌며 비껴 치니 두릅나무가 사선으로 잘려 넘어졌다. 무릎을 굽혀 허리를 숙이며 돌려 치니 싸리나무 무리가 스르륵 넘어졌다. 머리 위에서 살짝 비껴 치며 참나무의 곁가지를 잘랐고, 내려치면서 팔목 크기의 생강나무를 쓱, 잘랐다. 바깥으로 돌려 치며 잔가지를 잘랐고, 안쪽으로 비껴 치며 두릅나무의 나머지 밑동을 잘랐다. 외로 돌며 바깥으로 휘돌려 올려치고 내려치는 바라의 앞 동작은 뒤의 동작을 이끌지 못하고 순간순간 끊어졌다. 인과 연이 따로 놀았고, 마음과 신체가 멀리 있다. 멈출 때마다 주변의 나뭇가지들이 잘렸다. 동작도 반복되는 것 같지만 치켜들고 휘돌리는 높낮이가 달라 잘린 가지 더 짧게 잘랐고, 마음은 없이 굵은 어깨 근육만 움직였다. 그들을 잘랐다. 휘돌려 머리 위로 올려치며 임금을 잘랐고, 내려쳐 외로 돌며 상당군을 잘랐고, 호위대장 양정을 잘랐다. "바라춤은 모든 악귀를 물리치고 도량을 청정하게 하려고 추는 춤입니다." 그에게 바라춤을 가르쳐준 그니의 말대로 악귀를 물리치리라. 조선을 청정하게 하리라 다짐하면서 그는 외로 돌며 바깥으로 휘돌려 올려치고 내려쳤다. 바라 끼운 손을 땅에 대었다. 찢어진 초록 나뭇잎이 바라에 묻었다. 머리를 들어 주변을 보았다. 뚝뚝 사선으로 잘린 나뭇가지만 날카롭게 그를 향해 뻗쳐 있었다. 층층을 이루면서 무성했던 주변의 숲이 사라져 공터로 변했다. 그래도 햇빛은 그 공터를 비추지 못했다. 참나무와 전나무의 잎은 여전히 성성했다. 잔가지만 자르는 것은 아닌지.

진명스님은 선원 안으로 들어갔다. 중앙의 넓은 단 위에 그동안 준비한 복장물들이 가지런히 놓여 있다. 푸른 비단에 붉은 글씨의 발원문이 요란했다. 온갖 세상 모두 안녕. 특히 왕실의 무병장수 기원을 그렇게 요란하게 적었다. 진명스님은 발원문을 말아서 노란 비단 끈으로 묶었다. 찌그러진 사리 3입과 유리구슬 4입이 들어 있는 사리병을 둥근 금동제 사리함에 넣고 봉인했다. 아무리 임금이 발원한 불상이라고 해도 사리 7입을 구하지 못한 모양이었다. 4입은 유리구슬로 대신했다. 사리함 옆에 있는 검푸른 바탕에 금색 글씨로 쓰여졌고, 병풍처럼 펼쳐서 볼 수 있는 『대방광불화엄경大方廣佛華嚴經』을 말아서 적색 비단 끈으로 묶었다. 어떤 것에도 지배되지 않는 마음을 얻어 생사를 자유로이 출입하고, 끝내는 스스로 대자비심을 일으켜 중생과 부처의 경계를 허물어뜨리는 길을 안내하는 경이다.

그 옆에 있는 『묘법연화경妙法蓮華經』을 황색 보자기로 썼다. 부처님 8만 법장은 모두 가짜며, 이 법문만이 진짜 가르침이므로 이 법문 이외에는 어떠한 지식과 지혜에 대한 집착을 버리라 훈계할 정도로, 가르침 중에 최고의 철리哲理를 내포하고 있다. 『묘법연화경』 오른쪽으로 약간 비껴 있는 『대방광원각수다라요의경大方廣圓覺修多羅了義經』도 황색 보자기로 썼다. 세계가 시작되고 끝나고 모이고 흩어지고 생기고 없어지고 하는 것이 모두 윤회하는 것이고, 윤회의 틀 속에서의 아무리 큰 깨달음이라 해도 소용이 없다고 설하는 경이다. 구름이 달아나므로 달이 가는 듯하고, 배가 지나가므로 언덕이 옮기는 것 같아 구름과 배의 가는 것이 쉬지 아니하면 달이나 언덕의 움직임이 먼저 머무르려 하여도 될 수 없듯이 아무리 큰 깨달음을 얻어도 그 깨달음이 윤회 속에 머물면 아무런 의미가 없음을 강조하는 경이다.

바로 그 옆에, 흉물스러운 물건이 있다. 윤회의 틀을 벗어나, 자신이 부처임을 깨달아 모든 중생의 무명 번뇌의 불길을 꺼버리는 진리의 말씀을 적은 경전들 옆에, 과거 윤회의 틀에 얽히고설키어 자신 속에 깃들어 있던 부처를 내쫓고, 윤회 업보 번뇌로 생살과 뜨겁게 흐르는 피를 녹여 만든 피고름으로 고생하던 그자의 속적삼이 있다. 적삼은 반듯하게 양팔을 펴고 바닥에 누워 있지만, 피고름이 겹겹이 배어 누렇고 거무스름한 둥근 무늬가 옷을 덮었다. 특히 목 주변과 겨드랑이 부분은 피딱지가 그대로 엉겨 붙어 있다. "스님, 이런 흉한 물건을 신성한 부처님 뱃속에 넣는다고요?" "임금의 속적삼이다." "스님, 진정 이자가 저지른 죄를 용서하실 것인가요. 아니 이렇게 한다고 하여 진정 용서가 가능한가요?" "난 모른다. 그리고 너도 알다시피 난 용서할 자격도 능력도 없다." "그럼 사찰 불사를 목적으로 이자를 끌어들인 것입니까?" "이자 이자 하지 마라. 임금은 너보다 오랜 삶을 살았다." 임금이 상원사에 도착한 날, 부처님 복장물을 준비하는데, 큰스님이 임금 속적삼을 들고 와서 같이 복장하라고 하였다. "저런 자를 이 나라의 왕이라 하여 두둔하시는 것입니까! 재물이 탐나시면 그 좋은 지식으로 큰 벼슬이나 하시지 왜 산속과 속세를 왔다 갔다 하십니까. 저자도 스님 능력을 꽤 인정하는 것 같은데." "그도 왕이기 전에 약한 중생이다. 세상 잠깐 왔다 가는 중생." 진명스님은 "잠깐 왔다가 혹독하게 고생하다 가는구나."라고 혼자 웅얼거리며 속적삼을 개어서 노란색 명주 보자기에 쌌다. 그밖에도 다라니가 소매와 등에 새겨진 겉적삼을 황색 보자기에 싸고, 부처님의 주요 말씀 66가지를 범어로 적은 『백지묵서진언집白紙墨書眞言集』 두루마리는 가는 명주 끈으로 동여맸다. 옆에서 지켜보던 창하가 누워 있는 목불상의 밑면 뚜껑을 열었다. 진명스님은 이것들을 속적삼부터 차례로 불상의 배에 넣었다.

날이 맑았다. 청 홍 백 흑 황 오색 천과 그곳에 달린 연등이 상원사 마당에 그늘을 만들었다. 하얀 명주 고깔로 얼굴을 가린 목불이 단 위에 앉아 있다. 명주 고깔 아래 황금 연화문 목걸이가 오색 천 사이로 들어온 햇살에 빛났다. 단 위에는 붉은 산딸기, 노란 살구, 껍질을 벗긴 하얀 밤, 백설기, 흑적색 시루떡이 소복이 차례로 놓였다. 중앙에 임금이 갈색 방석에 반가부좌로 앉았다. 임금 상투의 색과 불상의 금빛이 같았다. 임금 뒤로는 월정사에서 올라온 스님 다섯이 차례로 앉았다. 모두 오색 천 사이로 들어오는 햇빛에 머리가 반질거렸다.
스님들 뒤 오른쪽에는 상처로 왼쪽 팔을 겉적삼 속으로 넣어 팔 없는 소매가 바람에 흉하게 흔들거리는 영의정이, 그 옆에는 꾸부정하여 긴 턱이 더 길어 보이는 상당군이 섰다. 영의정은 상처 때문인지 따가운 햇볕 때문인지는 알 수 없었지만 얼굴을 찡그리고 있다. 그 옆에는 진명스님이 무구의 손을 잡고 섰다. 무구의 품에는 고양이가 안겨 있다. 뱀을 삶아 먹은 새끼 고양이의 눈망울은 초롱초롱 빛났다. 무구 옆에 윤 씨 부인이 섰다. "무구야, 내일 부처님 눈 뜨는 날이다. 깨끗이 씻고 부처님 봐야지." 깨끗이 씻은 무구의 볼은 잘 익은 복숭아처럼 투명했다. 단 오른쪽에는 호위대장 양정을 비롯한 절제사 장군들이 섰다. 큰스님은 단 오른쪽에서 그들을 지켜봤다. 큰스님의 옆에는 불상을 조상한 창하가 섰고, 그 뒤에는 하얀 고깔을 쓰고 양손에 바라를 낀 동봉이 있다. 동봉 역시 목불처럼 얼굴이 보이지 않았다. "부인, 내일 부처님 점안식이 있어요. 꼭 참석하세요." 큰스님은 군막까지 윤 씨 부인을 찾아와 당부했다. 죽인 자와 죽은 자 모두 모였다.

그때 그 영혼들이 오색 천 사이로 흔들리는 빛 속에 왔다 갔다 부산한 듯했다. 그 뒤로는 지방관들과 지역 유생들이 주변의 절에서 참석한 스님들과 섞여 마당을 가득 채웠다. 창하는 준비한 붓을 큰스님에게 건네주었다. 짤그랑 짤그랑 요령 소리에 다섯 스님의 진언이 시작되었다.

어느새 동봉은 바라를 가슴에 모으고 불상을 모신 단 오른쪽 모서리에 섰다. 하얀 적삼에 검붉은 가사를 걸쳐 그의 모습은 누구보다도 도드라졌다. 큰스님은 창하로부터 건네받은 붓을 들고 불상 앞에 섰다. 바라의 비껴 치는 소리가 날카로운 요령 소리에 섞여 둔탁하게 들렸다. 점안 의식의 도량을 청정히 하는 바라춤이다. 어떠한 악귀나 번뇌도 이곳에 깃들지 못하게 하는 바라춤이다. 꼭 그렇게 하리라. 악귀를 물리치리라. 왼 바라는 바깥으로 휘돌려 올리며 머리를 가리고, 오른 바라는 내려 가슴에서 하늘을 담으며 외로 돌면서 서서히 단 중앙으로 향했다. 가운데 스님이 징을 울렸다. 요령 소리와 징소리는 퇴색된 단청처럼 잘 섞였다. 큰스님은 불상의 흰 고깔을 벗기고 붓으로 점안을 했다. 흰 고깔을 벗겼지만 불상 얼굴은 큰스님에 가려 보이지 않았다. 큰스님 겨드랑이로 삐져나온 불상 손가락이 가늘고 길었다.

"내가 실패하면 내려치거라. 그다음은 나도 모른다. 떠날 사람은 지금 떠나라." 지방 유지들의 돈을 받고 온 무사 85명이 떠났고, 102명이 남았다. 남은 자들은 무사이면서 충의가 무엇인지 배워 스스로 오대산까지 동봉을 따라온 자들이었다. 그들이 북쪽 가파른 능선에서 상원사 마당을 내려다보았다. 망루 밖의 초병들은 망루 위로 올라가 상원사의 화려한 의식을 보고 있었다. 내려치면 한 명의 목을 따는 것은 쉬워 보였다. 그다음은 생각하지 않았다. 지나온 역사가 그렇게 기록했듯이 앞으로의 역사에 기록되어 자신의 이름이 불멸하기를 바라며 그들은 남았기 때문이다. 징소리와 요령 소리에 오색 천이 심란했다. 바라가 오색 천을 뚫고 하늘로 치솟으면, 그것이 공격신호였다. 그들은 요란하고 심란했지만 상원사 마당에서 눈을 떼지 못하고 초조하게 신호를 기다렸다.

스님이 목탁을 두드렸다. 바라에 반사된 빛이 상당군의 눈을 찔렀다. 상당군은 그 빛 때문에 잠깐 눈앞이 하얘졌다. 임금이 자리에서 일어났다. 불상을 향해 목탁 소리에 맞추어 임금이 절을 했다. 똑 똑 또로르르륵. 머리를 땅에 대고 두 손으로는 하늘을 받쳤다. 한 번만 더 휘돌아 치며 외로 돌면 포복한 임금 머리 위에서 바라가 노닐 듯했다. 상당군은 손 그늘을 만들어 햇빛을 가리고 바라를 유심히 봤다.

그 순간, 그는 바라춤을 멈추고 바라를 낀 두 손을 축 늘어뜨렸다. 바라가 그의 손에서 떨어져 또르르 굴러가 단 앞에서 나란히 넘어졌다. 목탁 소리와 요령 소리는 그들끼리만 요란했다. 바라춤을 추던 스님은 고깔을 벗었다. 미끌미끌하게 깎은 그의 뒤통수가 보였다. 큰스님은 점안을 마치고 다시 오른쪽 자신이 있던 단으로 왔다. 옆에 섰던 영의정이 왼쪽 무릎을 땅에 대며 쪼그려 앉았다. 숨소리가 거칠었다. 그러나 불상을 향한 그의 눈은 흔들림이 없었다. 상처 때문이리라 생각하는 순간, 상당군은 미끌미끌한 스님 뒤통수 너머 불상 얼굴을 봤다. 어지러웠다. 바라에 반사된 빗살에 찔린 것처럼 다시 머릿속이 하얘졌다. 단전에 양손을 모으고 꼭 잡았다. 탁! 목탁 소리와 함께 두 손을 가슴에 모으고 임금이 일어나면서 불상을 봤다. 임금은 한동안 꾸부정하게 굳은 듯 서 있다가 합장한 두 손을 힘없이 떨어뜨렸다. 바람이 오색 천을 흔들었고, 온갖 소원 가득 담은 연등이 달랑거렸다. 촌각의 시간인지 영겁의 시간인지 그렇게 시간이 흐른 후 서 있던 임금은 허물어지듯이 쓰러졌다. 목탁 소리와 요령 소리가 멈췄다. 호위대장 양정이 임금을 부축했다.

"감히 이런 무례한 짓을, 내 용서할 수 없다."

임금은 양정의 칼을 빼들고 큰스님 곁으로 비틀비틀 걸었다. "네가 이런 요상한 상을 만들었지. 나를 감히 농락하다니. 이놈!" "전하의 마음이 만든 것입니다!" 큰스님의 목소리는 분명했고, 임금을 바라보는 눈은 흔들림이 없었다. 그 눈빛은 임금을 혼내고 있었다. 한참 동안 칼을 치켜들고 서 있다가 금방이라도 핏물이 튀어나올 듯 핏발이 자글자글한 왼쪽 눈에서 눈물 한 방울이 볼을 따라 흘렀다. 임금은 허물어지듯이 다시 쓰러졌다. 이번에는 일어나지 못하고 눈을 감았다. 제비초리의 종기가 터져 피고름이 뒷목을 따라 적삼 속으로 흘렀다.

그 모습이다. 영월 청령포 노산대 위에서 휘몰아치는 물줄기를 바라보며, 눈물 한 방울 아찔한 절벽 아래로 떨어뜨리고, 그 눈물 찾듯이 굽이치던 절벽 아래 물줄기를 바라보던 그 모습이다. '누가 나 말고 그 모습을 보고 저리 모신 것일까.' "저 물줄기 따라가면 한양에 갈 수 있겠지요." 자신을 아끼던 가족은 물론 따르던 충신들도 모두 죽은 한양을 그리워하며 물줄기를 내려다보던 저 모습, 내려다보는 눈길에 막 솜털을 벗어난 가늘고 짧은 턱수염이 젖어 턱에 달라붙은 것까지 똑같다. 그리움과 아쉬움과 무서움이 무엇인지 선명하게 느낄 나이. 그 느낌을 두 눈 가득 담고, 휘돌리며 굽이쳐 절벽은 높아 시야는 넓고, 굽이쳐 산허리로 돌아서 사라진 물길은 짧아 그리움과 두려움을 깊숙이 간직한 채 내려다보던 그 마지막 어린 선왕의 모습을 누가? 동봉은 자신이 그리 그리워하던 어린 상왕의 존상尊像을 생전의 그 모습인 양 착각하고 한동안 바라보다가 그 앞에 무릎을 꿇었다.

갑자기 긴장한 탓인지 어깨의 상처가 화끈거렸다. 상처 부위로 무엇인가가 빠져나올 듯이 욱신거렸다. 영의정은 단 뒤에 있는 돌배나무에 기대어 서서 오대골을 멀리 보았다. 서대암 능선에 한 번 꺾이고, 동대산 능선에 한 번 꺾이고, 멀리 이름 모를 또 다른 능선에 오대골이 막혔다. 서대 능선은 연초록과 초록이 싱그러웠고, 그 뒤의 동대산은 짙푸르렀고, 멀리 이름 모를 산 능선은 쥐색으로 흐려졌다. 그 뒤로는 희뿌연 하늘이 숨었다. 자신도 그 뒤로 숨고 싶었다. 아니 저 숨은 하늘로 흩어지고 싶었다. 과거로 돌아가고픈 헛된 욕망을 품었던 자신이 부끄러웠다. 세월은 역류하지 않는다는 것을 잠시 잊었다. 자신을 비롯해 윤 씨 부인 무구 동봉 임금 상당군이 왜 이 자리에 꼭 모여야 했는지 이제야 알 만했다. 그러나 이들이 이곳에 모이기에는 10년의 세월이 흘렀음에도 시기상조였나 보다. 임금은 자신의 분노를 다스리지 못하고 쓰러졌다. '그럼 윤 씨 부인과 무구는 언제쯤 만날 수 있을까.'

"문수동자상이네, 저 머리와 도톰한 볼을 봐. 참 천진난만하지 않은가. 맑은 지혜가 온누리를 휘감아 모든 번뇌를 녹일 듯해." 임금은 쓰러져 업혀 갔어도, 그 이유를 알지 못하는 점안식 참석자들이 뒤에서 숙덕거리는 소리가 들렸다. 관할 지방관과 유생들이었다. 상당군은 불상 가까이 다가갔다. 축 늘어진 귓불, 도톰한 볼살, 초사흗날 저녁 서쪽 하늘에 걸린 초승달 모양의 눈썹 등 하나하나 뜯어보면 닮은 부분이 없는데, 목불의 얼굴 전체를 바라보면 영락없는 어린 상왕이었다. 보양청에서 밤늦게까지 서안의 책을 바라보던 저 눈길과 책장을 넘기던 저 가느다란 손가락. 무엇보다도 어른도 아니고 동자도 아닌 저 모습. 정치에 대해 전혀 모르는 것도 아니었고, 그렇다고 자신이 왕이면서 왕권을 확실히 행사하기에는 부족했던 나이. 멀쩡한 사람도 마음잡기 힘든 10대 중반. 그러기에 항상 주변이 불안하여 마음속에는 근심이 가득했던 저 얼굴, 끝내는 숙부에게 왕권을 물려주고 언제 죽을지 몰라 전전긍긍하다 영월로 유배당할 때 말 위에서 멍하니 내려다보던 그 어린 나이에 세파에 찌든 모습, 서러움을 가득 담은 모습. 그 모습이었다. 무엇보다도 동자상의 상징인 머리를 양 갈래로 봉긋하게 묶은 모습으로 조각하여, 어린 선왕의 얼굴을 모르는 사람들이 얼핏 보면 천진난만한 동자상으로 착각하게끔 한 조각가의 솜씨가 대단했다. 동자상의 지혜를 지닌 자들이 보면 천진난만하게 보이게끔 했고, 아무런 지혜도 없이 있는 그대로 보면 그 속에 어린 상왕의 마지막 불안과 고통의 모습을 볼 수 있게끔 조각했다. 길이길이 남을 조각상이었다. 그러나 얼마나 많은 사람이 그 본질을 볼 수 있을까. 동자상의 상징인 천진난만이란 헛된 지식은 저 고통스러운 모습을 천진난만하게 느끼게끔 중생을 세뇌할 것이 분명했다. 저렇게 본질을 가리고 흐리는 위선과 거짓들이 세상엔 가득했다.


"불개광명청련안 묘상장엄공덕신 인천공찬부릉량 비약만류귀대
해." 큰스님 목소리였다. 처음에는 전나무 숲을 지나는 실바람 소리
처럼 약했다가 점차 커졌다. 그의 주름진 목의 핏줄이 굵게 일어났고,
얼굴은 붉어졌다. 영의정은 돌배나무에 기대어 이를 지켜봤다. 다섯
스님은 어찌할 바를 모르고 서로 얼굴을 번갈아 쳐다봤다. 무릎을 꿇
고 있던 동봉이 다시 바라를 끼었다. 큰스님 진언에 맞추어 민머리 그
대로 바라를 놀렸다. 진언의 고저장단에 맞추어 휘돌려 올려 머리를
가리고, 바깥으로 휘돌려 내리며 외로 돌았다. 이번에는 자신 속에 깃
든 마귀를 물리치고자 두 손을 최대한 높이, 넓게 펼치며 바라를 놀렸
다. 그러면서 수시로 자신도 깨우치고 여기 모인 모든 사람을 깨우치
고 싶은 마음에 쩡! 바라를 부딪치고, 쩡그렁! 비볐다. 목에 굵은 핏
대를 세우며 외로이 읊는 늙은 중의 진언이 안쓰러웠는지 잠시 후 쩽
그랑 쩽그랑 요령이 울렸다. 그리고 한숨의 진언이 돌 때마다 징이 울
었다. 똑 똑 똑 또로르르륵 목탁 소리도 다시 울렸다. 그 소리에 맞추
어 참석자들은 절을 했다. 오색 천 아래의 바라는 신명 났다. 상당군
이 턱을 쭉 빼고 바라춤을 바라보면서 고개를 갸우뚱거렸다. 아직도
그가 누군지 모르는 듯했다. 동봉과 상당군이 얼굴 볼 기회가 그리 많
지 않았다고는 하지만 둘 다 조선팔도에서 모르는 사람이 없다. 총기
가 맑은 상당군이 못 알아볼 리 없는데, 광경이 기이해서 그런지 알아

보지 못한 듯했다. 설마 신동 김오세, 그 전설의 인물이 이곳에, 그러는 눈치다. 다시 눈길을 돌려 목탁 소리에 맞추어 절을 하던 참석자를 한참 동안 바라보던 상당군이 불상을 향해 돌아서서 절을 했다. 머리를 땅에 대고 쥐며느리처럼 온몸을 낮추어 말고 오랫동안 있었다. 바람이 엎드려 헐렁해진 상당군의 적삼을 들썩였다. 목탁 소리에 상관없는 절이었다. 그리곤 일어나서 돌계단을 내려갔다.

무구는 창하의 목을 두 손으로 꼭 감싸고 그의 품에 안겨 있다. 윤씨 부인은 참석자들에 섞여 동자상인지 성인상인지 부처인지 상왕인지 알 수 없는 목불을 향해 계속 절을 했다. 그런 윤 씨 부인을 무구가 노려봤다. 임금은 요사채 장지문을 활짝 열어놓고 문지방에 상체를 의지한 채 이 광경을 지켜보고 있다. 멀어서 얼굴의 표정은 알 수 없었다.

계곡 아래 굴참나무 밑으로 상당군이 걸어간다. 그의 발걸음은 가볍지도 무겁지도 않다. 평상시 그 보폭으로 그렇게 걸어간다. 자신의 어깨에 진 무게만큼 그렇게 허리를 숙이고 걸어간다. 칠삭둥이 어둠의 자식이 걸어간다. 지금 걸어간다. 이젠 굴참나무 밑을 지나던 때는 과거가 되었고, 계수나무 밑을 지나고 있다. 그 보폭으로 그렇게 걸어간다. 그렇게 걸어서 계수나무 뒤 숲으로 사라진다. 그는 돌아오지 않을 것이다. 그는 군막으로 가서 행차 준비를 할 것이다.

"먼 행차 가능하시겠습니까. 하루 더 머무르시지요." "먼 길을 떠나야 하니 서둘러야죠. 영의정은 상처 괜찮소?" 임금은 요사채 마루를 내려오면서 며칠 사이에 수척해진 영의정 얼굴을 보았다. 선원에서 목탁 소리가 들렸다. 영의정이 돌아본다. 선원 문이 활짝 열렸다. 5월 오시의 햇살이 선원 깊숙이 드리워 황금빛 동자상이 밝게 빛났고, 그 앞에서 큰스님이 목탁을 치고 있다. 임금은 상원사 마당을 가로질러 걸어갔다. 보폭은 좁았고, 중간 멈칫멈칫했지만 돌아보지 않았다. 큰 스님은 임금 배웅을 목탁 소리로 대신했다.

돌계단을 내려오던 임금이 멈췄다.

눈앞에 초록 발을 친 서대 능선을 먼 눈길로 한동안 바라본다. 눈길을 오대계곡을 지나 다시 동대 능선으로 옮기면서 발도 외로 돌았다. 북쪽 상원사 뒤 전나무 우거진 숲을 지나 서쪽 사자암 골에 눈길이 한동안 머물다가, 멀리 적멸보궁 뒤의 비로봉 쪽으로 고개를 들었다. 적멸보궁과 비로봉은 사자암 능선에 가려 보이지 않았다. 다시 눈길을 내려 문수동자상을 향했다. 오시의 햇살에 문수동자상의 발이 황금빛으로 빛난다. 선원 안에 백팔번뇌 되뇌는 한 남자를, 눈물 가득 머금고 조용히 쳐다보는 윤 씨 부인이 금동 동자 볼에 비쳤다. 그 모습 본 후 돌아선 속세 길, 아쉬워 다시 돌아보니 텅 빈 대웅전에 백팔번뇌 되뇌는 한 남자를 가련히 쳐다보는 신목왕후 옆모습이 눈에 찬다. 얼굴은 파리한 낯빛이다. 7백여 년 동안 끊이지 않고 흐른 의식意識의 충격에 영의정의 눈시울이 젖었다.

# 16

 행차는 월정사를 지나 오대산 입구를 빠져나가고 있었다. 양정은
진녹색 옥수수 밭을 멍하니 쳐다보았다. 이레 동안이 몇십 년이 흐른
것처럼 양정의 얼굴은 수척해졌다. 허규가 지휘하는 호위군사들이
양정을 감쌌다. 양정은 멍하던 눈동자를 모으는 것 같더니 모든 것을
포기하는 듯, 알고 있었다는 듯 그대로 머리를 떨어뜨렸다. 그를 포박
하여 옥수수 밭 한가운데에 무릎을 꿇렸다. "장군이 그랬듯이, 저도
명령에 의한 것이니 나를 원망하지는 마시오." 허규는 말에서 내려
양정을 왼쪽 어깨부터 오른쪽 옆구리까지 단칼에 벴다. 살집이 두툼
한 양정의 몸은 칼이 잘 먹혔다. 허규는 다시 말 위에 올라 행차 일행
을 따라잡으려고 말을 재촉했다. 큰스님 동봉 창하 무구 윤 씨 부인은
느티나무 아래서, 진명스님은 그 바로 뒤 소나무 아래서 이것을 지켜

봤다. "저자가 양정이어요. 할머니가 알려줬어요. 할머니를 죽인 양정, 조실스님을 죽인 양정, 그래서 내가 임금님에게 죽여달라고 했지요. 임금님은 좋은 분 같아요. 저의 소원도 들어주고." 무구는 흡족한 표정을 지으며 일행을 둘러보고 자랑삼아 말했다.

"저자가 양정이라고, 그렇다고, 할머니는 괜한 것을 무구에게 가르쳐주었구나." 큰스님은 탄식하듯이 말을 했다. 사자암 능선에서 임금을 죽이려 했던 자객을 미리 발견하여 임금의 목숨을 구한 무구에게 한 가지 소원을 말하라고 했을 때, 무구는 서슴없이 말했던 것이다. 양정을 죽여달라고.

"호위대장 양정은 지금 소갈병이 심해 정신까지 혼미해 있습니다. 그가 정신을 놓으면 전하의 옥체가 위험합니다. 이미 죄 없는 사람을 둘씩이나 죽였습니다. 특히 조실스님은 살아 있는 성불이라고 추앙받던 인물이라고 합니다. 양정을 살려두면 전하께서 이 산속까지 행차하시어 지극정성으로 올린 불사가 헛될 수 있습니다. 그를 죽여 전하의 극진한 마음을 보여……." "그래라." 상당군의 간청이 끝나기도 전에 임금은 기다렸다는 듯이 대답했다.

그들은 오대산 입구에서 헤어졌다. 큰스님과 윤 씨 부인은 다시 상원사를 향해 북쪽 전나무 숲으로, 보퉁이가 무거워 보이는 진명스님은 금강산을 향해 동쪽 소나무 숲으로, 동봉과 창하와 무구는 서쪽 굴참나무와 사시나무가 우거진 숲으로, 임금 행차는 한양을 향해 남쪽의 진초록 옥수수 밭으로 붉고 길게 향했다. 동서남북 사방으로 흩어진 이들은 서로 멀어지면서 작아졌다. 행차의 나팔 소리도 바람에 흩어져 들리지 않았다. 이들은 몇 번 숲 속으로 사라질 듯하면서 다시 나타나더니 끝내는 진초록 숲 속으로 모두 녹아들었다. 부처님은 좋은 시절에 오셨다.

양정은 눈을 감았다. 진초록 5월의 싱그러움이 모두 사라졌다.

작가의 말

　상당군은 상원사 행차에서 복귀하자마자 영의정으로 승진했다. 임금이 죽고 임금의 아들이 왕위에 올랐을 때도 정승 자리에 올랐고, 그리고 그 임금도 죽고 새로운 임금 밑에서도 정승이 되었다. 그는 세 명의 임금을 극진히 모시며 항상 최고 자리에 올랐다. 그렇게 살다가 73세의 나이로 죽었다. 그런데 그는 죽은 지 17년 후에 다시 한 번 죽는다. 생은 한 번이고 죽음은 두 번이었다. 부관참시剖棺斬屍를 당했다. 그는 그렇게 두 번 죽을 만큼 큰 죄를 가지고 역사에 길이 남았다. 하지만 과거를 돌아보지 않는 그는 이 모든 것을 알지 못했을 것이다.

　영의정은 군주의 통치 지향점이 무엇인지 먼저 파악하고, 적극적으로 군주의 이념을 받들어 백성을 아우르는 현실주의자였다. 살아남아 치욕스런 몸이 되고도 윤 씨 부인을 섬기듯 백성을 아끼며 그렇게 살아온 사람. 명분 속에 소외되어도 꾸역꾸역 살아남아 그 현장에 있으려 했던 사람. 그가 살아온 삶처럼 영원히 비틀비틀한 의미로 역사에 남은 사람. 그렇게 비틀비틀 생을 유지하며 영의정은 6대의 군주(세종, 문종, 단종, 세조, 예종, 성종)를 모셨다. 역사에 길이 남을 기록이다. 64세에 죽었다.

임금은 왕위에 오르기 전부터 불교를 선호하여 세종의 불서 편찬과 불경 간행을 도왔다. 그리고 왕위에 오른 뒤에는 왕위찬탈에 대해 속죄하려는 마음에서 더욱 불교를 믿었다. 계유년 시어소에서 당상관들을 철퇴로 머리를 쳐 죽이고 각종 불경을 간행하여 잘못을 빌었고, 병자년 사육신을 비롯해 수많은 충신들을 찢어 죽이고 그 가족들까지 몰살하고 궁궐에 부처님을 모시고 죄를 빌었고, 선왕이면서 어린 조카인 단종을 그 먼 영월로 유배시키는 것도 모자라 그곳에서 사사賜死시키고 또 부처를 향해 머리를 찧었다. 어디까지 용서가 되고 어디까지 용서가 안 되는지 시험이라도 하듯이 그는 그렇게 죄를 짓고 용서를 빌었다.

그가 재위 시절 간행한 불경만 해도 『묘법연화경』『월인석보』『속장경』『금강반야경소개현초』『대반열반경의기원지』『대승아비달마잡집논소』『묘법연화경찬술』『화엄경론』『사분률상집기』『대방광불화엄경합론』『노산집』 등이 있고, 한글번역 불경으로는 『능엄경언해』

『법화경언해』『선종영가집언해』『법어언해』『금강반야바라밀다경언해』 등이 있다.

이를 위해 불경을 번역하고 간행하는 전문기관인 간경도감을 유교의 왕도정치가 정치이념이던 조선의 궁내에 설치하였다. 이곳에 종사한 인원은 2백여 명이었다. 그러나 임금은 상원사 행차 2년 후에 죽었다. 그의 나이 52세였다. 임금은 유교를 숭상하는 조정 대신들과 유생들이 바글거리는 궁궐 안에서 자신의 안위를 찾고자 저렇게 부처에 매달렸다. 얼마나 많은 저항을 받았을까? 눈에 선하다. 그 속에 생에 대한 임금의 집착 또한 눈에 선하다.

동봉은 경주 금오산 용장사에서 글을 썼다. 그곳에서 쓴 그의 대표작인 『금오신화』의 내용은 죽음이 삶을 조정하고, 삶 또한 죽음을 버리지 못하고 있었다. 7년 동안 금오산에서 글을 쓰다가, 그의 나이 37세 때 한양 인근 수락산 기슭에 폭천정사瀑泉精舍를 세우고 스스로 농사를 지어 생계를 영위하며 살아가다가, 47세 때 다시 머리를 기르고 환속하여 조상에게 제사를 지내며 결혼도 하였다.

그러나 그는 속세의 생활을 채 1년도 채우지 못하고 다시 머리를 깎고 강릉 양양 설악산 춘천 청평사를 유람하다가 69세의 나이로 충청도 홍성 무량사에서 생을 마감했다. 체제의 방외인으로 영원히 떠돌다 죽었다. 그는 정권을 조롱하고, 안분지족의 나무의 고귀함을, 유유히 순리대로 흐르는 물의 참됨을 찬양하는 글 1000여 편을 남기고 생육신生六臣의 한 사람으로 역사 속에서 영원히 살고 있다.

  상당군의 예상대로 상원사 동자상은 대대로 중생을 속였다. 지금도
국보 221호로 지정, 나라에서 관리하는 동자상에 대해 "머리는 양쪽
으로 묶어 올린 동자머리를 하고 있으며, 얼굴은 볼을 도톰하게 하여
어린아이 같은 천진스러움을 잘 나타내주고 있다"라고 쓰여 있다. 하
지만, 본질은 언젠가 밝혀지는 것, 5백여 년이 흐른 어느 날 상원사를
방문한 어느 불모佛母가 동자상을 보고 그의 책에 이렇게 적었다. "나
는 상원사 문수동자상을 보면서 너무나 놀랐다. 동자상이라 하나 절
대로 동자의 얼굴이 아니었다. 오히려 세파에 찌든 얼굴, 고통스러운
얼굴 표정을 지니고 있었다(중요무형문화재 박찬수 저, 『불모의 꿈』
중에서)." 그 이전에도 그 이후로도 많은 사람들이 동자상을 보고 놀
랐겠지만, 같잖은 지식에서 싹튼 이성으로 본질을 밀쳐내고 무거운
마음만 간직한 채 오대산을 내려왔을 것이다. 영의정처럼, 그리고 그
누구처럼.

  5년간 쓴 글이다. 첫 작품이므로, 더 정확히 말하면 5년간 글쓰는
연습을 했다. 처음에는 동자상의 주인에 대해, 그리고 동자상의 주인
을 알게 되자 용서에 대해 고민했다. 그 사람은 과연 용서가 될까. 그
리고 어떻게 용서를 받을까. 나의 살아온 날들 또한 용서가 될까. 하
지만 나는 원고 100매를 채우기도 전에 나의 이런 발상이 매우 어리

석였음을 깨달았다. 용서는 이해를 전제로, 이해는 앎知을 전제로 했기 때문이다. 우리는 서로에 대해 전부 알 수 없다. 그러므로 전부 이해할 수 없고, 인간은 마음속 깊이 용서할 능력이 애당초부터 없었던 것이다. 상당군처럼, 영의정처럼, 동봉처럼, 임금처럼. 그들 각자 자신의 삶이 스스로 옳다고 생각하며 그렇게 살아갈 뿐이었으며, 내 주변 대다수의 삶들도 이와 별반 다르지 않았다.

"대게 첫 작품은 자전적 경향의 소재를 택하는데, 특이하게 현대와 동떨어진 역사물이네요." 누군가가 현대문학 신인추천 심사평을 보고 나에게 한 말이다. 나는 이야기가 길어질까봐 그에게 '이 글은 나의 최근 경험담입니다' 라는 말을 하지 못했다. 더 솔직히 말하면 나는 이 글에 나의 속마음을 노골적으로 밝혀 읽을 때마다 창피하고 민망한 곳이 몇 군데 있다. 상당군, 영의정, 임금, 동봉은 물론, 무구, 창하, 진명스님, 윤 씨 부인은 아직도 나의 곁에 있다. 나의 어머니로, 나의 아들로, 또는 친구로, 직장 동료로, 아련한 옛사랑으로. 나는 단지 시대와 배경만 빌려왔을 뿐이다. 역사와 현재를 구분 짓는 순간, 소중한 역사의 존재 가치가 사라진다고 믿는다.

나의 노트북에 고이 기록되었다가 사라질 운명에 처해 있던 이 짧지 않은 글을 끝까지 읽어주시고, 현대문학에 추천까지 해주신 이동하 선생님께 진심으로 감사 드리며, 그리고 이 글의 시원이자 힘의

원천이 되어주신, 다시 말해 내가 힘들 때 나를 이해하고 분석하여 이성적으로 용서하려 하지 않고, 그냥 넓은 마음으로 포용해주셔서 대책 없던 인생을 대책 있게 만들어주신 김영신 님과 방소영 님 그리고 이세종 박사님께 이 책을 바친다. ●

# 문 없는 문으로 들어간 사람들

지은이 | 허관
펴낸이 | 양숙진

초판 1쇄 펴낸날 | 2012년 7월 9일

펴낸곳 | ㈜ 현대문학
등록번호 | 제1-452호
주소 | 137-905 서울시 서초구 잠원동 41-10
전화 | 2017-0280
팩스 | 516-5433
홈페이지 | www.hdmh.co.kr

ISBN 978-89-7275-611-8  03810

* 책 값은 뒤표지에 있습니다.